Elisabeth Marrion

Mein Tanz mit Rommel

Ein historischer Roman

Die Autorin:
Elisabeth Marrion (geb. Kinnigkeit-Päkel) ist gebürtige Hildesheimerin. 1969 zog sie nach England, wo sie heiratete und noch heute lebt. Bis zu ihrem Ruhestand war sie Geschäftsführerin in der Bekleidungsindustrie. Sie arbeitete mehrere Jahre im Fernen und Mittleren Osten. In Bangladesch war sie für ihr Unternehmen am Bau einer weiterführenden Schule beteiligt, in der heute Mädchen und Jungen im Alter von 12-18 Jahren unterrichtet werden.

Elisabeth Marrion

MEIN TANZ MIT ROMMEL

– Ein historischer Roman –

Stuttgart 2014

Edition Noëma

Bibliografische Information der Deutschen Nationalbibliothek
Die Deutsche Nationalbibliothek verzeichnet diese Publikation in der Deutschen Nationalbibliografie; detaillierte bibliografische Daten sind im Internet über http://dnb.d-nb.de abrufbar.

Bibliographic information published by the Deutsche Nationalbibliothek
Die Deutsche Nationalbibliothek lists this publication in the Deutsche Nationalbibliografie; detailed bibliographic data are available in the Internet at http://dnb.d-nb.de.

Coverabbildungen:
Hilde 1937. Privatarchiv Elisabeth Marrion.

Kleine Abbildungen, von links nach rechts:

Berlin, Brände nach Luftangriff. Bundesarchiv, Bild 183-J30142 / CC-BY-SA

Berlin, Flüchtlinge aus dem Osten. Bundesarchiv, Bild 175-13223 / CC-BY-SA

Zwei B-17 Bomber über Osteuropa. Public Domain.

Generaloberst Erwin Rommel mit Offizieren seines Stabes bei einer Lagebesprechung, links Oberst Eduard Crasemann; Jan.-Juni 1942; PK "Afrika". Bundesarchiv, Bild 101I-785-0287-08 / CC-BY-SA

Übersetzt aus dem Englischen von Susanne Nipp und Waltraut Hoffmeyer

∞

Gedruckt auf alterungsbeständigem, säurefreien Papier

Printed on acid-free paper

ISBN: 978-3-8382-0568-7

Für Moe

Danksagung

Mein Dank gilt Herrn Wolfgang Stierle, Bezirksvorsteher, Stuttgart-Botnang, ehemaliger Mitarbeiter von Professor Manfred Rommel, für seine Unterstützung und die aufmunternden Worte, die mich auf dieser Reise in die Vergangenheit begleitetet haben.

Elisabeth Marrion
März 2014

Prolog

14. Oktober 1944, Hildesheim

»Warum müssen Menschen sterben?«, fragte Klaus. Ich ging zu ihm und wollte ihn in meine Arme nehmen. Aber er stieß mich zurück.

»Der Mann, für den unser Papa arbeitet, ist der tot?«

Was sollte ich darauf antworten? Wie konnte ich einem Siebenjährigen die Grausamkeiten des Krieges erklären?

»Ja. Feldmarschall Rommel, der Mann, für den dein Papa arbeitet, ist tot.«

»Aber warum, Mama? Warum sterben Menschen?«

»Manchmal möchte der liebe Gott, dass sie zu ihm kommen.«

»Aber der liebe Gott will doch, dass alle zu ihm kommen.«

»Ja, das will er. Aber oft möchte er sie früher haben, und dann muss er ganz schnell eine Entscheidung treffen.«

»Meinst du, so wie mit Inge? Er wollte, dass sie zu ihm kommt. Aber wir wollten lieber, dass sie bei uns bleibt.«

»Ja, genau so, wie es mit Inge war.« Ich kämpfte gegen meine Tränen an. Ich wollte nicht, dass er mich jetzt weinen sah.

»Aber mein Papa, mein Papa kommt nach Hause«, beschloss er und ging zurück in die Küche, um mit den anderen zu spielen.

***

14. Oktober 1944, mittags in Herrlingen

Sie gingen zusammen den Waldweg hoch, die Köpfe gebeugt. Die beiden Männer sprachen leise, sie nahmen sich Zeit. Der kleine Pfad führte auf den Hügel zu einer Lichtung.

General Burgdorf ging links neben Generalfeldmarschall Rommel. Der Feldmarschall trug seinen Marschallstab unter dem linken Arm. Wenn er sich zu General Burgdorf drehte, berührte der Stab Burgdorfs Uniform.

Sie beschleunigten ihren Gang ein wenig – als ob sie sich daran erinnerten, eine Verabredung zu haben, zu der sie nicht zu spät kommen wollten.

Das dunkelgrüne Auto, das sie hierher gefahren hatte, stand unten auf der Wiese. Sie nahmen an, dass General Maisel und der Fahrer noch im Wagen saßen.

Heute war das zweite Mal, dass General Burgdorf einen Befehl ignorierte.

Beim ersten Mal war das große Auto mit ihm und General Maisel vor Feldmarschall Rommels Haus vorgefahren.

Maisel sah ihn an, sprach aber kein Wort. General Burgdorf wies den Fahrer an, er solle sitzen bleiben. Er bat auch Maisel, im Wagen zu warten. Feldmarschall Rommel hatte den Wagen erwartet und kam Burgdorf entgegen. Beide Männer begrüßten sich und gingen zusammen die Treppe hoch ins Haus.

Burgdorf fühlte, dass er es dem Feldmarschall schuldig war, ihm Hitlers Entscheidung persönlich zu überbringen. Er wollte Rommel noch einen Augenblick Zeit geben, um sich zu fassen und sich von seiner Familie zu verabschieden.

Burgdorf sah durch das Flurfenster und hörte oben im Haus Rommels Frau weinen. Dann hörte er Schritte die Treppe herunterkommen. Burgdorf drehte sich um und sah Rommel mit seinem Sohn auf ihn zukommen.

Draußen vor der Haustür nahm Feldmarschall Rommel seinen Sohn noch einmal in die Arme, küsste ihn auf den Kopf und flüsterte ihm zu:

»Manfred, sei stark und tapfer. Deine Mutter braucht dich jetzt.« Dann drehte er sich um und folgte Burgdorf zum Wagen. General Maisel saß auf dem Beifahrersitz und nickte Rommel zu. Der Fahrer war ausgestiegen und hielt die Tür für ihn auf. Burgdorf stieg als Letzter ein und setzte sich hinten neben Rommel in das Fahrzeug.

***

Rommel hatte Burgdorf gebeten, noch einmal in den Wald gehen zu dürfen. Dorthin, wo er seine freie Zeit mit Manfred verbracht hatte. Sie hatten gejagt oder nur still im Hochsitz gesessen und das Wild beobachtet. Trotz des Befehls von Hitler, die Angelegenheit so schnell wie möglich durchzuziehen, hatte Burgdorf Rommels Bitte gern erfüllt.

Beide Männer waren nun am Waldrand angekommen. Rommel atmete tief ein und nahm den Geruch des Waldes mit seinem ganzen Körper auf.

»Wir müssen zurück, Herr Feldmarschall.«

»Ist es wirklich so weit gekommen? Nur zehn Minuten mit meiner Familie? Das war alles, was mir genehmigt wurde?«

»Es wird schmerzlos und schnell sein«, erwiderte Burgdorf.

»Mit schmerzlos meinen Sie, keine physischen Schmerzen, nehme ich an? Ich habe ihr Wort, Burgdorf, meiner Familie wird nichts passieren.«

»Sie haben mein Wort. Ich werde mich persönlich um Ihre Familie kümmern. Aber wir müssen jetzt zurück. Wie ich sehe, werden SS und Gestapo dort unten ungeduldig.«

Feldmarschall Rommel und General Burgdorf gingen zum Fahrzeug zurück. Die Autotüren standen offen. General Maisel und der Fahrer standen 50 Meter vom Wagen entfernt.

Feldmarschall Rommel stieg ein, Burgdorf folgte ihm. Beide saßen nun auf dem Rücksitz. Burgdorf fasste in seine Uniformtasche, nahm eine Kapsel heraus und hielt sie Rommel hin. Dann folgte Feldmarschall Rommel seinem letzten Befehl und nahm die Kapsel von Burgdorfs ausgestreckter Hand.

***

Es ist unsere traurige Pflicht, dem deutschen Volk mitzuteilen, dass Generalfeldmarschall Erwin Rommel heute, am 14. Oktober 1944, in seiner Heimatstadt Herrlingen seinen Verletzungen, die er sich bei dem Angriff der britischen Luftwaffe in Frankreich im Juli 1944 zugezogen hat, erlegen ist. Das Staatsbegräbnis wird am 18. Oktober in Ulm stattfinden. Unser Führer hat Feldmarschall Rommels Familie sein Beileid ausgedrückt. Unser Führer ist, wie wir alle, zutiefst erschüttert. In seiner offiziellen Erklärung sagte unser Führer, dass unser Land einen der größten Feldherrn aller Zeiten verloren habe. Heil Hitler!

***

14. Oktober 1944, Hildesheim

Die Nachricht aus dem Radio dröhnte uns noch in den Ohren. Wir hatten schon am Nachmittag vor dem Schultor davon gehört. Aber wir konnten es nicht glauben.

»Maria, das kann doch nicht wahr sein. Wir haben doch erst vor Kurzem gehört, dass er sich gut von seiner Verwundung erholt hätte.«

»Hilde, wenn es aber wahr ist, was dann?«

Zu Hause schickten wir Klaus zu Frau Bucker, sie sollte schnell runter kommen. Sie wusste sofort: Es war etwas passiert.

Wir stellten das Radio an und hörten einen Trauermarsch, dann kam die Nachricht von Rommels Tod.

»Oh mein Gott. Rommel ist tot.« Frau Bucker war die Erste, die etwas sagte.

Ich ging in die Küche und gab den Kindern etwas zu trinken. Maria suchte im Radio den Sender *Von der Front*. Sonst hörten wir diesen Sender nie, weil er immer nur Propaganda verbreitete. Aber heute wollten wir die Nachricht aus dem Radio hören.

»Hilde, was wird jetzt aus uns? Solange Rommel lebte, hatten wir noch Hoffnung.« Ich hörte Frau Bucker nur halb zu. Ich starrte an die Wand und dachte zurück.

Kapitel 1

Frühjahr 1926, Tilsit, Ostpreußen

»Hilde, wo bleibst du?« Meine Mutter rief mich aus der Küche, wobei sie ungeduldig auf und ab ging. Ich war auf unserem Hof hinter dem Haus und fütterte die Schweine und Hühner. Hier draußen genoss ich die Ruhe und hatte Zeit zum Träumen. Heute wollte mein Lehrer zu uns kommen, denn ich brauchte die Erlaubnis meiner Eltern, um mit unserer Theatergruppe auf Tournee gehen zu können. Die Proben für die Oper *Hänsel und Gretel* von Humperdinck sollten in der kommenden Woche beginnen. Ich sollte Gretel spielen, die Hauptrolle. Es war schon das dritte Mal, dass ich mitsingen durfte. Aber diesmal ging es auch auf ›Abstecher‹. Mein Lehrer hatte schon zugesagt, und meine Mutter konnte ich bestimmt überreden. Bei meinem Vater war ich mir nicht ganz so sicher.

»Hilde.«

»Ja, ich komme gleich.«

Mein Vater hatte endlich wieder Arbeit gefunden. Er war jetzt bei der Bahn beschäftigt. Im Krieg hatte er den rechten Arm verloren, und als er 1918 nach Hause zurückkehrte, war er nicht wiederzuerkennen. Ich kann mich nicht daran erinnern, wie er vorher war; aber jetzt saß er nur noch vor dem Fenster und sah in die Ferne. Oder er stand im Wohnzimmer und starrte auf die Wand, als ob wir für ihn gar nicht vorhanden wären.

Ich zitterte, die dünne Strickjacke bot keinen Schutz vor dem kalten Ostwind. Trotzdem wollte ich noch nicht zurück ins Haus gehen.

Dieser Winter war besonders lang. Normalerweise hatten wir Frost von November bis März, aber in diesem Jahr war die Memel noch im April zugefroren.

Die sonst gern genutzte Schiffsverbindung über den Fluss war eingestellt worden und wir benutzten die Eisfläche als Abkürzung, um von einer Uferseite auf die andere Seite der Stadt zu kommen. Die meisten Wohnhäuser und Bauernhöfe befanden sich auf der östlichen Seite der Memel. Die Schulen jedoch, die Geschäfte und der wöchentlich stattfindende Markt waren auf der westlichen Seite. Es war immer ein langer, mühsamer Weg über eine der beiden Brücken, wenn wir mit unserem Bollerwagen zum Markt mussten, um einzukaufen. Oder in der Erntezeit, um unsere Erbsen und Bohnen an einem Stand zu verkaufen.

Im Winter fand der Markt auf dem zugefrorenen Fluss statt, und um die Weihnachtszeit waren dort auch Stände aufgebaut – mit gerösteten Maronen, Bratwürsten, Grog für die Erwachsenen und warmem Kakao für die Kinder.

Um die wenigen Stunden Tageslicht auszunutzen, die es zu dieser Jahreszeit hier im Nordosten nur gab, liefen wir auf dem Fluss Schlittschuh – bis zum April, obwohl das Eis dann schon zu tauen begann. Aber das durften wir immer nur sonntags nach dem Kirchgang und solange es hell war.

Letztes Jahr wollten wir es noch einmal riskieren, obwohl unsere Mutter es uns schon verboten hatte.

Cousin Norbert war als Erster auf dem Eis und lief sofort bis zur Mitte. Er drehte sich um und winkte, dass wir uns beeilen sollten. Dann brach das Eis unter seinem Gewicht ein, und er verschwand. Mein Bruder Arno legte sich flach aufs Eis und krabbelte vorsichtig zur Mitte des Flusses. Nur Norberts Kopf ragte noch aus dem Wasser, und er schrie um Hilfe.

Es dauerte eine ganze Weile, bis wir alle an der Stelle angekommen waren, wo Norbert eingebrochen war. Norbert klammerte sich am Rand des Eises fest, und vier Paar Hände griffen nach seinem Mantel und ließen ihn nicht mehr los. Langsam zogen wir ihn aus dem eiskalten Fluss. Norbert war kreidebleich. Seine Stiefel mit den Schlittschuhen waren verschwunden, er hatte nur noch die Socken an den Füßen. Der Mantel hatte sich voll Wasser gesogen und war ihm dadurch zu schwer geworden, also ließ er ihn einfach am Ufer liegen.

Als wir bei meiner Tante ankamen, machte sie Wasser im Kessel heiß und goss es in eine Zinkwanne, die sie in die Küche vor das Herdfeuer stellte. Da hinein setzte sie Norbert und schickte uns nach Hause. Als meine Mutter von dem Unglück erfuhr, ließ sie alles stehen und liegen und lief sofort zum Haus meiner Tante. Es gab an diesem Abend nichts zu essen, aber das merkten wir noch nicht einmal.

Norbert bekam hohes Fieber und meine Mutter sagte, der Arzt habe mit dem Kopf geschüttelt und gemeint, wir sollten beten. Norbert starb drei Tage später an einer Lungenentzündung.

Zur Beerdigung wagte sich mein Vater zum ersten Mal wieder aus dem Haus.

»Hilde.«

»Ja, ich komme.«

Nur acht Eier. Zwei Hühner hatten nicht gelegt. Meine Mutter würde ärgerlich sein: Es gibt keinen Grund, Hühner zu füttern, die nicht legen.

An diesem Abend gab es unser Lieblingsessen: Königsberger Klopse, Salzkartoffeln und Kohl. Es durfte immer erst gegessen werden, wenn mein Vater zu Hause war, und das konnte spät werden. Oft ging er nach der Arbeit noch mit seinen Kollegen in die Kneipe. Wir warteten dann vergebens. Meine Mutter ging nervös in der Küche hin und her, immer ein Auge auf das Küchenfenster gerichtet.

Herr Potenski, mein Lehrer, war schon da. Er saß am Küchentisch, auf den meine Mutter schnell noch einen Teller gestellt hatte. Vorher warf sie mir noch einen bösen Blick zu. Ich hatte nicht angekündigt, dass wir heute Abend Besuch bekommen würden, und ich wusste, dass die Klopse abgezählt waren.

Ich sagte ein stilles Gebet in der Hoffnung, dass mein Vater gut gelaunt nach Hause kommen würde. Wenn er wollte, konnte er sehr unterhaltsam sein. Er erzählte dann Geschichten, sang alte Volkslieder, und wir Kinder saßen auf dem Fußboden und hörten zu oder sangen mit. Meine kleine Schwester Erika klatschte dazu vor Begeisterung in die Hände.

Aber wenn er nach Hause kam und betrunken war, verschwanden wir Kinder, ohne einen Ton zu sagen, auf den Hof und versteckten uns.

Ich wartete nervös am Küchenfenster. Von hier aus hatte ich einen guten Blick runter zur Stadt. Ich sah ihn den Pfad hoch taumeln, drehte mich zu meinen Geschwistern um und schüttelte den Kopf. Wie auf Kommando nahm Arno Erikas Hand und schubste Herbert und Helmut durch die Tür nach draußen. Arno drehte sich noch einmal zu mir um und ich sah, wie er »Komm!« mit seinem Mund formte. Aber ich zuckte nur mit den Schultern und blieb am Fenster stehen.

»Was ist denn hier los?«, brüllte mein Vater, nachdem er es endlich geschafft hatte, die Tür zu öffnen.

»Beruhige dich, August«, sagte meine Mutter. »Herr Potenski ist gekommen, um die schriftliche Genehmigung einzuholen, dass Hilde bei der Theateraufführung mitspielen und mit auf Abstecher gehen darf.«

»Dafür ist es jetzt zu spät, auf Wiedersehen, Herr Potenski. Sie brauchen es sich gar nicht erst an meinem Küchentisch gemütlich zu machen.«

Mein Vater stolperte nach vorne und versuchte, sich mit der rechten Hand am Tisch festzuhalten. Er hatte in diesem Moment ganz vergessen, dass er rechts keinen Arm mehr hatte. Mit Panik in den Augen sah er meine Mutter flehend an, die nach vorne stürzte, um ihn festzuhalten.

»Was heißt denn hier zu spät?« Mein Lehrer hatte sich gefasst und half meinem Vater wieder auf die Beine.

»Hilde hat Arbeit in Berlin, sie verlässt Tilsit nächste Woche.« Das war alles, was meine Mutter erwiderte, ohne mich dabei noch einmal anzusehen.

Kapitel 2

»Bitte, bitte geh nicht weg.« Erika klammerte sich noch immer an mir fest. Wir saßen auf unserem gemeinsamen Bett und ich zog sie näher an mich heran.

»Beruhige dich. Ich komme euch oft besuchen. Berlin ist doch gar nicht so weit fort. Und denke daran, was ich alles mitbringen kann. Die ganzen schönen Dinge, die es in so einer großen Stadt gibt.«

Aber Erika war nicht zu überzeugen. Neben uns im Körbchen lag unsere kleine Schwester Gisela. Die ganze Nacht hatte sie gequengelt, aber meine Mutter kam nicht ein Mal, um nach ihr zu sehen. Erika und ich nahmen sie mit in unser Bett. Wir hätten sowieso nicht schlafen können.

Wer würde sich jetzt um die beiden Mädchen kümmern? Ich wusste, meine Brüder würden ihr Bestes geben, aber war das nicht die Aufgabe einer älteren Schwester? Alles, was meine Mutter mir bis jetzt gesagt hatte, war, dass meine Schwester Helene für mich eine Stelle im Haushalt einer alleinstehenden Dame in Berlin gefunden hätte. Mehr sagte sie nicht, als sie mir an diesem Nachmittag beim Packen half.

»Mutter, wieso hat Helene mir eine Stelle besorgt?«

Sie tat so, als hätte sie mich nicht gehört.

»Lass mich bitte zu Hause bleiben, ich will zurück in die Schule, ich will Sängerin werden. Bitte, Mutter, schick mich nicht fort. Du brauchst mich doch, ich kann dir im Haushalt und bei der Ernte helfen. Mutter, bitte. Bitte.«

Sie drehte mir den Rücken zu und ging zur Tür, aber ich hielt sie am Arm fest. »Mutter, bitte schick mich nicht weg.«

»Hilde, es ist zu spät dafür, sie warten auf dich in Berlin. Dein Vater hat schon die Fahrkarten, er wird sie heute Abend mit nach Hause bringen.«

***

Am nächsten Morgen stand ich als Erste auf und ging nach draußen, um noch einmal die Tiere zu füttern. Zwei Hühner fehlten – das Abendessen von gestern.

Ich hatte keinen Bissen runtergebracht, und mein Vater hatte wütend mit der Faust auf den Tisch geschlagen, sodass die Teller hochsprangen und der Krug mit dem Wasser umkippte und sich über die Kartoffeln ergoss. Er war von seinem Stuhl hochgeschossen und hatte drohend mit der Gabel in der Hand herumgefuchtelt. Er nannte mich ein undankbares Geschöpf, das nicht zu schätzen wüsste, dass die ganze Verwandtschaft gekommen war, um mir auf Wiedersehen zu sagen.

Meine Tante wollte aufstehen, aber mein Onkel legte seine Hand auf ihre Schulter und warf mir einen traurigen Blick zu.

Erika verließ ihren Platz neben Mutter und setzte sich auf meinen Schoß.

»Erika, setz dich sofort wieder auf deinen Stuhl und iss den Teller leer.« Mein Vater hatte ein knallrotes Gesicht.

Ich stand auf, nahm meine Schwester auf den Arm und drehte mich zu meinem Vater. »Du kannst mir gar nichts mehr sagen, ich wohne ja jetzt nicht mehr hier.« Ich zitterte am ganzen Körper. Wäre ich am nächsten Tag nicht gefahren, hätte ich nie gewagt, so mit meinem Vater zu sprechen.

***

Mein Vater ging zur Arbeit, ohne sich von mir zu verabschieden. Auf dem Küchenfußboden stand mein Gepäck: ein großer Pappkarton. Wie sollte ich den über 900 Kilometer heil ans Ziel bringen? Mein Bruder hatte ihn mit Bindfäden verschnürt, um ihn zusammenzuhalten, und einen Griff angebracht, damit ich ihn besser tragen konnte.

Als ich am letzten Tag zur Schule ging, um mich zu verabschieden, zeigte Herr Potenski meinen Klassenkameraden den Reiseweg auf der großen Landkarte. Von Tilsit fuhren Züge nur bis Königsberg. Dort musste ich in die ostpreußische Zuglinie umsteigen.

Diese Züge kamen nur alle zwei Tage aus Warschau und fuhren weiter bis Berlin.

»Ich komme mit.« Erika hielt sich an meinem Mantel fest. Ich kniete mich zu ihr hinunter und sah ihr in die Augen.

»Nein, du kannst nicht mitkommen. Ich muss doch dort arbeiten. Aber du darfst mich bis zum Zug begleiten.«

Arno hob sie hoch und setzte sie auf meinen Karton, der schon im Bollerwagen verstaut war. Meine Mutter lief ins Haus zurück und holte eine Decke. Damit wickelten wir Erika warm ein. Meine Brüder hatten nur ihre Pullover an und nichts auf dem Kopf oder an den Händen. Heute blies der eiskalte Ostwind wieder besonders stark.

Ich trug den Mantel meiner Mutter, brauner Pelz. Den hatte sie schon, seit ich denken konnte. Sie gab mir auch ihr Kopftuch, und mein Bruder Herbert gab mir seine Stiefel.

Ich verabschiedete mich von meiner Mutter, küsste Gisela. Dann sah ich meine Tante und die Cousins, wie sie den Feldweg heruntergelaufen kamen. Außer Atem blieben sie vor uns stehen. Meine Tante stützte ihre Hände auf die Knie und holte erst einmal tief Luft.

»Elisabeth, du gehst mit zum Bahnhof. Ich passe solange auf Gisela auf«, sagte sie zu meiner Mutter.

Zwei Stunden brauchten wir, bis wir am Bahnhof ankamen. Meine Cousins und Brüder schoben oder zogen den Wagen über die holprigen Straßen. Schweiß lief ihnen übers Gesicht. Die ganze Zeit über hielt ich Erikas Hand.

Kapitel 3

Beinahe hätten wir den Zug verpasst. Erika ließ mich nicht los und schrie wie am Spieß. Arno musste ihre kleinen Finger einen nach dem anderen zurückbiegen. Je mehr er zog und zerrte, umso lauter protestierte sie. Als er es endlich geschafft hatte, trat sie mir an das Bein und fasste die Hand meiner Mutter. Helmut hatte in der Zwischenzeit meinen Karton durch die offene Zugtür geschoben. Ich hatte gerade noch Zeit, die Stufen hochzuspringen. Der Zug fuhr ab, ohne dass ich mich richtig von meiner Familie verabschieden konnte.

Im Zug war es heiß, dunkel und sehr laut. Ich versuchte vergebens, das Zugfenster aufzumachen, und blieb dann einfach an der Tür stehen. Ich war froh, dass ich meine Mutter überredet hatte, ihren Pelzmantel zurückzunehmen. Ich hatte einfach so getan, als ob mir der Mantel in Berlin – das weiter südlich liegt – lästig wäre und ich ihn nie tragen würde. Ich wusste, dass meine Mutter nur diesen einen Mantel hatte. Im Winter hatte sie ihn jeden Tag an. Stattdessen nahm ich ihre Jacke, die sie letztes Jahr aus einer alten Decke genäht hatte.

Die Fahrt nach Königsberg ging schnell, ich sah die ganze Zeit aus dem Fenster. Ich war noch nie so weit von zu Hause fort gewesen. Der Zug kam pünktlich an. Ich wusste, ich hatte über eine Stunde Zeit, bis der Zug aus Warschau kam, in den ich umsteigen musste.

Ich bekam die Tür nicht gleich auf und hinter mir fingen die Leute an zu drängeln und zu schubsen. Jemand öffnete die Tür von außen, und ich fiel auf den Bahnsteig. Die Menschen hinter mir trampelten einfach über mich rüber. ›Bleib hier einfach liegen, gleich wachst du auf und der Albtraum ist vorbei‹, dachte ich.

»Jak masz na imię?« Eine Frau fasste mich bei meiner Jacke und zog mich hoch. »Jak masz na imię?«, fragte sie noch einmal, nur diesmal lauter.

»Hilde, ich heiße Hilde«, flüsterte ich und sah sie ängstlich an. Sie lachte, ein freundliches, lautes Lachen. Sie hatte ein rundes Gesicht und ich sah nur ein oder zwei Zähne in ihrem Mund. Sie trug ein buntes Kopftuch, einen längeren Rock, Pullover, Strickjacke und dicke Socken. Ihre Schuhe waren vorne aufgeschnitten, um Platz für ihre Füße zu haben. Neben ihr stand ein langer, dünner Junge, ungefähr so alt wie ich. Er hatte eine Pelzmütze auf, die so groß war, dass ich kaum sein Gesicht sehen konnte.

Die Seitenklappen der Mütze hatte er runtergeklappt, um seine Ohren vor der Kälte zu schützen. Der Kragen seiner dicken, schwarzen Jacke war aufgestellt. Die Hosenbeine der weiten Kosakenhose steckten in schweren Stiefeln. Er schob seine Mütze zurück – zum Vorschein kam ein frohes Gesicht mit Sommersprossen.

Er gab mir seine Hand. »Oleg, ich Pole.«

»Mutter.« Er zeigte auf die Frau, die mich hochgehoben hatte.

»Wohin fährst du?«, fragte ich ihn. Als ich merkte, dass er mich nicht verstand, sagte ich »Ktore miasto« und bedankte mich im Stillen bei Herrn Potenski, dass er uns ein bisschen von seiner Muttersprache beigebracht hatte.

»Berlin.« Er sah mich prüfend an und bekam ein dankbares Lächeln von mir.

»Chodzic ci Troche Pomocy?«, fragte er seine Mutter.

Ich war mir nicht ganz sicher, was das bedeutete, aber er nahm meine Kiste und lud sie auf seinen Holzkarren, der bis oben hin mit Käfigen voller Hühner beladen war. Ich staunte, wie leicht er den Wagen vor sich herschob. Es waren bestimmt zwanzig Käfige mit jeweils acht Hühnern.

Dann kam unser Zug aus Warschau. Wir konnten ihn schon aus der Ferne hören. Er fuhr mit Dampf und Getöse auf den Bahnsteig zu. Diesmal klammerte ich mich fest. Ich hatte Angst, Oleg und seine Mutter unter so vielen Menschen zu verlieren.

Schnell wollte ich auf die Tür des ersten Waggons zugehen, aber Oleg hielt mich zurück. »Nie.« Er schüttelte mit dem Kopf und zeigte nach hinten.

Wir machten uns auf den Weg zu den hinteren Waggons. Die Wagen am Ende des Zuges waren Güterwagen. Wir gingen zu dem allerletzten. Die Tür wurde aufgeschoben, und Männer, die so angezogen waren wie Oleg, sprangen heraus. Sie begrüßten lachend Oleg und seine Mutter. Danach halfen sie, den Karren zu entladen, und hoben ihn oben auf das Zugdach, wo schon andere Handwagen verstaut waren. Alle fest mit Seilen zusammengebunden. Einer nach dem anderen wurden die Käfige mit den Hühnern in den schon überladenen Waggon gereicht. Jemand nahm meinen Karton. Zwei starke Arme hoben mich hoch, und ausgestreckte Hände halfen mir durch die Öffnung ins Innere des Wagens.

Der Gestank und der Lärm hier waren fast unerträglich und ich machte unwillkürlich einen Schritt zurück. Aber die Frauen und Kinder, die mich mit offenem Mund ansahen, hielten mich an meiner Jacke fest.

Ein kleiner Junge nahm meinen Karton und benutzte ihn als Stuhl. Alle redeten auf mich ein, bis Oleg sagte: »Niemka.« Jetzt wussten sie, ich war Deutsche. Oleg zog mich in die Mitte. »Bliski Przyaciel«, sagte er ganz ruhig, und ich verstand das Wort für ›Freund‹.

Sie schüttelten meine Hand und ich suchte mir einen Platz in der Ecke – auf dem Boden, neben Hühnern und Gemüse. Die Tür wurde bis auf einen Spalt für Luft und Licht zugeschoben, und der Zug fuhr an.

Wir würden zwei Tage brauchen, bis wir an unserem Ziel waren. Ich versuchte zu schlafen. Nach einer Weile schreckte ich hoch, denn plötzlich ruckte der Zug, fuhr langsamer und blieb dann ganz stehen. Es war dunkel, nur etwas Licht fiel durch den Spalt an der Tür und durch die kleinen vergitterten Fenster auf der gegenüberliegenden Seite. Wir hörten Stimmen von draußen und Türen, die auf- und zuschlugen. Besorgte Gesichter sahen in meine Richtung.

Unsere Waggontür wurde weit aufgeschoben, frische Luft kam uns entgegen. Draußen standen Männer mit Taschenlampen, mit denen sie in unsere Gesichter leuchteten. »Polacken«, sagte der erste, kletterte hoch und lachte. Er hatte mich in der Ecke nicht gesehen, ich stand auf und zitterte am ganzen Körper, vor Kälte und Furcht. »Dieses sind Bauern, die Märkte in Berlin warten auf ihre Ernte. Sie machen diese Fahrt jede Woche.« Ich hoffte, dass es wie die Wahrheit klang. Der Mann starrte in meine Richtung, schüttelte den Kopf und brüllte: »Papiere!« Zitternde Hände griffen in Jackentaschen, und einer nach dem anderen kam nach vorne und zeigte ein Stück Papier.

Der Mann sprang vom Wagen, drehte sich noch einmal zu mir um und sagte durch zusammengebissene Zähne: »Ich würde vorsichtig sein, wen ich mir als Freunde nähme.«

Oleg stand jetzt hinter mir. »Hilde, wie alt?«, fragte er mich. »Czternascie, ich bin vierzehn«, erwiderte ich. Olegs Mutter kam jetzt auf mich zu, nahm meine Hände und fragte: »Jak Cie Goldny?« Ja, ich hatte Hunger, aber erst brauchte ich eine Toilette. Ich nickte ihr zu und fragte: »Toaleta?« Mehrere Finger zeigten zu einem Eimer in der Ecke, den ich vorher gar nicht bemerkt hatte. Das erklärte jedoch den überwältigenden Gestank, an den ich mich noch nicht gewöhnt hatte. Sie sahen wohl mein Entsetzen und drehten sich in die andere Richtung, bis das erste Kind lachte. Dann lachten wir alle. Ich lachte am lautesten.

Kapitel 4

22. Mai 1928, Berlin

Mein Geburtstag. 16 Jahre alt und fern der Heimat. Helene hatte mich letzte Woche besucht und mir ein Paket von zu Hause mitgebracht. Sie kam gerade aus Tilsit, und unsere Mutter hatte es ihr mitgegeben. Ich selber war in den zwei Jahren, seitdem ich hier in Berlin lebte, nicht ein einziges Mal wieder zu Hause gewesen. Ich fühlte einen kleinen Stich der Eifersucht. Ich hatte es ihr noch immer nicht verziehen, dass sie meine Eltern überredet hatte, mich nach Berlin zu schicken.

»Mach es doch auf. Ich will wissen, was drin ist«, flehte Helene, als sie es mir gab.

Ich wollte mein Paket aber für mich allein haben und sagte:

»Nein, erst an meinem Geburtstag. Erzähle mir lieber, wie es allen geht und was es für Neuigkeiten gibt.«

»Wir haben eine neue Schwester, Grete.«

***

Ich arbeitete im Haushalt von Marie von Bülow. Außer mir waren hier nur ein Butler und ein Gärtner. Zweimal in der Woche kam eine Putzhilfe, und eine Frau holte die schmutzige Wäsche in einem Kinderwagen ab und brachte sie ein paar Tage später gewaschen wieder zurück. Alle anderen Aufgaben waren mir überlassen. Ich kümmerte mich um die Öfen, kämmte jeden Tag die Fransen der Teppiche, besprach den Speiseplan, kaufte ein, flickte, stopfte, kochte und backte. Die meiste Zeit verbrachte ich in der Küche. An der Wand über dem Herd hing ein Kasten mit Nummern. Hier konnte ich sehen, in welchem Zimmer Frau von Bülow sich gerade aufhielt, wenn sie klingelte.

Kurz vor meinem Geburtstag rief sie mich nach oben in den Salon und gab mir einen Umschlag mit zwei Kinokarten für die folgende Woche und einen Tag frei. Ich war noch nie im Kino gewesen. Die Karten waren für den neuen Film *Harakiri* mit Lil Dagover. Ich hatte die Plakate an der Litfaßsäule gesehen, hätte aber nie gedacht, dass ich jemals in ein Kino gehen würde.

Ich war so stolz, dass sie mich nach oben in ihr Wohnzimmer einlud. Sie hatte mich anfangs einmal ertappt, als ich allein oben war. Ich stand mitten im Zimmer und sah mich um. Die Decke war bestimmt vier Meter hoch, mit Ornamenten aus Gips, die zum Teil farbig ausgemalt waren. Der Holzfußboden war bedeckt mit kostbaren Teppichen aus Persien. Und die Fenster reichten beinahe vom Boden bis an die Decke. Das ganze Zimmer war hell und luftig. An den Wänden hingen große Fotografien von Frau von Bülow, die sie in ihren Film- und Theaterrollen zeigten. In der Mitte des Raumes stand ein Bechsteinflügel – auch darauf Fotografien in silbernen Rahmen: von Peter Tschaikowsky, von Tschaikowsky mit Marie von Bülow und ihrem verstorbenen Ehemann Hans, und als letztes ein Foto von Hans von Bülow am Klavier und Tschaikowsky als Dirigent.

Dies alles betrachtete ich gerade, als Frau von Bülow unerwartet durch die Tür hereinkam. Anstatt mich an diesem Nachmittag sofort zu entlassen, durfte ich mich hinsetzen, und sie erzählte mir von ihrem Leben. Stolz sprach sie von Konzerten, besonders von einem in St. Petersburg. Sie fragte mich auch, ob ich mich für Kunst interessieren würde. Und ich wagte es, ihr von meiner kurzen Zeit beim Theater zu erzählen.

Seit diesem Nachmittag lernte ich auch ihre Launen kennen. Wenn sie besonders traurig war, kochte ich ihr ein Essen aus ihrer polnischen Heimat, oder es gab einen Kuchen nach einem Rezept meiner Mutter.

In dem Paket von zu Hause befand sich eine schwarze Metallkassette. Sie hatte einen Griff oben in der Mitte des Deckels, den man umlegen konnte, und ein Schloss mit einem Schlüssel an der Seite. Darin befand sich ein Brief von meiner Mutter, Briefe von meinen Brüdern, eine Zeichnung von Erika, Geburtstagskarten von meinen Schulfreunden und ein langer Brief von meinem Lehrer Herrn Potenski mit aufmunternden Worten. Ich weinte leise vor mich hin, als ich alles wieder vorsichtig in die Kassette legte und die Kekse aß, die meine Mutter mir gebacken hatte.

Ich hoffte, dass Oleg meine Nachricht bekommen hatte. Er verbrachte jetzt die meiste Zeit hier in Berlin. Nur seine älteren Brüder gingen alle zwei Wochen zum Markt am anderen Ende der Stadt, um ihre Hühner zu verkaufen. Olegs Mutter kam schon lange nicht mehr mit – seitdem sie beinahe unter einen herankommenden Zug gestoßen worden war. Eine Gruppe junger Männer hatte den Zug gestürmt. Sie warfen alle Kisten und Körbe um und beschimpften alle als ›Polacken‹. Olegs Mutter stand auf dem Bahnsteig. Sie wurde angerempelt und fiel nach hinten. Nur dadurch, dass einige Bauern sie im letzten Moment festhielten, konnte ein Unglück verhütet werden. Danach ließ sie auch ihren jüngsten Sohn Oleg hier. Er arbeitete seitdem bei Tante und Onkel in ihrem polnischen Delikatessengeschäft.

Meinen Brief an Oleg mit der Einladung ins Kino schickte ich mit der Rohrpost. Das ging am schnellsten. Wir wollten uns am Alexanderplatz treffen.

Ich sah Oleg schon von Weitem kommen – und wollte meinen Augen nicht trauen. Er trug einen Anzug, mit Schlips und Weste. In der Hand hielt er einen Strauß weißen Flieder. Als ich ihn fragend ansah, zuckte er mit den Schultern: »Gehört meinem Onkel!«

Kapitel 5

Kalt, oh, so kalt! Kalt und dunkel. Das Wasser reichte mir schon bis unter die Arme. Meine Zähne klapperten, ich zitterte am ganzen Körper. Eine Welle schlug hoch und das Wasser reichte mir bis zum Hals. Der Schock fuhr wie ein Blitzschlag durch meinen Körper. Ich sah Lichter am anderen Ufer. Noch ein, zwei Schritte und der Fluss hat sein Opfer. Ich kann nicht schwimmen.

***

Ich lernte Alfred an einem sonnigen Morgen in dem kleinen Café gegenüber vom Kino am Alexanderplatz kennen. Ich war mit Oleg verabredet, aber er ließ auf sich warten. Wir waren seit längerer Zeit mit dem Besitzer des Cafés, Harel, und seiner Frau Karina befreundet. Harel und Karina waren Polen und kamen aus Warschau. Das kleine Café war ein Treffpunkt für junge Polen und Ostpreußen. Hier erzählten wir uns Geschichten von zu Hause, tranken Kaffee und aßen Kuchen aus unserer Heimat. Ich hatte Harel das Rezept für einen Käsekuchen gegeben, und wenn Karina den Kuchen aus dem Ofen holte, zog ein ganz besonderer Duft durch die Küche. Dann schloss ich meine Augen und sah meine Mutter zu Hause in unserer Küche stehen.

Im kleinen Café war es an diesem Tag besonders voll. Es war ein Kommen und Gehen, und ich konnte nicht viel länger auf Oleg warten. Harel sah, wie ich nervös auf die Glastür guckte.

»Er wird schon kommen, setz dich doch hin, Hilde.« Harel wollte mich beruhigen, aber ich merkte, wie er von meiner Nervosität angesteckt wurde. »Setz dich an den Tisch am Fenster, von dort kannst du alles überblicken. Ich bringe dir einen Kaffee.«

»Ist dieser Platz noch frei?« Ich drehte mich um. Ein junger Mann stand hinter mir und zeigte auf den leeren Stuhl am Tisch. Ohne zu antworten, warf ich einen Blick zur Theke, um Harels Aufmerksamkeit zu erhaschen.

»Es tut mir leid, es gibt sonst keinen freien Platz mehr.« Er gab mir die Hand. »Mein Name ist Alfred Müller, darf ich mich zu Ihnen setzen? Ich möchte nur schnell etwas essen, dann gehe ich wieder. Ich möchte Sie nicht stören.«

Ich hatte noch immer kein Wort gesagt, versuchte aber, sein Gesicht zu studieren, ohne dass er es merkte.

»Hilde, ist alles in Ordnung?« Harel stand mit meinem Kaffee und einem Stück Kuchen am Tisch.

»Schön, Sie kennenzulernen«, sagte Alfred mit einem entwaffnenden Lächeln.

»Entschuldigen Sie bitte, ich muss jetzt gehen.« Damit stand ich auf, ließ den Kuchen stehen und wollte zur Tür.

»Harel, ich muss jetzt wirklich gehen, ich muss noch zum Fischmarkt. Ich habe Frau von Bülow versprochen, eine Forelle mitzubringen, sie erwartet heute Abend Besuch.«

Harel versprach mir noch, dass er herausfinden würde, warum Oleg heute nicht gekommen war. Er wusste, dass ich mir Sorgen um Oleg machte. Sein Deutsch war in der Zwischenzeit sehr gut geworden, aber man konnte noch seinen starken Akzent hören. Seitdem er mir von dem Zwischenfall mit seiner Mutter erzählt hatte, fürchtete ich um seine Sicherheit.

Nach dem Einkauf ging ich vom Markt aus über den Alexanderplatz zur S-Bahn-Station. Als ich gerade die Straße überqueren wollte, hupte direkt neben mir ein Auto. Ich erschreckte mich so sehr, dass ich stolperte und eine Frau anstieß. Mein Korb und das Netz mit Kartoffeln und Gemüse fielen zu Boden. Die Kartoffeln und Zwiebeln kullerten bis zur Mitte des Platzes.

Der Fahrer, der gehupt hatte, sprang aus seinem Wagen heraus und fing an, alles wieder einzusammeln. Es war Alfred. »Verfolgen Sie mich etwa?«, fragte ich ihn wütend.

»Fräulein Hilde, bitte verzeihen Sie mir. Wir packen alles in mein Auto. Das Wenigste, was ich für Sie tun kann, ist, Sie nach Hause zu fahren.«

Unterwegs im Auto erzählte er mir, dass er für die Automobilfirma Ford arbeite. Er war sehr stolz darauf. Der Wagen, den er fuhr, war ein Ford T Modell. Die Autoteile kämen alle aus Amerika und würden hier in Berlin in der neuen Fabrik zusammengebaut. Er selbst sei ein Testfahrer.

Ich bat ihn, mich am Ende meiner Straße aus dem Fahrzeug steigen zu lassen. Ich wollte nicht, dass er erfuhr, wo ich wohnte. Und auf gar keinen Fall sollten Frau von Bülow oder der Butler mich mit einem fremden Mann in einem Auto nach Hause kommen sehen.

Alfred ließ aber nicht locker, und ich durfte erst gehen, als ich ihm versprach, in der folgenden Woche mit ihm auszugehen. Also verabredeten wir uns und ich schlug das Schloss Sanssouci als Treffpunkt vor. Alfred bestand darauf, mich mit dem Auto abzuholen, und zwar genau an der Stelle, wo ich jetzt ausstieg.

***

Im Garten von Schloss Sanssouci wurde getanzt, und Alfred erzählte mir von seiner Kindheit in Hamburg, seinen Geschwistern, seiner Arbeit, und ich hing buchstäblich an jedem seiner Worte. Alfred war charmant, er war unterhaltsam, und er hatte ein ansteckendes Lachen. Wir tanzten, wir lachten und ich probierte mein erstes Glas Wein.

Auf der Rückfahrt lenkte Alfred das Fahrzeug nur mit einer Hand, mit der anderen hielt er meine. Am Ende meiner Straße legte er seine Hand unter mein Kinn, sah mir in die Augen, hob meinen Kopf und küsste mich sanft auf die Lippen. Mein erster Kuss.

Ich war verliebt. Alle Sorgen um Oleg waren vergessen. Alfred war alles, an was ich denken konnte. Und Alfred überschüttete mich mit Geschenken. Eine silberne Kette mit dem Buchstaben ›H‹ als Anhänger, eine Brosche, eine Eidechse mit bunten Kristallen. Schokolade, Pralinen. Ich genoss die Pralinen, ich ließ sie so lange wie möglich in meinem Mund zergehen. Ach, Alfred. Ich träumte, wir würden in einem großen Haus mit Kamin und Schaukelstuhl wohnen, hier in dieser Straße. Nie kam Alfred zu mir, ohne ein Geschenk mitzubringen.

Alfred wurde ganz still, als ich ihm eines Nachmittags sagte, er solle nicht mehr so viele Süßigkeiten mitbringen, die gingen auf meine Hüften. Danach sah ich Alfred zwei Wochen nicht mehr – er sagte, er müsse verreisen.

Harel schickte mir eine Nachricht: Er hatte von Oleg gehört. Ich sollte am Café vorbeikommen, wenn ich das nächste Mal zum Markt ging. Frau von Bülow erzählte ich, dass es am Fischmarkt geräucherten Aal gäbe, und versprach ihr, dass ich versuchen würde, einen zu bekommen. Auf dem Markt wurde mir übel und schwindelig. Ich musste mich an einer Laterne festhalten, um nicht umzufallen.

»Fehlt Ihnen etwas?« Eine ältere Dame sah mich besorgt an.

»Nein danke, es geht mir schon besser, es ist der Fischgeruch.«

Ich versuchte, mein Gleichgewicht zu halten, und ging so schnell ich konnte über den Alexanderplatz zu Harels Café.

Vor mir lief ein junges Paar: Sie war hochschwanger und hielt sich an seinem Arm fest. Das Glöckchen oben an der Tür klingelte, als der junge Mann die Glastür aufzog. Er zeigte seiner Frau den Tisch in der Ecke und hielt dann die Tür für mich auf.

Es war Alfreds Gesicht – wir starrten uns an. Mein Alfred, der angeblich unterwegs war, um Autos auszuliefern, stand vor mir in einer Uniform. Braunes

Hemd und ein Band mit einem Zeichen oben am Arm. Er wurde erst kreidebleich, dann knallrot.

»Alfred, was ist mit dir?« Die Frau stand auf und kam zurück zur Tür.

Ich stolperte rückwärts, drehte mich um und lief, so schnell meine Füße mich tragen konnten, zurück in Richtung Markt. Mein Herz schlug mir bis zum Hals und ich konnte kaum atmen. Dieselbe ältere Dame, die ich vorher getroffen hatte, kam auf mich zu.

»Kommen Sie, Fräulein, da hinten steht eine Bank. Kommen Sie, setzen Sie sich. Sie sehen aus, als hätten Sie gerade ein Gespenst gesehen, kommen Sie.«

Ich konnte meine Tränen mit länger zurückhalten. Schluchzend saß ich auf der Bank, die Hände vor meinem Gesicht, neben mir eine fremde Frau, die die ganze Zeit versuchte, mich zu beruhigen.

***

Ich ertränkte mich nicht in der kalten Novembernacht in Berlin. In der Ferne hörte ich die Kirchturmuhr ein Uhr schlagen und warf einen Blick zurück. Noch einmal schlug eine Welle hoch, und beinahe hätte sie mich umgerissen. Das hatte mich aus meiner Trance geweckt. Ich ging zurück zum Ufer der Spree und stieg die Stufen hoch. Dann stand ich wieder auf der einsamen, dunklen Straße.

Zu Hause angekommen, zog ich erst einmal meine nassen Kleider aus und legte sie im Bad hinter der Küche in die Wanne. Dann nahm ich eine leere, braune Bierflasche und füllte sie ganz vorsichtig mit heißem Wasser. Langsam, damit sie nicht platzte. Ich ging in mein Zimmer, legte mich aufs Bett und drückte die heiße Flasche auf meinen Unterleib.

Gegen Morgen weckten mich starke Schmerzen. Noch ganz benommen stand ich auf und ging hinunter in die Küche. In zwei großen Kesseln ließ ich Badewasser heiß werden, nahm die nasse Kleidung aus der Wanne und goss das Wasser hinein. Die ganze Zeit über lief mir Blut an meinen Beinen herunter. Ich setzte mich in die Wanne. Das Wasser war so heiß, dass mir die Haut brannte. Ich nahm ein Handtuch und biss so fest hinein, dass niemand mein Schreien hörte. Das Blut färbte das Badewasser rot. Dann spürte ich, wie ein Klumpen meinen Körper verließ.

Ich hatte keine Kraft mehr nachzusehen, was es war. Ich stieg aus der Wanne, ließ alles stehen und liegen, ging in mein Zimmer, zog mich an und machte meine Arbeit.

Kapitel 6

Dezember 1930

Komme Weihnachten – Hilde stand auf dem Telegramm, das ich Mitte Dezember nach Hause schickte. Das würde das erste Mal seit vier Jahren sein, dass ich wieder nach Hause käme. Frau von Bülow hatte mir freigegeben. Ich musste aber versprechen, kurz nach Silvester zurück zu sein. Sie plante eine große Gedenkfeier anlässlich des 100-jährigen Geburtstages ihres verstorbenen Gatten.

Sie gab mir einen alten, grauen Lodenmantel, der mir beinahe bis auf die Füße reichte. Harel lieh mir eine schwarze Pelzmütze und Handschuhe.

»Vielen Dank, Alfred«, dachte ich im Stillen, als ich seine Kette auf dem Schwarzmarkt gegen Stiefel eintauschte. Sie waren mir zwar ein bisschen zu groß, aber ich bat den Gärtner um ein Paar dicke Socken, dafür backte ich ihm und seiner Familie einen Käsekuchen. Für Alfreds Brosche bekam ich einen Rucksack. Jetzt war ich froh, dass ich den Schmuck nicht letzten Monat in die Spree geworfen hatte.

Ich lernte die Adresse von Olegs Mutter in Polen auswendig. Ich wollte keine polnische Adresse in meiner Tasche haben. Man musste inzwischen überall mit Kontrollen rechnen, besonders bei uns in Tilsit, oben an der polnischen Grenze. Und ich hatte weder Zeit noch einen Pass, um über die Grenze zu kommen. Aber vielleicht könnte mir mein ehemaliger Lehrer, Herr Potenski, helfen, etwas über Olegs Familie zu erfahren.

Auf dem Weg nach Tilsit schneite es ununterbrochen. Oft behinderten Schneewehen die Weiterfahrt. Mehrere Male musste der Zug anhalten. Die meisten Mitreisenden sprangen dann aus dem Zug und halfen, die Schienen vom Schnee zu befreien. Oft nur mit bloßen Händen, andere leerten Holzkisten und benutzten sie als Schaufeln.

Ich erreichte Tilsit am späten Nachmittag des zweiten Tages. Auf dem Bahnsteig versank ich sofort im tiefen Schnee. Weit und breit war kein Mensch zu sehen. Niemand war auf dem Bahnhof, um mich abzuholen. Ich machte mich allein auf den Weg zu unserem Haus. Alles um mich herum war still und weiß, schimmerndes Eis knirschte unter meinen Stiefeln.

Erschöpft stand ich nach dem langen, mühsamen Marsch vor unserer Haustür. Draußen hatten wir kein Licht, und nach mehrmaligem heftigem Klopfen öffnete Erika die Tür.

»Mama, da steht ein Soldat.« Sie drehte sich um und rannte in die Küche.

Meine Pelzmütze verbarg einen Teil meines Gesichtes, der Mantelsaum verschwand auf dem Erdboden im Schnee. Sie hatte mich nicht erkannt. Ich schluchzte, und meine Tränen froren mir auf dem Gesicht fest.

»Erika, ich bin's!«

Anstatt mir, so wie ich es mir vorgestellt hatte, entgegenzulaufen, versteckte sie sich jetzt hinter meiner Mutter. Ein junger Mann, der meinem Bruder Herbert ähnlich sah, eilte zu mir und nahm mich in den Arm.

»Hilde!«

Meine Mutter ließ vor Schreck beinahe die Weihnachtsgans fallen, die sie gerade mit Äpfeln füllen wollte. Das Festessen für morgen, den ersten Weihnachtstag.

»Was machst du denn hier?«

»Ich habe ein Telegramm geschickt, hast du das nicht bekommen?«

Ich stand immer noch wie festgewachsen in der Tür. Dann stand Helmut vom Küchenstuhl auf, umarmte mich und kniff mich in die Wange. »Will nur sehen, ob du es wirklich bist«. Er schüttelte ungläubig den Kopf und nahm mir endlich meinen nassen Mantel, meine Mütze und die Handschuhe ab. Die hängte er auf den Wäscheständer vor den Kochherd, nachdem er die Windeln abgenommen hatte.

Ich ging zu meiner Mutter, gab ihr einen Kuss und legte meinen Arm um ihre Schulter.

Meine Mutter war so dünn, ihr Rücken war krumm geworden. Und sie sah mich mit Augen an, die kaum ein Zeichen von Leben in sich hatten. Die Ärmel der alten, kaputten Strickjacke von meinem Vater hatte sie hochgekrempelt, und ihre Hände waren von der schweren Arbeit rot und spröde geworden. Meinen Vater konnte ich nirgends sehen, ich fragte auch nicht nach ihm. Stattdessen nahm ich Erikas Hand. »Zeigst du mir unsere kleine Schwester?«

»Welche? Die kleine oder die neue?« Mir lief es eiskalt den Rücken herunter. Kein Wunder, dass meine Mutter so krank aussah. Sie hatte schon wieder ein Kind.

»Na, beide natürlich«, erwiderte ich und sah sie aufmunternd an.

»Auch meinen kleinen Bruder?«

Die drei Monate alten Zwillinge Günter und Traute lagen jeder in einer Schublade auf dem Fußboden. Grete war im Kinderbett. Aber wo war die fünfjährige Gisela?

Erika zeigte unters Bett. Ich bückte mich. Unterm Bett, hinten in der Ecke, sah ich ein kleines Mädchen mit großen Augen sitzen, verschreckt wie ein kleines Reh im Licht eines Zuges.

Erika zuckte mit den Schultern. »Sie denkt, du bist der Weihnachtsmann. Der kommt heute Abend, und Mama hat gesagt, er wüsste, ob sie ungezogen war.«

Ich hatte jedem ein kleines Geschenk mitgebracht. Erika und Gisela bekamen einen selbst gestrickten Pullover. Erikas war in ihrer Lieblingsfarbe – Flieder. Im Kaufhaus in Berlin hatte ich zwei kleine Stoffelfen gefunden, die ich vorne aufgenäht hatte. Die Flügel hatte ich aber nicht befestigt. Erika tat so, als könnte sie fliegen, und zog den Pullover den ganzen Abend nicht mehr aus.

Ich schlief in meinem alten Bett, zugedeckt mit den warmen Körpern meiner beiden kleinen Schwestern. Gemütlich, wie unter einer Decke.

Meine Mutter schlief wieder die ganze Nacht nicht. Alle paar Minuten stand sie auf, um sich um die Zwillinge zu kümmern.

Als Erster stand Arno morgens auf und bereitete die Flaschen für seine kleinen Geschwister. Dann nahm er eins nach dem anderen auf seinen Schoß und fütterte sie. Meine Mutter machte in der Zwischenzeit unser Frühstück: für jeden eine Scheibe Schmalzbrot und ein gekochtes Ei.

Mein Vater hatte mir den Rücken zugewandt. Ohne sich umzudrehen, sagte er:

»Jetzt, wo du wieder hier bist, kannst du bleiben und deiner Mutter helfen.«

Ich wandte mich zu Arno und fragte: »Unterrichtet Herr Potenski immer noch an der Schule?«

»Typisch Hilde, kümmert sich nur um fremde Leute. Ihre eigene Familie ist ihr, wie immer, egal. Nein, der Polacke ist wieder dahin zurück, wo er hergekommen ist. Ich weiß gar nicht, warum wir die hier überhaupt reinlassen«, tobte er weiter.

Der Blick meiner Mutter sagte mir alles. Anstatt ihm zu antworten, biss ich die Zähne zusammen.

Mit wenigen Zutaten bereitete meine Mutter ein Weihnachtsessen wie nie zuvor. Wir Kinder bestanden darauf, dass sie sich danach endlich einmal ausruhte. Wir kümmerten uns um die kleinen Geschwister, räumten die Küche auf, und meine Brüder fütterten unsere Hühner und ein neues Schwein. Mein Vater ging wie immer in seine Kneipe, aber vorher mussten meine Brüder Schnee schaufeln, damit er nur nicht hinfiel.

Erika hatte sich versteckt, als ich wieder zum Bahnhof ging. Sie wollte sich nicht von mir verabschieden. In ihren Augen ließ ich sie schon das zweite Mal im Stich.

Meine Mutter wollte, dass ich in Tilsit blieb, aber diesmal war ich es, die fortwollte.

Kapitel 7

5. März 1933, Reichstagswahlen

Männer standen in langen Schlangen bei der Arbeitsvermittlung an. Die Arbeitslosigkeit hatte in den letzten Monaten unheimlich zugenommen. Ich ging abends nicht mehr gerne allein raus. Es verging kein Tag, an dem ich nicht hungrige Kinder und Mütter sah, die beim Caritasverband anstanden, um einen Teller Suppe zu bekommen oder manchmal auch nur ein Stück Brot.

Sobald ich meine Erledigungen für Frau von Bülow gemacht hatte, eilte ich zurück ins Haus. Aber an diesem Abend wurde ich gebeten, bei einer Bekannten von Marie von Bülow in der Küche zu helfen. Eine Angestellte war krank und es wurden Gäste zum Essen erwartet. Die Köchin hatte nach mir gefragt. Ein Auto holte mich am späten Nachmittag ab und fuhr mich zu einem prachtvollen großen Haus. Vom Hintereingang aus zeigte man mir den Weg zur Küche. Ich erkannte sofort Olegs Cousine Anna, wir hatten uns mehrere Male in Harels Café getroffen. Wir beide ließen uns nicht anmerken, dass wir uns kannten, und machten uns an die Arbeit. Schweigend schälten wir die Kartoffeln, putzten Gemüse und schoben zwei Hühner in den großen Backherd.

Dann richteten wir die Vorspeise an: kleine Teller mit Spargel, darauf ein in zwei Hälften geteiltes gekochtes Ei, mit einer leichten Soße überzogen. Anna blieb in der Küche, um sich um das weitere Essen zu kümmern, und ich servierte den ersten Gang. Als ich den Speiseraum betrat, ließ ich beim Anblick der Gastgeberin beinahe das Tablett fallen. Ich hatte gar nicht daran gedacht zu fragen, wo und in welchem Haushalt ich helfen sollte.

Lil Dagover schenkte mir ein dankbares Lächeln. Meinen ersten Kinobesuch mit Oleg werde ich nie vergessen, und hier saß die Schauspielerin, die ich so sehr bewunderte!

»Du arbeitest für Lil Dagover?« Bei Anna in der Küche fand ich endlich die Sprache wieder. »Wer sind denn die Gäste?«

»Die Feier gibt sie aus Anlass ihres ersten englischen Films *The Woman from Monte Carlo*. Der Film wird nachher im Salon vorgeführt.«

»Glaubst du, wir können ihn uns auch ansehen?«

»Das geht auf gar keinen Fall, und außerdem nicht mehr lange«, antwortete Anna.

»Was auf gar keinen Fall und was nicht mehr lange?«

»Die zeigen uns den Film auf gar keinen Fall, und ich arbeite hier auch nicht mehr lange.«

»Du willst fort? Wohin?«

»Zurück nach Polen. Falls du eine Nachricht für Oleg hast, gib sie mir mit oder geh zum Café und gib sie Harel. Ich fahre bald.« Sie sah sich vorsichtig um, um sicher zu sein, dass uns niemand hörte.

»Wissen sie hier, dass du fortgehst?« Sie sah mich nur an, als ich sie fragte.

Es war heiß in der Küche und sie hatte das Fenster geöffnet, um etwas frische Luft hereinzulassen. »Hilde, du weißt doch selber, was draußen los ist«, und zeigte mit ihrem Kopf in Richtung Fenster.

»Was meinst du?«

»Die Wahlen, es wird kein gutes Ende geben, Hilde. Hast du die Hetzreden von Hitler nicht gehört? Was ist, wenn sie heute gewinnen?«

»Wie geht es Oleg?«, fragte ich endlich. Sie schlug ihre Schürze zur Seite und griff in ihre Rocktasche, dann gab sie mir einen Brief. Ein Brief von Oleg. Ich nahm ihn schnell an mich und wollte ihn später in meinem Zimmer lesen.

Der Fahrer, der mich abgeholt hatte, wartete kurz vor Mitternacht hinter dem Haus auf mich, um mich wieder zurückzufahren.

Bei der Rückfahrt waren die Straßen voller Menschen, einige schwenkten Fahnen, andere versuchten, Autos aufzuhalten, und schlugen mit Fäusten an die Scheiben.

»Was tun die Männer? Warum sind alle Leute auf der Straße? Halten Sie doch mal an und fragen jemanden«, bat ich den Fahrer.

»Fräulein, ich bringe Sie so schnell wie möglich nach Hause«, erwiderte er mit einem sehr starken polnischen Akzent. Er hielt dann doch an, machte die Autotür einen Spaltbreit auf und sprach mit einem jungen Mann. Dann schloss er die Tür wieder, fuhr weiter und sagte: »Die Nationalsozialistische Deutsche Arbeiterpartei hat mehr Stimmen bekommen als erwartet, aber nicht die absolute Mehrheit.«

»Halt, halten Sie an!« Wir waren auf dem Alexanderplatz angekommen, und Harels Café war von Menschen umlagert. Noch bevor der Wagen richtig stand, war ich schon ausgestiegen, fiel hin, rappelte mich wieder auf und lief zum Café. Die Fenster waren mit roten Zeichen beschmiert. »Was bedeutet das?«, fragte ich einen Mann, der neben mir stand.

»Das ist ein Hakenkreuz, das Symbol der NSDAP.« Als er merkte, dass mir das kein Begriff war, fügte er hinzu: »Die Nationalsozialistische Deutsche Arbeiterpartei!«

Ich ging zur Glastür und fasste an die Farbe, sie war noch nass. Dann zog ich meine Strickjacke aus und versuchte, damit die Scheibe zu putzen.

Der Fahrer war in der Zwischenzeit ausgestiegen und stand hinter mir. »Kommen Sie, Fräulein, wir fahren nach Hause.«

»Holen Sie bitte meine Schürze, dann können Sie mir helfen.«

Die Menschen, die das Café umlagert hatten, drehten sich um und gingen einer nach dem anderen fort. Der Fahrer und ich blieben allein zurück und fingen an, die Fenster zu reinigen.

Kapitel 8

Harel kauerte unter dem Fenster seiner Wohnung, die über dem Café lag. Er beobachtete die Ereignisse, die sich unten auf dem Platz abspielten. Die Geräusche von draußen hatten ihn kurz vor 23 Uhr geweckt. Er meinte, jemanden unten an der Tür gehört zu haben. Das Klopfen wurde immer lauter. Er sah sich nach Karina um, die friedlich schlief. Sie war endlich eingeschlafen, und er wollte sie nicht stören. Den ganzen Tag hatten sie auf den Arzt gewartet, denn ihr kleiner Sohn hatte hohes Fieber. Harel war dreimal zur Klinik gelaufen, wo er immer mit der gleichen Versprechung abgefertigt wurde: »Ja, der Arzt kommt nachher bei Ihnen vorbei.«

Niemand kam. Wenn sich das Fieber bis morgen früh nicht gesenkt hatte, musste er es wieder versuchen. Diesmal wollte er einfach beim Arzt warten, bis dieser mit ins Café kam.

Die Menschenmenge, die sich unten versammelte, wurde immer größer. Er versuchte zu hören, was gerufen wurde, aber er konnte nichts richtig verstehen.

Dann kam ein großes schwarzes Auto angefahren und hielt kurz vor dem Café an. Die Beifahrertür wurde geöffnet und eine junge Frau stieg aus, fiel hin, rappelte sich wieder auf und lief zum Café. Jetzt konnte er das Gesicht erkennen. Es war Hilde! Hilde, mitten in der Nacht auf dem Alexanderplatz? Er wusste, dass sie heute mit Anna zusammen arbeiten würde, aber was machte sie hier, und so spät abends?

Er wusste, er sollte jetzt die Treppen hinuntergehen und ihr die Tür öffnen, aber dazu fehlte ihm der Mut.

Heute waren die Reichstagswahlen und er befürchtete, dass die Nationalsozialistische Deutsche Arbeiterpartei die Mehrheit der Stimmen bekommen hatte. Das würde nichts Gutes bedeuten.

Harel sah zum Bett. Er hatte Karina in den letzten Wochen immer wieder gebeten, mit ihrem Sohn nach Warschau zurückzukehren und bei den Eltern zu bleiben. Hier in Berlin wurde es für Ausländer immer unsicherer. Er musste doch seine Familie beschützen. Aber Karina war störrisch und wollte nichts davon wissen.

Nun stieg der Fahrer aus dem Auto und ging in Richtung Café. Dann wurde es draußen still. ›Ich muss etwas tun‹, dachte er und wandte sich vom Fenster ab.

Karina wachte auf und merkte, dass Harel nicht mehr neben ihr lag. »Was machst du am Fenster, Harel?«. Sie nahm ihren Morgenrock, bückte sich nach den Hausschuhen und ging zu ihm. Er nahm sie in den Arm und küsste ihren Kopf.

»Was ist da los, wo kommen die vielen Menschen her?«, fragte sie, als sie herab schaute. Männer strömten vom Café her und verschwanden in verschiedene Richtungen. Ab und zu sahen sie sich um und warfen einen Blick zurück zum Café.

»Da ist Hilde! Harel, sie ist ganz rot! Ist das Blut? Harel, warum hast du mich denn nicht geweckt?« Ihr kleiner Sohn wachte auf und fing an zu weinen. Sie ging an sein Bettchen, nahm ihn raus und hielt ihn fest im Arm.

»Harel!« Aber Harel war schon nach unten zur Tür gelaufen. Er konnte nichts sehen – die großen Fenster am Eingang waren rot beschmiert. Mit zitternden Händen fummelte er am Schloss, um die Tür aufzuschließen. Als er endlich draußen auf dem Platz stand, sah er, wie Hilde gerade zurück in das Auto stieg und der Wagen fortfuhr. Im Schlafanzug rannte er hinterher.

»Hilde, Hilde!« Aber sie hörte ihn nicht mehr, das Auto verschwand um die Straßenecke.

Kapitel 9

Ich las Olegs Brief erst, als ich wieder auf meinem Zimmer war. Der Butler war noch nicht schlafen gegangen, als ich zurückkam. Er hatte auf mich gewartet; das hatte er vorher noch nie getan. Sein normalerweise etwas gerötetes, aber freundliches Gesicht war kreidebleich.

Ich ging ins Bad hinter der Küche und ließ meine Jacke und Schürze im Waschbecken liegen. Als ich wieder in die Küche kam, saß er am Tisch und zeigte mit einer Handbewegung auf den Stuhl neben ihm, auf den ich mich setzen sollte. Auf dem Tisch vor mir stand eine Tasse mit heißem Tee, die ich dankbar annahm. Der heiße, süße Tee war offensichtlich mit einem Schuss Rum versetzt. Er beruhigte sofort meine Nerven und meine zitternden Hände.

»Der Fahrer hat mir erzählt, was passiert ist. Hilde, du bist sehr tapfer, aber auch sehr dumm. Frau von Bülow darf davon nichts wissen. Sie hat viele Bekannte, die dein Verhalten vielleicht nicht akzeptieren würden. Ich habe eine Tante im Harz. Sie sucht jemanden für ihren Haushalt. Es wäre besser, du würdest diese Stelle annehmen.« Die ganze Zeit über sah er mich traurig an.

»Können Sie mir sagen, was da draußen eigentlich los ist und was wir dagegen tun können?« Ich sah, wie er innerlich mit sich kämpfte, er schien zu überlegen, ob er mir vertrauen konnte.

»Die Nationalsozialistische Arbeiterpartei wird immer stärker. Heute haben sie zwar nicht die absolute Mehrheit bekommen, aber das ist nur eine Frage der Zeit. Hilde, du hast mit eigenen Augen gesehen, was auf den Straßen im Moment los ist. Wir können nur beten, dass Hitler nicht an die Macht kommt.« Während er sprach, drehte er die ganze Zeit nervös seine Teetasse.

»Aber ich kann doch nicht einfach fort. Hier leben alle meine Freunde und hier ist meine Arbeit.«

»Hilde, deine Freunde müssen selber wissen, was sie tun. Du kannst ihnen aber sagen, was du denkst, und du kannst sie warnen. Danach müssen sie selbst entscheiden, was für sie und ihre Familien am besten ist. Sobald ich eine neue Hilfe für Frau von Bülow gefunden habe, fährst du! Ich lasse meine Tante wissen, dass du kommst.«

»Herr Ludwig«, ich hatte ihn noch nie mit dem Vornamen angesprochen, »wo ist der Harz?«

Ich zitterte noch immer am ganzen Körper, als ich endlich auf meinem Bett saß und Olegs Brief öffnete. Ich verschlang jedes Wort und las den Brief noch zweimal, bis ich endlich einschlief.

Olegs Mutter war von den Ereignissen der letzten Jahre erschöpft und schwach. Sie hatte keine Kraft mehr, um bei der Feldarbeit oder bei der Ernte zu helfen. Die Felder zu hacken war eine schwere Arbeit, und das ständige Bücken hatte ihren Rücken geschädigt. Sie ging jetzt auf einen Stock gestützt. Olegs Brüder kümmerten sich nun allein um die Hühner und den Anbau des Gemüses. Oleg schrieb, er könne jetzt nicht mehr nach Berlin zurückkommen, seine Familie brauche ihn zu Hause. Er hätte auch keine Gelegenheit mehr, seine Brüder zum Markt zu begleiten.

Oleg hatte eine junge Frau kennengelernt, Ludmilla. Ludmillas Vater betrieb einen Gemüsegroßhandel und ein Geschäft, das außer Gemüse auch Haushaltsartikel verkaufte. Oleg hatte sie kennengelernt, als er eine Lieferung dorthin brachte. Ein paar Wochen später fragte ihn Ludmillas Vater, ob er Interesse daran hätte, in seinen Betrieb einzusteigen. Er selbst wolle ein neues Geschäft in Sieraków eröffnen, das war ungefähr zehn Kilometer entfernt. Dort gab es auch Kunden von Ludmillas Vater, die beliefert werden mussten. Ludmillas Vater hatte einen kleinen Lastwagen. Und jetzt war Oleg dabei, das Autofahren zu erlernen.

Kapitel 10

Am nächsten Wochenende suchte ich Olegs Brüder auf dem Markt. Sie waren nirgends zu finden. Ich fragte die anderen Bauern, aber die schüttelten nur die Köpfe. Eine Woche später versuchte ich es noch einmal – es war das letzte Mal, dass ich zum Markt gehen konnte. In ein paar Tagen würde ich meine Sachen zusammenpacken und mit dem Zug nach Goslar fahren. Meine Fahrkarte hatte ich schon.

Olegs Brüder hatten gehört, dass ich sie gesucht hatte, und warteten schon auf mich. Ich gab ihnen meine neue Adresse und erzählte, was inzwischen passiert war. Ich brauchte sie nicht davon zu überzeugen, dass ihre ständigen Fahrten nach Berlin jetzt zu gefährlich wurden. Sie hatten schon selbst beschlossen, dass dies ihre letzte Fahrt zum Berliner Markt sein würde. Oleg hatte in der Zwischenzeit so viel zu tun bekommen, dass er auch seine Brüder beschäftigen konnte. Alles, was sie nun anbauten, plus Geflügel, verkauften sie jetzt seiner neuen Firma.

Harel und Karina waren immer noch nicht dazu zu bewegen, nach Warschau zurückzukehren. Sie wollten Berlin und ihr Café nicht verlassen. Zwar hatten die Ereignisse im März sie beunruhigt, doch sie hatten einen treuen Kundenkreis, der sie weiterhin unterstützte. Karina war besonders starrsinnig. Sie war so stolz, dass ihr kleiner Sohn schon ein paar Worte Deutsch sprach. Er sollte in ein paar Jahren hier eine deutsche Schule besuchen.

Ich bekam einen Brief von meiner Schwester Helene. Sie wollte sich mit mir treffen und schlug das neue Café Kranzler vor, das gerade am Kurfürstendamm eröffnet hatte. Wir hatten uns lange nicht mehr gesehen, und so konnte ich ihr bei dieser Gelegenheit von meinen neuen Plänen erzählen. Ich hoffte, dass sie im Café auf mich warten würde, denn ich hatte keine Zeit mehr gehabt, um auf ihren Brief zu antworten.

Das Café war voll und ich sah mich nervös um, konnte Helene aber nirgends entdecken. Ich wollte schon wieder gehen, als ich eine junge Frau sah, die mir von einem Ecktisch aus zuwinkte: »Huhu, Hilde!«

Fast hätte ich sie nicht erkannt. Helene hatte jetzt einen Haarschnitt nach der neuesten Mode: kurz geschnitten und ein bisschen gewellt. Genauso wie auf den Filmplakaten. Auf ihrem Kopf saß etwas schräg ein ovaler Hut, abgesetzt mit Samt und einem kleinen Schleier, der die Augen überdeckte. Der Hut passte sehr gut zu ihrem Wollmantel mit dem großen graublauen Kragen aus Pelz. Sie trug Perlenohrringe und roten Lippenstift. Trotz der Wärme im Café behielt sie den Mantel an, nahm mich in den Arm und zeigte auf einen leeren Stuhl. Der junge Mann, der neben Helene gesessen hatte, war aufgestanden, als ich an den Tisch kam.

»Fräulein«, er verbeugte sich leicht und drückte meine Hand. Dann zog er den freien Stuhl für mich zurück, damit ich mich setzen konnte. Ich hoffte, dass er meine alten Schuhe nicht bemerkt hatte. Ich schickte einen fragenden Blick in Helenes Richtung.

»Hilde, ich möchte dir meinen Verlobten, Frank, vorstellen. Frank ist Lehrer und wir heiraten im Herbst.« Sie strahlte übers ganze Gesicht und ihre Augen leuchteten voller Stolz.

»Angenehm, Frank.«

»Weiß unser Vater davon?«, fragte ich, ohne Helene aus den Augen zu lassen.

Der Ober schob einen mit Gebäck beladenen Wagen an unseren Tisch. Das Aroma von frisch gebackenem Kuchen war verführerisch. Ich sah mir die Auswahl lange an und überlegte, ob ich mir ein Stück leisten konnte. Vor mir auf dem weiß gedeckten Tisch standen schon zwei Teller mit angebissenen Kuchenstücken, Kaffeetassen und zwei Kännchen mit duftendem Bohnenkaffee.

»Ich möchte bitte ein Stück Apfelkuchen und einen Kaffee«, sagte ich, als ob ich jeden Tag in so einem feinen Café speisen würde. Im Stillen hoffte ich, dass das Gehalt von einem Lehrer reichte, um mich einzuladen.

»Wo habt ihr euch denn kennengelernt?«, fragte ich die beiden. Ich versuchte, Frank unauffällig in Augenschein zu nehmen. Er war dünn, aber Helene war wie wir alle eine gute Köchin und würde das bald ändern. Seinen strubbeligen braunen Haaren sah man an, dass sie lange keinen Friseur gesehen hatten. Die Hornbrille rutschte ihm ständig bis zur Nasenspitze herunter; er schob sie nervös wieder nach oben.

›Er sieht sympathisch aus‹, dachte ich. Er trug einen dunklen Anzug und ein weißes Hemd mit bläulicher Krawatte. Sein Hut lag auf einem Stuhl neben ihm. Ja, Frank gefiel mir gut. Wie ein verwirrter Professor kam er mir vor.

»Beim Tanzen«, antwortete sie und strahlte immer noch.

»Du gehst tanzen?« Ich lernte Helene von einer ganz anderen Seite kennen und ignorierte den Blick, den sie mir zuwarf.

»Frank, was unterrichtest du und wo wohnst du?«, fragte ich ihn.

»Hilde, langsam. Mach ihn nicht noch nervöser, als er schon ist. Sonst läuft er mir noch davon, bevor ich ihn mit nach Hause nehmen und unseren Eltern vorstellen kann. Frank unterrichtet Geografie, und er wohnt in der Friedrichstraße. Wenn wir verheiratet sind, werden wir beide dort wohnen.«

Die beiden sahen so glücklich aus und ich schämte mich, dass ich so reagierte hatte. Ich stand auf, ging zu meiner Schwester und küsste sie auf die Wange. Dann ging ich zu Frank. »Schwager Frank, herzlichen Glückwunsch und willkommen in unserer Familie. Ich hoffe, du weißt, worauf du dich einlässt!« Jetzt lachten wir alle drei.

»Nun erzählt doch schon, von Anfang an, wo genau habt ihr GETANZT?« Ich zog das Wort in die Länge. »Wie lange kennt ihr euch, wann fahrt ihr nach Hause, und wisst ihr schon, wann ihr heiraten wollt?«

Wir plauderten über eine Stunde lang. Ich genoss meinen Apfelkuchen und hörte zu, wie Helene und Frank ihre gemeinsame Zukunft planten.

Ich wusste nicht, ob sie sich wunderte, dass ich sie zum Abschied länger als gewöhnlich umarmte, und sagte: »Wenn du zu Hause bist, dann gib unserer Mutter und den Geschwistern einen Kuss von mir.« Ich versprach, zu ihrer Hochzeit zu kommen, und erwähnte mit keinem Wort, dass ich Berlin in einigen Tagen verlassen würde.

Kapitel 11

1934, Goslar am Harz

Ich bin von Kopf bis Fuß auf Liebe eingestellt, denn das ist meine Welt, und sonst gar nichts sang Marlene Dietrich. Wir saßen vor dem neuen *Volksempfänger,* der auf einer Mahagonikommode stand – neben den eingerahmten Bildern von Frau Lehmanns verstorbenem Gatten. Alle halbe Stunde wurde das Musikprogramm unterbrochen und die Stimme von Propagandaminister Goebbels schallte durch den Raum. Frau Lehmann zuckte jedes Mal vor Schreck zusammen, und ich sprang auf, um das Radio leiser zu stellen.

»Nein, lass doch, Hilde. Wir wollen hören, was er zu sagen hat, dann wissen wir gleich: Das Gegenteil von dem, was er dort rausschreit, ist die Wahrheit.«

Manchmal war ich besorgt, wie offen Frau Lehmann ihre Meinung sagte. Sie musste mir versprechen, vorsichtiger zu sein, wenn wir nicht im Haus waren.

»Gut, Hilde, aber die Gedanken sind frei«, erwiderte sie mit einem verschmitzten Lächeln.

Abends im Bett dachte ich dankbar an Herrn Ludwig, der mich zu seiner Tante geschickt hatte. Er ließ mich in dem Glauben, dass ich bei ihr den Haushalt führen sollte. Aber gleich vom ersten Tag an wurde ich Frau Lehmanns Betreuerin.

Sonntags war unser Festtag. Seit einiger Zeit hatten wir unser Ritual: Zuerst hörten wir im Radio ein Musikkonzert. Es begann mit den Berliner Philharmonikern. Sobald das Programm anfing, sah ich Tränen in Frau Lehmanns Augen. Sie nahm ihr weißes, besticktes Taschentuch und sagte jedes Mal: »Ich glaube, ich bekomme eine Erkältung. Denk daran, dass wir uns warm anziehen, wenn wir nach draußen gehen.«

Zum Mittagessen kochte die Köchin traditionelle polnische Gerichte aus Frau Lehmanns alter Heimat. Nach dem Essen holte ich den Rollstuhl, stellte ihn vor die Tür und half Frau Lehmann die paar Schritte durch den Flur. Draußen legte ich eine Decke über ihre Beine, obwohl sie jedes Mal protestierte. Dann »gingen« wir, wie sie sagte, »in die Stadt«. Immer in dasselbe kleine Café in der Nähe der *Kaiserpfalz.*

***

Früher spielte Charlotte Lorenzova Cello in der Berliner Philharmonie. Dort lernte sie ihren Ehemann kennen. Rüdiger Lehmann spielte die Violine. »Hilde, du hättest unsere Musik hören sollen.« Sie konnte ihr Lächeln nicht verbergen, wenn sie das sagte.

Rüdiger ergriff die Chance, hier in Goslar ein Quintett zu gründen. Aber Charlotte war sich nicht sicher, ob dies auch ihr Traum war. Ihre Anstellung als Cellistin in Berlin war das, wovon sie immer geträumt hatte.

Rüdiger fuhr nach Goslar und suchte eine Wohnung mit genug Raum und einer guten Akustik zum Proben. Gleichzeitig musste er darauf achten, dass die Nachbarn nicht gestört werden konnten. Danach machte er sich auf die Suche nach einer Violinistin und zwei Violaspielern.

Charlotte wollte aber ohne ihren Rüdiger nicht in Berlin bleiben, folgte ihrem Herzen und zog in den Harz. Sie heirateten in einer kleinen Synagoge in Bad Harzburg und feierten mit engsten Freunden und Familie im Restaurant Parkhof. Das Restaurant hatte eine enge Bindung an die Synagoge.

***

»Kann ich Ihnen behilflich sein?«, fragte mich ein junger Mann an der Tür zum Café. Es sah so aus, als wäre alles besetzt. Gleich neben der Tür waren mehrere kleine Tische zu einer Reihe zusammengeschoben. Dort saß eine Gruppe von Männern in Uniform.

Frau Lehmann drehte sich ängstlich um und schüttelte den Kopf: »Hilde, es ist besser, wir gehen wieder.« Doch der junge Mann hielt uns die Tür zum Hineinkommen auf.

»Bitte gehen Sie nicht. Wir sind nur hier, um die Musik zu hören. Wir haben ein Grammofon in unserer Kaserne und hören fast jeden Abend die Musik vom Lehmann Quintett. Heute an unserem freien Tag wollten wir das Café selbst mal sehen.« Er sah uns mit flehenden Augen an.

»Aber Rüdiger Lehmann ist vor einigen Jahren verstorben«, antwortete ich ihm.

»Ja, das wissen wir. Aber sein Geist ist immer noch hier im Raum.« Seine Augen leuchteten vor Begeisterung.

»Karl Päkel«, sagte er. »Es ist mir eine Ehre, Ihre Bekanntschaft zu machen, Fräulein!«

»Hilde, Sie können Hilde zu mir sagen, Hilde und Frau Lehmann.«

»Frau Lehmann, Fräulein Hilde.« Er nahm den Rollstuhl, schob ihn an unseren Tisch und verbeugte sich. »Es tut mir leid, Sie gestört zu haben.« Dann ging er zu seinen Kameraden zurück.

»Was für eine Uniform ist das?«, fragte ich den Besitzer, als er unseren Kaffee brachte. »Goslarsche Jäger.« Als er merkte, dass uns das nichts sagte, fügte er hinzu: »Die Jäger haben eine lange Tradition in unserer Stadt.«

Ich fühlte die ganze Zeit über den Blick von Karl Päkel auf meinem Rücken.

Es regnete leicht, als wir wieder gehen wollten. Sobald wir an der Tür waren, sprang Karl auf.

»Warten Sie, ich hole ein Auto.« Noch bevor wir antworten konnten, war er um die nächste Ecke verschwunden.

Ein Militärfahrzeug fuhr vor, Karl sprang heraus und war mit drei Schritten am Rollstuhl. Er hob Frau Lehmann aus dem Stuhl und setzte sie vorsichtig auf den Beifahrersitz. Dann nahm er den Rollstuhl und lud ihn hinten auf das Fahrzeug. Anschließend gab er mir die Hand und half mir auf den Rücksitz.

Nach ein paar Minuten Fahrt hielten wir vor unserem Haus. Beim Aussteigen half er Frau Lehmann wieder und wiederholte alles in umgekehrter Reihenfolge: wie ein Film, der rückwärts gezeigt wird. Eine glückliche Frau Lehmann bat ihn, mit uns ins Haus zu kommen.

Kapitel 12

Ich liebte die Berge, den Geruch der Tannen, mochte das weiche Moos unter meinen Füßen und das Sammeln von Tannenzapfen für den Ofen. Ich liebte die Altstadt von Goslar mit den bemalten Holzschnitzereien an den Häusern, die spitzen Türme der Kirchen, die kleinen Cafés, aber am meisten liebte ich Karl.

Karl liebte das Fotografieren. Frau Lehmann gab uns die Kamera ihres Gatten, eine Kodak Brownie, und nie gingen wir aus dem Haus, ohne sie mitzunehmen.

Ein Bekannter von Frau Lehmann hatte ein Fotostudio, und dort ließen wir unsere Bilder entwickeln. Wir brauchten nur das Material zu bezahlen. Einige von Karls Bildern waren so gut, dass sie in dem Geschäft verkauft wurden. Am schönsten waren die Aufnahmen einiger junger Rehe, die wir lange auf einer Lichtung beobachtet hatten.

Ich schickte so manches Foto nach Hause, und Erika belohnte mich mit langen Briefen, dekoriert mit Küssen von meinen kleinen Schwestern.

Abends saß ich mit Frau Lehmann in der Stube vor dem Kachelofen und wir sahen uns die neusten Bilder an.

»Charlotte, rate mal, wo das ist!«, würde ich sie fragen. Sie hatte mir vor einiger Zeit das Du angeboten. Ich benutzte aber ihren Vornamen nur, wenn wir zwei allein waren. Sie kannte Goslar in- und auswendig und wusste genau, wo welches Foto gemacht worden war.

Wenn sie große Schmerzen hatte, las ich ihr etwas vor. Sie liebte Gedichte von Goethe und Schiller. Besonders aber schätzte sie die verbotenen Bücher. Bücher von Schriftstellern, deren Werke in Berlin im Mai 1933 öffentlich verbrannt worden waren: Werke von Carl Zuckmayer, Hermann Hesse, Bertolt Brecht, Franz Kafka, Thomas Mann und vielen anderen. Diese waren in einem Versteck und nicht in dem Schrank in der Stube. Bevor ich ein solches Buch holte, ging ich erst in die Küche, um mich zu überzeugen, dass die Köchin gegangen war. Dann machte ich alle Gardinen zu, ging in ihr Schlafzimmer und schob das Bett an die Seite. Ich konnte sofort erkennen, welches die losen Bretter waren und hoffte, sie wären nicht zu auffällig. Ich hatte vor, sie eines Tages besser zu befestigen. Dann las ich ganz leise und langsam. Charlotte genoss jedes Wort. Oder wir legten Grammofonplatten auf und hörten zu, ohne ein Wort zu sprechen. Entweder war es Musik vom Berliner Symphonie-Orchester oder Lieder von Robert Schumann oder Franz Schubert.

Aber ich ließ sie nicht gerne allein und ging nur aus, weil sie darauf bestand. Hätte sie die Kraft gehabt, hätte sie mich wohl manchmal vor die Tür gesetzt: »Hilde, geh jetzt endlich. Du machst dir zu viele Sorgen. Frau Hoffmann, unsere Köchin, ist hier. Sie wartet, bis du wieder zurück bist. Bitte, Karl wartet auf dich, geh ruhig.«

Trotzdem hatte ich jedes Mal ein ungutes Gefühl, wenn ich die Tür ins Schloss fallen hörte.

Karl und ich gingen oft ins Hotel Achtermann. Dort trafen wir uns mit seinen Kameraden. Nachmittags wurde getanzt, und es war nie einfach, einen Tisch zu bekommen. Wenn es besonders voll war, durften wir Frauen uns setzen, und die Männer standen in Gruppen hinter uns. Wir kamen gerade von der Tanzfläche, als die Köchin durch die Tür hereinstürzte.

»Hilde, komm sofort! Frau Lehmann!« Das war alles, was ich hörte. Karl war sofort draußen. Ich aber konnte nicht so schnell meinen Mantel finden. Als ich ihn endlich hatte, lagen alle anderen Jacken und Mäntel auf dem Fußboden. Ich entschuldigte mich und lief hinter Karl her.

Die Köchin war außer Atem und versuchte uns zu erklären, was passiert war. Aber in der Aufregung und durch das schnelle Laufen verstand ich kaum ein Wort. Nur, dass die Gestapo bei Frau Lehmann war, bekam ich mit.

Frau Lehmann lag im Wohnzimmer vor ihrem Sessel. Sie hatte versucht aufzustehen. Ihr Stolz hatte nicht zugelassen, dass sie die zwei Uniformierten sitzend empfing. Aber ihr Muskelschwund machte ihr immer mehr zu schaffen. Sie verlor die Kraft, als sie wieder allein war, fiel hin und blieb liegen, bis wir endlich kamen. Um sie herum lagen Fotografien. Karl sah sofort, dass es unsere Bilder waren.

»Charlotte«, ich kniete mich hin und streichelte ihren Kopf. Karl sah mich verwundert an, als ich Frau Lehmann mit ihrem Vornamen ansprach, sagte aber nichts dazu.

»Gut, dass du da bist, Hilde. Hilf mir aufzustehen.« Karl hob sie vorsichtig hoch und setzte sie wieder in ihren Sessel. Sie war wie ein kleines Kind in seinem Arm, und ich bemerkte erst jetzt, wie dünn und schwach sie aussah.

Die Köchin kam mit heißem Tee, der reichlich Zucker und Rum enthielt. Sobald Frau Lehmann zwei Schluck getrunken hatte, bekam sie wieder Farbe im Gesicht.

»Sie haben das Fotoatelier gestürmt. Gott sei Dank war Jakob nicht da. Sie haben aber alle Bilder und Adressen mitgenommen, und jetzt machen sie Rundfragen.«

Karl hatte die Fotos aufgehoben und sah sich jedes Bild kritisch an.

»Haben sie die Wohnung durchsucht?« Ein eiskalter Schreck ging durch meinen Körper. Hoffentlich hatten sie die Bücher nicht gefunden.

»Nein, einer von ihnen kannte mich und meinen Mann. Nach ein paar Minuten bestand er darauf, dass sie wieder gingen.«

»Charlotte, du kannst hier nicht bleiben. Hast du irgendwo einen Ort, wo du hinziehen könntest?« Jetzt war mir egal, wer hörte, dass ich sie mit ihrem Vornamen ansprach.

»Ich habe eine Schwester in der Schweiz. Sie wohnt in Basel. Ihr Mann ist Zahnarzt. Sie hat mich schon lange gebeten, zu ihnen zu ziehen«, sagte sie mit gesenktem Kopf.

»Basel – das hört sich gut an. Schreib deiner Schwester, dass du kommst. Wir packen alles zusammen und bereiten deine Reise vor, dann suchen wir dir eine Begleitung.«

»Hilde, kommst du nicht mit?«

Aber bevor ich antworten konnte, sagte Karl: »Meine Garnison wird nach Hildesheim umgesiedelt. Ich wollte dich heute fragen, ob du mit mir kommst.« Er hatte noch immer die Fotos in der Hand.

»Karl, wo um Himmels Willen ist Hildesheim?«, war alles, was ich sagte.

Hilde in Goslar 1936

Kapitel 13

Heiligabend 1936, Hildesheim

Heiligabend hatte schon immer einen ganz besonderen Platz in meinem Herzen. Ich war zwar weit entfernt von meiner Familie, aber meine Gedanken waren daheim in unserer alten Küche. Meine Mutter würde jetzt das Essen vorbereiten, die jüngeren Geschwister wären schon aufgeregt und hofften, dass das Christkind sie nicht vergessen würde. Ich wünschte, meine Familie wäre heute bei mir, dann könnten wir wie früher alle zusammen um Mitternacht durch den Schnee stapfend zur Kirche gehen. Wie damals, als Erika beim Heimweg auf Arnos Schultern gesessen hatte. Sie war in der Kirche eingeschlafen, aber ihre Holzpuppe hatte sie nicht losgelassen.

Ich nahm die Kaffeetassen aus dem Küchenschrank und stellte sie umgedreht auf die Fensterbank in der Küche. Dann nahm ich die kleinen weißen Kerzen, zündete die erste an und ließ etwas Wachs auf die umgestülpte Tasse tropfen. Danach presste ich die Kerze darauf und hielt sie fest, bis sie nicht mehr umfiel. Vier Tassen mit Kerzen, eine für meine Eltern, eine für meine Brüder, eine für meine Schwestern und eine, mit kleinen silbernen Sternchen, für Erika. Die Kerzen sollten für meine Familie leuchten, das war schon immer Tradition bei uns.

Ich saß am Küchenfenster vor den brennenden Kerzen in meiner neuen Wohnung in Hildesheim, in der Einumer Straße 60. Die Wohnung lag im Erdgeschoss, und normalerweise hatte ich eine gute Aussicht aus dem Fenster. Auf der rechten Seite zur Waterloo-Kaserne und weiter bis an die Bahnschranke, und links bis zur Orleanstraße. Aber heute waren die Fenster auch von innen zugefroren. Ich hauchte an eine der Scheiben, bis mein warmer Atem das Eis schmolz. Danach rubbelte ich mit meinem Ärmel darüber, um eine bessere Sicht zu haben. Ich wartete auf Karl. Er hatte versprochen, einen Weihnachtsbaum mitzubringen, den wir noch zusammen schmücken wollten. Ich hatte in einem Warenhaus silbernes Lametta und kleine rote Glaskugeln gefunden. Frau Bucker, die eine Etage über uns wohnte, gab mir einen Christbaumständer und Kerzenhalter, die man an die Zweige klemmen konnte. Als ich in die Wohnung einzog, bekam ich von ihr auch einen Küchentisch, Stühle, einen Stubenschrank, Geschirr und einen Volksempfänger. Die Sachen waren von ihrer Mutter, die einen Monat zuvor verstorben war. Ich drehte mich zum Küchentisch, dort lag der

Christbaumschmuck und ein Paket von meiner Mutter. Das wollte ich unter den Weihnachtsbaum legen.

Wie Karl wohl auf die Neuigkeit reagieren würde? Ausgerechnet heute Abend wollte ich es ihm sagen. Dann sah ich ihn kommen, er stapfte durch den Schnee mit einem kleinen Bäumchen über seiner Schulter. Mein Herz schlug vor Aufregung schneller als sonst.

Ich lief zur Tür und öffnete sie, noch bevor Karl geklopft hatte. Karl schüttelte den Schnee vom Baum und lehnte ihn an die Wand. Dann nahm er mich in den Arm und hob mich hoch. »Ich liebe Sie, Fräulein Hilde.« Das war unser kleines Ritual zur Begrüßung.

»Karl, wir bekommen ein Kind.« Jetzt war es ausgesprochen, später hätte ich vielleicht den Mut dazu verloren. Er ließ mich los, ging einen Schritt zurück. Sein Gesicht war kreideweiß geworden.

»Wie?« Dann drehte er sich um, ging raus und zog die Tür hinter sich zu. Ich hörte nur noch das Knirschen seiner Schritte im Schnee.

Ich stand lange Zeit im Flur und starrte auf die Tür. Wie in Trance griff ich den Baum und trug ihn ins Wohnzimmer. Ich kann mich nicht erinnern, wo ich die Kraft hernahm, den Baum aufzustellen und im Ständer zu befestigen. Dann saß ich auf dem Fußboden und starrte auf den Baum. Ich erinnerte mich an meinen Vater, der oft bewegungslos auf eine Stelle an der Wand gestarrt hatte.

Erst reagierte ich gar nicht auf das laute Klopfen an der Wohnungstür. Als ich schließlich aufstand und in den Flur ging, sah ich durch die Milchglasscheibe dunkle Schatten. Ich öffnete die Tür, und vor mir stand Karl mit zwei seiner Kameraden. Der eine hatte eine dunkle Decke über der Schulter wie einen Sack vom Weihnachtsmann. Der andere trug eine große Kiste mit Holz. Karl schleppte zwei geschlossene Kisten.

»Hilde, warum lässt du uns nicht rein?« Er sah nervös über seine Schulter und kam in den Flur.

»Ich dachte …«, stammelte ich.

»Du dachtest was?«, fragte Karl auf dem Weg in die Küche und stellte seine Kisten auf den Fußboden.

»Ich dachte, du hast mich verlassen.«

»Verlassen? Und verpasse die Geburt unseres ersten Kindes? Wie kannst du nur so etwas denken? Komm.« Ich fiel in seine ausgebreiteten Arme, und er hielt mich ganz fest.

Aus dem Wohnzimmer kamen Stimmen. »Wir haben die gute Neuigkeit gehört, herzlichen Glückwunsch!« Seine Kameraden heizten den Stubenofen mit dem Holz und den Kohlen, die in der dunklen Decke gewesen waren.

Karl machte die Kartons auf und breitete den Inhalt auf dem Küchentisch aus. Die Lebensmittel, die er aus seiner Kantine mitgebracht hatte, lagen jetzt neben Weihnachtskugeln und Lametta. Eine Gans, Rotkohl, Kartoffelsalat, Frankfurter Würstchen, Brot, Milch, Butter und echter Bohnenkaffee. Einer seiner Kollegen machte noch Feuer im Küchenherd, dann salutierten sie Karl. »Offizier Päkel, wir übernehmen morgen Ihre Wache, frohe Weihnachten!« Dann zogen sie die Tür leise hinter sich zu.

Wir schmückten unseren Baum, dann öffneten wir das Paket von meiner Mutter. Danach setzten wir uns auf den Fußboden und aßen Kartoffelsalat mit Würstchen.

Kapitel 14

Ihr Blick sagte alles. Ich wusste sofort: In ihren Augen war ich nicht gut genug für ihren Sohn. Wir waren bei Karls Eltern in Holzminden, um ihnen von unseren Plänen zu erzählen und sie mit Karls Schwester Gertrud zu unserer Hochzeit einzuladen. Den Termin hatten wir auf den 27. März 1937 festgelegt. Das war in zwei Wochen. Ich saß die ganze Zeit über wie auf heißen Kohlen. Die Augen von Karls Mutter und seiner Schwester starrten auf meinen mittlerweile deutlich zu erkennenden schwangeren Leib. Als Karl und sein Vater für kurze Zeit nach draußen gingen, um sich um die Pferde zu kümmern, sprach Karls Mutter endlich die Worte aus, die sie schon die ganze Zeit auf der Zunge hatte: »Hilde, Karl will nur seine Pflicht erfüllen. Du willst ihn in eine lieblose Ehe drängen. Wir geben dir genug Geld, damit du zurückgehen kannst, wo du herkommst. Dann kannst du dein Kind in Ostpreußen bei deinen Eltern großziehen.«

Karl und sein Vater kamen ins Wohnzimmer zurück, und ich ließ unbeantwortet, was sie gerade gesagt hatte.

Wir blieben nicht mehr lange. Draußen wartete der Fahrer, der uns hergefahren hatte. Den ganzen Heimweg über zitterte ich vor Kälte und Aufregung am ganzen Körper. Wir brauchten zweieinhalb Stunden, um wieder nach Hildesheim zu kommen.

Ich erzählte Karl nicht, was seine Mutter von mir verlangt hatte. Stattdessen sagte ich: »Karl, ich glaube nicht, dass deine Eltern und deine Schwester zur Hochzeit kommen. Vielleicht ist ihnen die Fahrt zu lang und wir haben ihnen nicht genug Zeit gegeben, um sich darauf vorzubereiten.« Karl sah mich nur traurig an.

***

In den letzten Monaten war ich zweimal in Tilsit gewesen. Es war jedes Mal eine anstrengende Fahrt, aber ich musste nach Hause, um alle notwendigen Papiere für die Heirat zu besorgen. Um einen Offizier zu heiraten, brauchte man inzwischen einen Ahnenpass, um die arische Abstammung zu beweisen. Dazu benötigte ich Geburts- und Heiratsurkunden von meinen Eltern und meinen Großeltern. Alle Papiere meiner Eltern und die von den Eltern meiner Mutter befanden sich in einer großen Truhe in ihrem Schlafzimmer. Es gab aber keine Papiere von den Eltern meines Vaters.

Meine Großmutter starb, als mein Vater sechs Jahre alt war, und mein Großvater, der noch Analphabet war, hatte sich nicht um seine Kinder gekümmert. Ein Gutsherr erbarmte sich dann und nahm meinen Vater auf. Er musste auf den Feldern helfen, aber er durfte zusammen mit den Kindern vom Gut zur Schule gehen.

***

Ohne Erika hätte ich die notwendigen Unterlagen nie bekommen. Sie fand die Adresse des Gutes, auf dem unser Vater aufgewachsen war, die Adresse seiner ehemaligen Schule und des zuständigen Rathauses. Erika war erst vierzehn Jahre alt, aber sie kümmerte sich um alles. Bei meinem zweiten Besuch in Tilsit zeigte sie mir stolz die Papiere von unserem Großvater und staunte, dass diese anstatt einer Unterschrift drei Kreuze hatten. Sie gab mir auch die Formulare für den Heiratsantrag. Ich nahm Erika überall mit hin und war überrascht, wie viele Beamte sie in der Zwischenzeit kannte. Alle hatten für sie ein gutes Wort und ein Lächeln, ich hatte sie wohl unterschätzt.

***

Frau Bucker unterstützte mich, sonst hätte ich kein Hochzeitskleid und keine Kleider für meine Schwestern gehabt. Sie hatte nie erzählt, dass sie Schneiderin war und früher Garderobe für das Kaufhaus hier in der Stadt angefertigt hatte. Jetzt nähte sie kaum noch, nur noch für Verwandte und Freunde. Sie kannte jeden Stofflieferanten und sie schaffte es, außer der weißen Seide und weißer Spitze für mich, auch noch hellblauen Stoff für die Brautjungfernkleider für meine kleinen Schwestern zu bekommen. Sie zauberte Kleider mit langen Ärmeln, gestickten Blümchen auf dem Oberteil, einem Spitzenkragen und einem weiten Rock mit zwei Taschen. Sie hatte den Kragen und die Spitze an den Taschen für jedes Kleid anders eingefärbt. Giselas Kleid hatte hellgelbe Spitze, Trautes weiße und Gretes rosa. Die Knöpfe am Rücken und an den Ärmeln der Kleider passten auch farblich zu den Spitzen. Ich gab meinen Schwestern die Kleider bei meinem zweiten Besuch, aber sie durften sie erst anprobieren, als ich wieder fort war. Mit Erikas Kleid wollte ich noch ein bisschen warten. Für sie wollte ich etwas ganz Besonderes. Frau Bucker gab mir genaue Instruktionen, wie ich die Maße nehmen sollte, die sie dazu brauchte.

Ich hoffte, dass Oleg unsere Einladung erhalten hatte und eine Reiseerlaubnis bekommen würde. Oleg und Ludmilla waren seit drei Jahren verheiratet und hatten ein kleines Mädchen.

Karl kannte meine Familie noch nicht und ich wünschte mir, dass mein Vater ihn willkommen hieß. Alle anderen würden sofort von Karl begeistert sein, das war mir klar.

Dann war es endlich soweit. Zwei Tage vor unserer Hochzeit kamen wir in Tilsit an. Meine Tante hatte ihr Wohnzimmer geopfert und Betten hineingestellt. Karl würde dort schlafen, und nach der Hochzeit würden wir dort beide ein paar Nächte bleiben.

Die Memel war noch zugefroren und der eiskalte Ostwind stach wie ein Messer durch unsere dünnen Kleider.

Karl und ich gingen gemeinsam zur Kirche. Wir mussten vor dem Eingang über Eisschollen steigen. Ich hatte meinen linken Arm bei Karl eingehakt und ein Schleier bedeckte mein Gesicht. Meine Eltern und Tanten, Onkel, Cousinen und Cousins und ein paar meiner alten Schulfreunde warteten an den Bänken vor dem Altar. Meine Brüder und Schwestern warteten vor der Tür auf uns, wir wollten zusammen in die Kirche gehen. Meine Brüder hatten geborgte Anzüge an, aber als ich meine Schwestern sah, konnte ich meine Tränen nicht länger zurückhalten. Erika hatte Traute an die Hand genommen. Unseren kleinen Schwestern hatte sie die Haare zu Zöpfen geflochten und dann mit seidenen Bändern zu einem Kranz gesteckt. Die Farbe der Seidenbänder passte bei jedem Mädchen zur Spitze des Kleides. Erikas Kleid war zweiteilig. Der geschwungene Rock aus blauem Samt reichte bis an die Knöchel. Das Oberteil war weiß und mit kleinen blauen Blumen bedruckt, oben rechts eine Schleife aus dem gleichen blauen Samt. Erika trug einen passenden Hut mit einem kleinen Schleier. Sie sah so erwachsen aus.

Dann stand Oleg vor mir. In der Hand hielt er meinen Brautstrauß: weißer Flieder. Er hatte nicht vergessen, wie sehr ich Flieder liebte. Er grinste und gab mir den Strauß. Alles, was ich in diesem Moment sagen konnte, war: »Karl, wusstest du, dass Oleg hier ist?«

»Ja, und dort ist Ludmilla, ich habe beide gestern kennengelernt.«

Ich kniff ihn in den Arm. »Warum hast du mir das nicht erzählt?«

»Fräulein Hilde, man kneift seinen künftigen Ehemann nicht in den Arm, kurz bevor er Ja sagen soll, und wenn alle Gäste warten, dass wir endlich zum Alter gehen.« Er lachte.

Von Karls Familie war niemand gekommen, und es tat mir so leid für ihn. Aber wir hatten es gewusst und nahmen das Geld an, welches sie uns geschickt hatten. Wir brauchten es für unser Kind.

Eine junge Frau saß mit einem Mann auf der Bank in der ersten Reihe, neben meiner Mutter. Sie kam mir irgendwie bekannt vor und sie sah mich die ganze Zeit an. Nach der Zeremonie zog Erika sie am Arm, kam zu mir und sagte: »Hilde, hier ist Lisbet, unsere Schwester.«

»Unsere Schwester?«

Wir hatten eine Schwester Lisbet. Sie war acht Jahre älter als ich. Als sie ein Säugling war, bekam meine Mutter Gelbsucht, und mein Vater gab Lisbet zur Familie seiner Tante, die versprach, sich um die Kleine zu kümmern. Dann zog die Familie fort, ohne etwas zu sagen. Meine Eltern suchten sie seitdem, hatten uns aber nie etwas davon gesagt. Letztes Jahr hatte Lisbet sie gefunden, nachdem die Tante verstorben war. Die Tante hatte Lisbet einen Brief hinterlassen. Jetzt war sie mit ihrem Ehemann zu meiner Hochzeit gekommen, um ihre Familie kennenzulernen.

Wir feierten die Hochzeit im Gemeindesaal unserer Kirche. Das Essen hatten meine Eltern bei der Kantine der Eisenbahn bestellt. Alle Getränke kamen von Karls Garnison. Es war das Geschenk seiner Offizierskameraden.

Den ganzen Tag über war mein Vater ungewöhnlich still. Als er endlich den Mut aufbrachte, mit Karl zu sprechen, hatte er schon getrunken, und kippte ein Glas Bier über Karls neue Uniform. Karl legte den Arm um seine Schulter: »Kommen Sie, Schwiegervater, wir holen ein neues Glas.«

Dann flüsterte er mir zu: »Um die Uniform kümmern wir uns später.« Danach gingen die beiden glücklich an die provisorische Bar.

Ludmilla war noch hübscher als auf den Bildern, die sie uns in den vergangenen Jahren geschickt hatte. Wir verstanden uns sofort – wie beste Freundinnen, die sich lange nicht gesehen hatten. Sie sprach ein sehr gutes Deutsch. Ich stellte Oleg und Ludmilla meiner Mutter vor, und als die beiden beim Tanzen waren, sagte ich: »Mutter, siehst du dort Oleg und Ludmilla?«

Meine Mutter drehte sich um. »Ja, deine Freunde aus Polen.«

»Bitte versprich mir, wenn sie jemals an deine Tür klopfen, dann nimm sie auf und schicke sie nicht fort.«

»Aber warum? Warum sollten sie an meine Tür klopfen?«

»Dann habe ich sie geschickt. Bitte versprich es mir. Egal was Vater sagt, nimm sie auf und schicke sie nicht fort. Mutter, bitte.« Jetzt flehte ich sie an.

Meine Mutter sah mir tief in die Augen. »Hilde, ich weiß zwar nicht warum, aber ich verspreche es. Du kannst dich darauf verlassen.«

Ich nahm sie in den Arm und hielt sie so fest wie noch nie. »Danke, Mutter.« Dann sah ich Erika zu uns herüberkommen. In ihrer Hand hielt sie ein Glas Wein. Sie schwankte ein bisschen. Es war also nicht ihr erstes Glas heute.

»Hilde, ich bin in sechs Wochen mit der Schule fertig. Kann ich dann zu euch kommen? Ich kann dir im Haushalt helfen und auf euer Kind aufpassen.«

Jetzt legte ich meinen Arm um Mutters Schulter und drückte sie leicht.

»Zu spät, Erika. Du hast eine Lehrstelle im Rathaus.« Sie wollte gerade antworten, aber ich sagte: »Deine eigene Schuld, du hast die Beamten mit deinem Charme bezaubert. Sie haben dir die einzige Lehrstelle gegeben, die sie dieses Jahr haben.«

Kapitel 15

Sommer 1937, Hildesheim

Nach der Geburt von Klaus kam uns meine Mutter besuchen. Durch Karls Kontakte konnte sie mit einem Militärtransport von Tilsit über Königsberg nach Berlin fahren. Normale Züge fuhren jetzt nur noch einmal in der Woche. Tilsit war schon immer eine Garnisonsstadt gewesen, aber jetzt war sie ganz von der Wehrmacht übernommen worden.

In Berlin blieb meine Mutter ein paar Tage bei Helene, Frank und deren Kindern. Von dort aus fuhr sie dann weiter nach Hannover. Es war zwar ein Bummelzug, aber sie hatte einen Fensterplatz. Und als sie dem jungen Soldaten, der ihr gegenübersaß, erzählte, dass ihr Schwiegersohn Offizier sei, blieb er die ganze Zeit bei ihr sitzen.

Karl holte sie mit einem offenen Wagen vom Bahnhof in Hannover ab. Nie hätte ich geglaubt, dass meine Mutter sich auf solch eine abenteuerliche Reise einlassen würde.

Es war das erste Mal, dass ich meine Mutter ganz für mich hatte, und ich wollte unbedingt einen guten Eindruck auf sie machen. Wollte ihr beweisen, dass ich nun selbst eine gute Mutter und Ehefrau war. Es war zwölf Jahre her, seitdem ich von zu Hause fortgeschickt wurde. Jetzt war ich eine erwachsene junge Frau.

Meine Sorgen waren unnötig. Wir genossen jede Minute, die wir zusammensein konnten. Wir hatten nicht ein Mal Streit, wie es früher fast täglich vorgekommen war. Jetzt konnte ich verstehen, warum meine Mutter so litt. Sie hatte ein Kind weggegeben und machte sich jeden Tag Vorwürfe. Täglich hoffte sie, dass ihre Lisbet durch die Tür kommen würde.

Aber über Jahre hinweg hoffte sie vergeblich und bangte, dass sie ihre Tochter nie wiedersehen würde. Jedes Mal, wenn meine Mutter und mein Vater mich ansahen, wurden sie an Lisbet erinnert. Wir hatten die gleiche braunrote Haarfarbe mit hellen Strähnen, die gleichen blauen Augen. Alle meine Brüder und Schwestern waren blond wie unser Vater, aber Lisbet und ich hatten die dunklen Haare unserer Mutter.

Lisbet hatte ihren Mann verlassen und wohnte jetzt wieder bei unseren Eltern, deshalb hatte meine Mutter auch die Zeit, um mich zu besuchen. Lisbet war in Tilsit und kümmerte sich zusammen mit Erika um die jüngeren Geschwister und unser Haus.

Stolz schob meine Mutter ihren Enkel Klaus im Kinderwagen aus weißem Korb. Ich zeigte ihr alle Sehenswürdigkeiten von Hildesheim. Klaus' Kinderwagen hoppelte über die gepflasterten Straßen. Wir besuchten den Marktplatz mit den mittelalterlichen Fachwerkhäusern, das Knochenhauer Amtshaus, das Bäckeramtshaus, das Tempelhaus, das Rathaus mit dem Glockenspiel und dem Rolandbrunnen davor. Dann gingen wir zum sogenannten Umgestülpten Zuckerhut. An einem anderen Tag sahen wir uns die Kirchen an. Die Jakobikirche, dann die Lambertikirche, gingen zum Lappenberg, an der Synagoge vorbei zum Kehrwiederturm. Ich machte mir Sorgen, dass das viele Laufen sie überanstrengen würde, aber nein – sie wollte jeden Tag neue Eindrücke aufnehmen.

Wir gingen zum Andreasturm und weiter an der Michaeliskirche, dann zum Dom mit dem tausendjährigen Rosenstock. Ich erzählte ihr von der Legende, die besagt: Solange dort Rosen blühen, wird Hildesheim nicht untergehen.

Als wir auf den Galgenberg gingen, ließen wir Klaus bei Inge. Inge war unser Pflichtjahr-Mädchen. Junge Mädchen mussten inzwischen ein Pflichtjahr in einem Haushalt absolvieren. Ohne dieses Pflichtjahr bekamen sie keine Lehrstelle. Jungen wurden aufgefordert, der Hitlerjugend beizutreten. Später kamen sie zur Wehrmacht.

Ich packte unser Essen in meinen alten, vertrauten Rucksack. Wir nahmen Schwarzbrot mit harter Mettwurst und Tilsiter Käse als Wegzehrung mit. Meine Mutter hatte am Abend vorher Kekse gebacken – so wie früher –, und ein paar hatten wir dabei. In einer ausgewaschenen Bierflasche hatten wir süßen schwarzen Tee.

Ich breitete die Decke am Fuße des Bismarckturms aus, dort wo der Hügel ein bisschen zur Stadt hin abfällt. Im Winter wird hier gerodelt, aber im Moment war die Wiese voller weiß-rosa Gänseblümchen. Ich hoffte, dass meine Mutter genug Kraft haben würde, um auf den Turm zu steigen. Für mich hatte dieser Aussichtsturm in der Zwischenzeit eine besondere Bedeutung bekommen. Karl und ich gingen oft hier hinauf. Von oben hatte man einen wunderbaren Blick über die ganze Stadt. Im Norden lag die Einumer Straße, und wenn die Sicht gut war, konnte man fast bis nach Hannover sehen. Auch die Abraumberge vom Kali-Schacht in Giesen waren gut zu erkennen. Zum Westen hin sah man den Andreasturm, die höchste Kirchturmspitze von Niedersachsen. Dahinter das grüne Kupferdach der Michaeliskirche. Aber besonders liebten Karl und ich es, wenn ganz klares Wetter war, dann konnte man in Richtung Südosten bis zum Harz sehen und fast den Brocken erkennen. Wir wussten, in dieser Richtung lag auch Goslar, unsere Stadt, dort wollten wir eines Tages wieder leben.

Bevor meine Mutter kam, war ich oft mit Klaus hier auf dem Turm gewesen, hatte ihn in meinem Arm gehalten und ihm alles gezeigt, was er eines Tages selbst erkennen würde. Ich hatte mich wie eine Königin gefühlt, die ihrem Erben ihr Königreich zeigt.

Meine Mutter stieg tapfer die engen Stufen im Turm hoch. Licht drang durch kleine, schießschartenähnliche Öffnungen. Als wir fast oben waren, wollte sie schon aufgeben – das letzte Stück führte über eine schmale Wendeltreppe aus Eisen, und man konnte durch die offenen Stufen in die Tiefe sehen. Sie sah meinen flehenden Blick, seufzte und ging dann doch weiter. Endlich oben angekommen, war sie außer Atem, fing sich aber sofort wieder und genoss die Aussicht. Ich nahm sie bei der Hand und zeigte ihr, wo wir überall entlanggegangen waren.

Voller Übermut öffnete ich meine Arme weit, drehte mich zweimal im Kreis und rief: »Hallo, hallo.« – »...allo, ...allo«, kam das Echo zurück.

»Versuche du es einmal.« Ich sah sie auffordernd an.

»Um Gottes Willen, Kind, das kann ich nicht.« Sie war ganz erschrocken.

»Gut, dann beide zusammen, so laut, wie wir können. Wir drehen uns zweimal im Kreis und dann ... eins, zwei, drei: Hallo, hallo, hallo.«

»...allo, ...allo, ...lo«, kam es zurück. Wir sahen uns an und fingen an, laut zu lachen, bis mir die Tränen kamen. Ich hatte meine Mutter noch nie vorher laut lachen gehört.

Hilde und ihre Mutter, Hildesheim 1937

Kapitel 16

Ein ununterbrochenes Bollern an der Tür. Ich war fest eingeschlafen und hatte es nicht gleich gehört. Klaus war inzwischen eineinhalb Jahre alt. Er sprach und lief, aber meistens rannte er und war durch nichts aufzuhalten. Heute hatte er mich total erschöpft, ich war im achten Monat schwanger mit unserem zweiten Kind.

Ich hatte gehofft, dass ich nur geträumt hätte, und wollte mich wieder umdrehen. Ich zog das Federbett über den Kopf. Es war so kalt in der Wohnung. In diesem Jahr kam die Kälte noch früher als sonst, es war der 9. November 1938.

Dann hörte ich Männerstimmen. Ich hatte keine Wahl, ich musste Karl wecken. Ich hoffte, dass Klaus nicht aufwachen würde.

»Karl, da sind Leute an der Tür, sie klopfen schon eine ganze Zeit, und jetzt rufen sie dich.« Karl schlief weiter, er hatte mich nicht gehört.

»Karl, wach auf!« Jetzt schüttelte ich ihn.

Er sprang aus dem Bett, hellwach, zog seine Hose an, und war an der Tür. Er ließ die Schlafzimmertür einen Spaltbreit auf – absichtlich oder aus Versehen, ich wusste es nicht. Einige Sätze konnte ich dadurch verstehen, obwohl mehrere Männer auf einmal sprachen.

»Offizier Päkel, die ganze Stadt ist in Aufruhr, die Menschen laufen Amok, sie zerstören Geschäfte und ...«, mehr konnte ich nicht verstehen. Karl hatte sich umgedreht, er und zwei Fremde sahen mich im Türrahmen stehen, das Federbett um meinen Körper geschlungen. Er kam zu mir zurück und ich fragte:

»Karl, was ist los, was wollen sie von dir?«

»Ich muss mit meinen Kameraden mitgehen.«

»Karl, wenn das wirklich deine Kameraden sind, warum sind sie nicht in Uniform?«

»Offizier Päkel, haben Sie heute Dienst?«

»Heute und morgen nicht, warum fragen Sie?«

Ich hielt Karl am Arm fest, er war sich wohl auch nicht ganz sicher. Ich hatte Angst.

»Bitte kommen Sie nicht in Uniform, wir haben niemandem gesagt, dass wir nachsehen wollen, was in der Stadt los ist, aber wir fühlen uns verpflichtet, den Gerüchten nachzugehen.«

Karl machte die Schlafzimmertür zu.

»Karl, geh nicht mit, wir kennen sie nicht«, flüsterte ich ihm zu.

»Hilde, das sind meine Kameraden, ich muss mit. Die Stadt ist in Aufruhr. Schaufensterscheiben auf der Almsstraße wurden eingeschlagen, die Leute plündern die Geschäfte. Alles, was sie tragen können, nehmen sie mit, das Kaufhaus ist auch betroffen. Das Schuhgeschäft Rosenberg, Neubergers Spielzeugladen und viele andere Läden sind zerstört.«

»Aber Karl, das sind alles Geschäfte von ...« Bevor ich den Satz zu Ende sprechen konnte, unterbrach mich Karl:

»Ja, ich weiß, und die Synagoge brennt auch.« Karl war kreidebleich.

»Ich komme mit«, sagte ich und wollte meine Kleider zusammensuchen. In diesem Moment fing Klaus an zu weinen.

»Hilde, sei vernünftig, du kannst nicht mit. Ich hole Frau Bucker. Vielleicht könnt ihr durchs Radio herausfinden, was los ist.« Er drehte sich zur Schlafzimmertür und flüsterte: »Aber nicht den Propagandasender. Versuche, einen anderen Sender zu finden, aber nicht zu laut.« Er war nun ganz angezogen und wollte gehen.

»Karl, sei vorsichtig.« Ich zog ihn nochmals ins Zimmer zurück, Klaus hatte ich in der Zwischenzeit auf meinen Arm genommen. »Ich liebe Sie, Herr Päkel«, und küsste ihn aufs Ohr.

»Ich liebe Sie, Fräulein Hilde.« Ich fühlte seine Lippen und mir wurde warm ums Herz. Er nannte mich immer noch »Fräulein Hilde«.

Frau Bucker kam sofort zu uns herunter, sie war in Nachthemd und Morgenrock. In der Hand hatte sie ein Netz mit Schuhen und Kleidung.

Aus der Küche rief sie: »Hilde, was ist los?«

»Ich weiß es auch nicht, aber Karl hat gesagt, wir sollen das Radio anstellen. Ich ziehe Klaus an, und dann mache ich den Ofen in der Stube an, es ist kalt.«

»Wo hast du den Kaffee?«

»Oben im Schrank links.«

Kurze Zeit später kam sie ins Zimmer, mit zwei Tassen Kaffee, einem Keks und einem Glas Milch für Klaus. Klaus saß ganz zufrieden auf dem Fußboden und spielte mit seinem Auto. Der Gedanke ging mir nicht aus dem Kopf: Das Auto hatten wir von Frau Neuberger geschenkt bekommen. Und hatte Karl nicht gesagt, dass ihr Geschäft auch zerstört war?

Wieder ein Klopfen an der Tür, diesmal ganz sanft. »Hilde, bist du auf?«

Mit einem Satz war ich an der Tür – es waren Maria und ihr kleiner Sohn Hugo.

»Oh Gott, habt ihr gehört?«, rief sie gleich, als sie durch die Tür kam. Hugo lief in die Stube und setzte sich zu Klaus. Frau Bucker stand vom Sofa auf und holte noch ein Glas Milch und einen Keks für Hugo.

»Was ist los?«, fragte Frau Bucker, als sie wieder in der Stube war.

»Geschäfte und Häuser, die Juden gehören, werden zerstört und geplündert, und die Synagogen brennen.«

»Wer tut so etwas?«

»Die Leute von der SA.«

»Was, hier in Hildesheim?«

»Nein, in ganz Deutschland!«

»In ganz Deutschland? Woher weißt du das?«, fragte ich sie.

»Egon bekam einen Anruf vom Krankenhaus: Alle Ärzte sollen kommen. Aber du kennst doch Egon, der lässt sich nicht rumkommandieren. Er wollte genau wissen, warum.«

»Kommt, wir machen das Radio an.«

Nach kurzem Suchen fanden wir einen Sender. Sofort war es still im Zimmer. Wir hörten, wie der Sprecher sagte:

Unbekannte Jugendliche haben sich entschlossen, das Attentat auf Ernst vom Rath in Paris, das von dem polnischen Juden Herschel Grynszpan verübt wurde, zu rächen. Diesen Mord an einem deutschen Diplomaten wollen diese jungen Männer nicht ungesühnt lassen. Wir bitten alle deutschen Bürger, in ihren Wohnungen zu bleiben, bis die Ordnung wiederhergestellt ist.

»Unbekannte Jugendliche? Sie brauchen uns nur ihre Uniformen zu zeigen, dann wissen wir alles«, sagte Frau Bucker entsetzt.

»Mal sehen, ob wir einen anderen Sender reinbekommen.« Maria drehte am Radioknopf und presste dabei ihr Ohr an den Lautsprecher, um besser hören zu können.

»Ah ja, hier.«

Frau Bucker sah mich fragend an. »Ist das Englisch?«

»Maria ist aus Belgien und spricht fließend Englisch und Französisch.«

Maria übersetzte die Ansage vom BBC:

»*Organisierte Nazis und ihre Sympathisanten inszenieren in Deutschland einen landesweiten Angriff auf Geschäfte und Häuser der jüdischen Bevölkerung. Häuser werden geplündert und Geschäfte zerstört. Synagogen brennen im ganzen Land. Die führende Partei unternimmt nichts, um diese Attentate zu verhindern. Wir haben Berichte von Verhaftungen von Juden, die versuchten, ihren Besitz zu verteidigen. Mehrere Juden sind dabei ums Leben gekommen. Sobald uns neue Nachrichten vorliegen, geben wir sie bekannt.«*

Für einen Moment waren wir sprachlos. Klaus und Hugo spielten mit Spielzeug aus dem Laden der Familie Neuberger. Frau Neuberger gab uns jedes Mal etwas dazu, wenn wir dort ein Geschenk kauften. Ware, die einen Kratzer oder eine Beule im Blech hatte, legte sie uns automatisch mit in die Tüte.

Draußen wurde es langsam hell. Wir ließen das Radio an und machten uns und den Kindern etwas zu essen. Maria wollte kurz nach Hause gehen und einen Zettel für Egon auf den Tisch legen, falls er nach Hause käme und sich dann Sorgen machte, wo Maria und Hugo waren.

Maria zog ihren Mantel an, nahm Schal und Handschuhe und ging nach draußen. Von der gegenüberliegenden Straßenseite aus konnte man gut in Richtung Stadt sehen.

Frau Bucker und ich sahen vom Küchenfenster aus, wie Maria voller Entsetzen ihre Hände vor den Mund schlug, als ob sie einen Schrei unterdrücken wollte.

Sie war nach zwanzig Minuten wieder zurück und erzählte aufgeregt von dem Rauch in der Stadt, den man bis hierher sehen konnte.

Von Karl hatten wir immer noch nichts gehört, und die Nachrichten beider Radiosender brachten immer noch nichts Neues. Wir hielten es in der Wohnung nicht länger aus und wollten mit eigenen Augen sehen, was in unserer Stadt passierte.

Wir zogen beide Jungs warm an und setzten sie in ihre Karren. Klaus protestierte, er wollte laufen. Normalerweise hätte ich mir die Zeit genommen und nachgegeben. Aber dieses Mal setzte ich ihn hin, ohne ein weiteres Wort zu sagen.

»Lasst uns am Bahnhof vorbeigehen«, schlug Frau Bucker vor.

»Aber das ist ein großer Umweg.«

»Ja, aber wir können uns auf dem Weg etwas von dem Schock erholen, und wir wissen nicht, was wir noch vorfinden. Wenn wir von der Bernwardstraße in die Stadt gehen, bekommen wir schon einen Eindruck. Wir müssen an die Kinder denken.«

Natürlich hatte sie recht.

Am Bahnhof war eine lange Schlange von Menschen – Frauen und Kinder mit Koffern. Sie warteten geduldig, während ihre Papiere kontrolliert wurden.

Maria erkannte eine junge Ärztin, die mit Egon im Bernward-Krankenhaus arbeitete.

»Ich geh sie mal fragen, wo sie hinwill.« Maria ließ Hugo bei uns und ging los. Ein pickeliger Junge in Hitlerjugend-Uniform wollte sie nicht durchlassen. Aber ich kannte ihn und seine Mutter.

»Friedbert, ich erzähle deiner Mutter nachher, was du hier treibst.«

Er sah mich an, wurde knallrot im Gesicht und ließ Maria durch.

Die Menschen in der wartenden Schlange waren alle Juden, die versuchten fortzukommen. Die junge Ärztin wollte nach Holland und von dort mit dem Schiff nach England zu ihrer Tante. Sie sagte, dass die SA die meisten von den Männern festgenommen hätte, auch ihren Mann. Sie wusste nicht, wo er jetzt war. Bevor er festgenommen wurde, hatte sie ihm versprechen müssen, ihre Sachen zu packen und so schnell wie möglich fortzugehen.

Sie sagte noch, dass Egon ihr die Adresse von Marias Bruder in Brüssel gegeben hätte. Sie würde versuchen, dort eine Nachricht für ihren Mann zu hinterlassen. Die Menschenschlange setzte sich in Bewegung. Wir winkten der Ärztin noch zu und gingen dann weiter.

Auf dem Bürgersteig in der Almsstraße lag so viel Glas von zertrümmerten Fensterscheiben, dass wir manchmal regelrecht darauf ausrutschten. Vor einigen Eingängen lagen noch Hämmer, die der Pöbel nach der Zerstörung einfach liegengelassen hatte.

Frau Neuberger sahen wir vor ihrem Geschäft am Marktplatz. Die Fenster waren eingeschlagen und die Regale leer. Sie hatte einen Besen in den Händen und fegte die Scherben von einer Seite zur anderen. Immer wieder hin und her, wie in einem Albtraum.

Wir wollten ihr helfen, und Maria fasste den Besen an, aber Frau Neuberger nahm ihn ihr wütend wieder ab – mit einem Blick, der entweder sagte: ›Ich habe Sie noch nie im Leben gesehen!‹ oder ›Ich möchte Sie nie im Leben wiedersehen.‹

In diesem Moment verließ uns unsere ganze Kraft. Wir konnten jetzt nicht auch noch zur Synagoge gehen.

Kapitel 17

Maria lernte ich im Krankenhaus kennen. Wir hatten beide unsere Söhne in der gleichen Woche zur Welt gebracht. Sofort waren wir die besten Freundinnen. Es war, als ob wir uns schon immer kannten.

Maria war zwei Jahre vor mir nach Hildesheim gekommen. Sie stammte aus Belgien und lernte Egon in Brüssel kennen. Er nahm dort an einem Ärztekongress teil, und Maria arbeitete an der Rezeption des Hotels, in dem die Tagung stattfand. Egon war zehn Jahre älter als Maria und verwitwet. Beide wussten sofort, dass sie füreinander bestimmt waren, und heirateten drei Wochen später.

Sie wohnten zuerst in seiner kleinen Wohnung oben unterm Dach am Andreasplatz, aber als Hugo unterwegs war, suchten sie sich eine neue Wohnung. Sie zogen in eine Dreizimmerwohnung in der Goethestraße, das war bei mir um die Ecke.

»Mehr gibt es über mich nicht zu sagen!« Maria lachte, als sie mir von ihrem Egon erzählte.

Maria war eine lebenslustige Frau. Sie hatte eine volle Figur, die genau zu ihr passte. Maria fürchtete sich vor gar nichts und sagte ihre Meinung, wann immer es ihr angebracht schien. Manchmal sprach sie zu offen, und wenn ich deshalb besorgt war, lachte sie mich aus. Für Maria war kein Problem unlösbar, bei ihr fühlte man sich wohl.

Egons Kollegen kannten ihn nicht wieder, seit er Maria kennengelernt und geheiratet hatte. Vorher war Egon ernst und zurückhaltend. Jetzt entwickelte er Abenteuerlust und war für jeden Spaß zu haben.

Wenn wir allein waren, las Maria mir aus den Karten. Wir schlossen die Gardinen und zündeten Kerzen an, um die richtige Atmosphäre zu bekommen. Dann sagte sie mir, was die Zukunft für mich bringen würde.

Als Krankenhausarzt war es für Egon wichtig, jederzeit gerufen werden zu können, und er bekam einen Fernsprecher installiert. Ich durfte ihn benutzen, um Erika in Tilsit anzurufen, und manchmal auch Frank in seiner Schule in Berlin.

Als Dankeschön kochte ich dann für sie. Maria konnte alles – nur nicht kochen. Jedes Mal, wenn ich bei ihnen ein Essen zubereitete oder wenn Maria und Egon zu uns kamen, sagte er: »Hilde, du kannst Tag und Nacht telefonieren, aber bitte höre nie auf zu kochen.«

Am Tag nach den Synagogenbränden musste Karl zum Dienst. Ich ging zu Maria und versuchte, Frank telefonisch zu erreichen. Er war nicht da. Ich hinterließ eine Nachricht bei einem Kollegen von ihm und sagte, ich würde es um die Mittagszeit noch einmal versuchen. Dann versuchte ich es bei Erika. Ich ließ es lange läuten, aber niemand nahm ab.

Frank erreichte ich später, und was er mir berichtete, war sehr beunruhigend. Er drückte sich sehr vorsichtig aus, falls ihm jemand zuhörte. Aber ich verstand, was er mir sagen wollte. Die Situation in Berlin war noch kritischer als bei uns. Berlin hatte eine sehr große jüdische Gemeinde. Die Synagoge in der Fasanenstraße brannte immer noch. Das war nicht weit von dort, wo Frank und Helene wohnten. Ich machte mir Sorgen um Harel und Karina und wollte Frank zu verstehen geben, ob er herausfinden könne, wie es ihnen ging. Also sagte ich:

»Ich war schon lange nicht mehr in Berlin, ich vermisse es richtig. Da gibt es ein hübsches kleines Café am Alexanderplatz, dort war ich oft Kaffee trinken. Helene hat doch bald Geburtstag, warum lädst du sie nicht zu Kaffee und Kuchen dorthin ein? Es gibt dort Kuchen wie von zu Hause.«

Er verstand mich sofort und antwortete: »Ein gute Idee, wir waren schon lange nicht mehr im Caféhaus, und ein Nachmittag ohne die Kinder wird ihr sicherlich guttun.«

»Grüße sie von mir, ich rufe dich nächste Woche wieder an.« Dann legte ich auf.

Erika erreichte ich erst drei Tage später. Sie erzählte, das Gemeindebüro sei geschlossen worden und ihre jüdischen Kollegen nirgends aufzufinden. Sie nahm an, dass sie in der Zwischenzeit zurück nach Polen gefahren waren. Aufräumarbeiten hatten angefangen. Mehr wollte sie mir nicht sagen, und ich hatte das Gefühl, dass sie von den Ereignissen zu geschockt war.

»Grüße unsere Familie, ich rufe bald wieder an«, sagte ich, denn ich wollte sie nicht länger quälen.

***

Frank rief eine Woche später zurück. Er gab Maria eine andere Nummer und sagte, er warte dort auf meinen Anruf. Ich ließ die Kinder bei Frau Bucker und rief zurück.

»Hilde, ich kann nicht lange sprechen. Ich war beim Café. ... Ja, das Café und die Wohnung darüber sind zerstört. Aber einen Tag vorher musste sich die aus Polen stammende Bevölkerung, die im Besitz eines polnischen Ausweises ist, bei der nächsten Polizeistation melden. Sie sollten das Notwendigste mitbringen. Dann wurden sie auf Lastwägen oder Zügen zurück nach Polen gefahren. Es tut mir leid, Hilde, mehr weiß ich nicht.«

Kapitel 18

Karl wurde an einen anderen Standort versetzt. Er sollte sich in der Löberfeld-Kaserne in Erfurt melden. Alle Papiere waren schon dort und wir hatten einen Tag Zeit, um seine Sachen zu packen. Natürlich wussten wir, dass er nicht für immer in Hildesheim stationiert sein würde, aber trotzdem kam es für uns überraschend. Ich hatte mich so daran gewöhnt, dass Karl nach dem Dienst immer nach Hause kam. Jetzt würde ich mit den Kindern allein sein.

Karl verbrachte nun jede freie Minute mit Klaus und Renate. Am liebsten spielte Klaus Reiten. Karl kroch geduldig auf allen vieren durch die Wohnung und Klaus fasste ihn mit einer Hand hinten am Kragen seiner Jacke und hopste auf Karls Rücken auf und ab. Dabei rief er: »Hoppe, hoppe, Reiter!« Manchmal konnte ich gar nicht hinsehen – immer besorgt, dass er Karl strangulieren oder dass Karl ihn nicht festhalten konnte und Klaus von seinem Rücken fiel.

Es war der Tag vor Klaus' zweitem Geburtstag, und wir waren mit Maria, Egon und Hugo verabredet. Gemeinsam wollten wir zum Müggelsee fahren und baden gehen. Wir waren dieses Jahr schon ein paar Mal dort gewesen. Nach einem sehr warmen Frühling war es jetzt, im Juli 1939, richtig heiß. Als wir vor ein paar Wochen einen Nachmittag dort am Badesee verbrachten, staunten wir, wie tapfer Klaus und Hugo schon ins flache Wasser liefen. Renate saß brav auf der Decke. Sie war das genaue Gegenteil von Klaus: Klaus war kräftig und blond. Renate war zart und hatte eine Haut wie Porzellan. Sie hatte rostbraune, volle Haare. Die Leute bewunderten sie, wenn sie in den Kinderwagen sahen. Wir nannten sie ›unser kleines Schneewittchen‹.

»Geht ruhig und macht euch einen schönen Tag, wir können die anderen doch jetzt nicht enttäuschen.« Karl tat, als ob er nur um die Ecke zum Dienst gehen würde, anstatt etwa 200 Kilometer von zu Hause fort. Wir wussten noch nicht mal, wie lange er dortbleiben würde oder ob und wann er einmal Heimaturlaub bekommen würde. »Hilde, Maria und Egon haben ein Telefon, ich werde bei der ersten Gelegenheit anrufen.«

»Karl, pass mal einen Moment auf Klaus auf. Ich habe Renate gerade hingelegt, und Klaus soll sie nicht aufwecken. Ich gehe kurz zu Maria rüber und erkläre ihr, dass unsere Verabredung morgen ausfällt.« Er sah mich erstaunt an.

»Karl, du bist in Erfurt und Egon auf der Arbeit im Krankenhaus. Maria und ich, wir werden noch genug Zeit haben, um mit den Kindern an die frische Luft zu gehen.«

Maria war überrascht, mich zu sehen. »Hilde, ist was passiert?«, fragte sie.

»Du bist doch die Wahrsagerin, du müsstest es eigentlich wissen.«

»Autsch«, sagte sie nur. Und ich sah, dass ich ihr wehgetan hatte, und fing an zu heulen.

»Komm rein und erzähle.« Sie legte mir den Arm um die Schulter.

»Karl wurde abberufen, seine Dienstzeit in Hildesheim ist beendet. Ab morgen ist er in Erfurt stationiert«, schluchzte ich. »Maria, ich habe so ein ungutes Gefühl.« Nun war ich nicht mehr zu beruhigen, und zum ersten Mal war Maria sprachlos. Wir saßen nebeneinander auf ihrem Sofa, und endlich sagte sie: »Du und die Kinder, ihr bleibt aber hier.« Ich nickte.

»Hilde, sei jetzt tapfer. Vielleicht ist es nur für kurze Zeit.«

»Das wäre noch schlimmer, du kennst doch die Propaganda, die Goebbels jeden Tag von sich gibt. Als wir das letzte Mal im Kino waren, wollten wir schon rausgehen. Wir hatten nur Angst, jemand würde uns erkennen und melden, dass wir während Goebbels' Rede das Kino verlassen hätten. Du glaubst doch nicht, dass Hitler jetzt seine Pläne aufgibt.«

***

Inge hatte sich bereit erklärt, auf alle drei Kinder aufzupassen, sodass Maria und ich ins Kino gehen konnten. Im Thega-Filmpalast lief *Es leuchten die Sterne*. Das war eine Neuverfilmung von *Die große Sehnsucht* und als Revue gedreht worden. Wir waren überrascht, wie lang die Schlange vor der Kinokasse war, und bekamen nur noch ganz vorne zwei Sitzplätze nebeneinander.

Kinoprogramme fingen normalerweise mit der *Wochenschau* an. Aber stattdessen bekamen wir heute *Wort und Tat,* einen von Goebbels inszenierten zehnminütigen Propagandafilm, zu sehen. Uns wurde erklärt, wie wir durch das Nazi-Regime von einem unmoralischen Volk zum Vorbild für die Welt erzogen werden sollten. Wie unsere Wirtschaft dank der Parteimaßnahmen blühte. Maria und ich starrten – vorne in der ersten Reihe – auf die Gesichter von Goebbels und Hitler; Mussolini winkte und die SS marschierte.

Es lief uns eiskalt den Rücken herunter, als die Zuschauer applaudierten. Die glaubten wirklich, was ihnen da eingeredet wurde.

Maria stieß mich in die Seite und deutete mit ihrem Kopf an, dass wir gehen sollten. Aber ich blieb wie angewurzelt sitzen.

Der Hauptfilm war nicht besser. Er hatte mit dem Original nichts mehr zu tun. Dies war reine Propaganda.

Auf dem Heimweg schworen wir uns, nie wieder ins Kino zu gehen.

***

Klaus war noch zu klein, um zu verstehen, dass sein Papa weit fort ging, aber er klammerte sich an Karls Beine und sagte: »Papa kommt nach Hause.«

Kapitel 19

»Karl, Karl, ich kann dich so schlecht verstehen, was hast du gesagt?«

»Die Panzerbrigade? Warum wirst du versetzt, du bist doch bei der Kavallerie?«

Die Telefonverbindung wurde ständig unterbrochen.

»Karl, wann kommst du zurück? Wo bist du jetzt überhaupt? Ich habe seit Wochen nichts von dir gehört!« Meine Stimme wurde immer lauter, und ich hoffte, dass Marias Nachbarin nicht wie sonst üblich ihr Ohr auf ein Glas an der Wand zu Marias Wohnung presste, um besser mithören zu können. Ich hatte sie einmal dabei ertappt, als ich Marias Tür öffnete, um etwas in Empfang zu nehmen. Als ich aus der Wohnung kam, sah ich, dass ihre Tür ein bisschen geöffnet war, und dort stand sie mit ihrem Lauschsystem.

»Wir haben Erfurt vor einer Woche verlassen und sind jetzt im Osten.«

»Im Osten, was macht ihr im Osten?« Es machte »klick«, und die Verbindung war wieder abgebrochen.

»Karl, kannst du mich noch hören?«

»Es hat keinen Zweck, Maria, wir wurden unterbrochen.«

»Was hat er gesagt, wo er ist?«

Ich seufzte. »Irgendwo im Osten, und irgendetwas mit Panzern. Ich darf gar nicht daran denken, warum und wieso.«

»Im Osten? Ich dachte, Hitler hätte einen Pakt geschlossen. Wenn er das Sudetenland wieder eingliedern könne, würde er keine anderen Bedingungen stellen.«

»Ja, Maria, so wurde es uns vorgemacht, glaubst du daran? Kommen diese Nachrichten von unserem Propagandaprogramm oder vom BBC?«

Wir hörten ein Geräusch aus der Nachbarwohnung, und Maria legte ihren Zeigefinger auf den Mund: »Psst.«

»Guten Tag, Frau Meier, warum kommen Sie nicht gleich rüber, dann können sich Ihre Ohren erholen. Das ewige Lauschen an der Wand muss den Ohren doch schaden«, rief ich, so laut ich konnte.

Unsere Kinder, die bis jetzt friedlich auf dem Fußboden mit hölzernen Wäscheklammern gespielt hatten, drehten sich um, und Renate fing an zu weinen.

»Mama!« Klaus kam zu mir gelaufen und ich sah mit Schrecken einen nassen Fleck auf Marias bestem Teppich.

»Es tut mir leid, Maria. So laut kennen die Kinder mich einfach nicht.« Maria nahm Renate hoch und Hugo bei der Hand, wir sahen uns an und mussten lachen.

Als wir uns endlich beruhigt hatten, sagte Maria: »Wir müssen wirklich etwas vorsichtiger sein. Übrigens, die Nachrichten kamen vom BBC, und auch, dass Hitler und Stalin einen Nichtangriffspakt unterschrieben haben.«

Kapitel 20

1. September 1939

Wir saßen alle in meinem Wohnzimmer vor dem Volksempfänger. Maria, Egon, Frau Bucker, Inge und ich. Die Kinder ließen wir nicht aus den Augen. Ich hatte Renate auf dem Schoß, sie zappelte und wollte zu den anderen auf den Teppich. Aber ich hielt sie so fest, wie ich konnte – als ob ich damit verhindern könnte, was wir gerade im Radio hörten.

Um fünf Uhr morgens tönten die Sirenen. Normalerweise wurde vorher an Litfaßsäulen bekannt gegeben, wenn Sirenen überprüft wurden.

Frau Bucker kam sofort runter, und kurz danach klopften Egon und Maria. Inge war schon hier, sie hatte bei mir geschlafen.

Sogar der immer optimistische Egon sah besorgt aus, und Maria sagte zuerst keinen Ton. Dann redeten wir alle auf einmal.

»Hat Hitler Polen angegriffen?«

»Was wird denn jetzt, gibt es Krieg?«

»Aber er hat uns doch Frieden versprochen.«

Wir drehten uns um und sahen in Inges junges, unschuldiges Gesicht. Sie glaubte natürlich, was sie im Radio hörte. Wir wussten: Sie war eine von den vielen, die auf Propaganda reinfielen.

»Inge, wie wäre es mit einer Tasse Kaffee? Und in der Küche sind noch ein paar Stücke Kuchen von gestern. Ich komme dir helfen.« Als Inge aufstand und in die Küche ging, flüsterte Frau Bucker: »Wir müssen vorsichtig sein mit dem, was wir vor Inge sagen. Wir wollen sie nicht beeinflussen und wir können nicht von ihr verlangen, dass sie nicht weitererzählt, worüber wir uns unterhalten.«

»Hilde, schlage ihr doch vor, dass sie nach dem Kaffee nach Hause geht. Sie war die ganze Nacht bei dir und den Kindern, ihre Mutter wird sich Sorgen machen«, sagte Maria.

»Wir stellen nur den Propagandasender an, wenn sie hier ist.«

Frau Bucker half Inge in der Küche und trug die Tassen, Untertassen und Kuchenteller. Inge balancierte die Kuchenplatte mit der Kaffeekanne und einem Kännchen mit Milch.

Egon drehte am Radioknopf, bis er den Sender gefunden hatte.

Goebbels' Stimme schallte aus dem Lautsprecher:

Deutsches Volk! Gestern griffen polnische Soldaten deutsche Landsleute an. Sie ermordeten unschuldige Männer, Frauen und Kinder. Sie raubten und plünderten deren Besitz. Unser Führer hat keine andere Wahl, als unser Vaterland und seine Menschen zu schützen. Aus diesem Grunde wurde der Befehl erteilt, unser Vaterland zu verteidigen. Unsere Gedanken sind bei unseren tapferen Truppen und wir hoffen auf ein baldiges Ende dieses Konfliktes. Heil Hitler!

»Da, Minister Goebbels hat gesagt, es gäbe ein baldiges Ende der Kämpfe.«

»Ja, das hat er. Inge, du brauchst heute nicht so lange zu bleiben. Deine Mutter macht sich bestimmt schon Sorgen um dich. Warum gehst du nicht erstmal nach Hause? Vielleicht solltest du deiner Mutter sagen, dass sie deine Geschwister heute mal nicht in die Schule schickt. Was meinst du?« Die Worte sprudelten regelrecht aus mir heraus. Ich hoffte, sie merkte nicht, dass ich sie wegschicken wollte.

»Ja, ich gehe gleich, meine Mutter wird sich Gedanken machen. Ich kann dann später wiederkommen.«

»Inge, das brauchst du heute wirklich nicht. Du bist, wie wir alle, etwas müde.«

20 Minuten später machte ich hinter ihr die Tür zu.

»Egon sucht BBC, hoffentlich bringen die etwas«, sagte Maria, als ich wieder ins Zimmer kam.

Frau Bucker und ich waren ganz still, als Maria und Egon den BBC-Nachrichten zuhörten und dann übersetzten, was sie gehört hatten.

»Kurz vor Morgengrauen durchdrangen fünf deutsche Armeen – Panzer, Kavallerie und Infanterie – an mehreren Fronten die polnische Grenze. Es wurde berichtet, dass 1,5 Millionen Soldaten unterwegs seien. Die Luftwaffe bombardiert polnische Städte. Alle Verbindungen sind abgebrochen. Wir haben gehört, dass Gruppen deutscher Flieger polnische Städte im Halbstundentakt bombardierten. Die polnische Stadt Danzig hat sich als deutsch erklärt und dem Dritten Reich angeschlossen. An den Grenzen zwischen Ostpreußen und Polen wird gekämpft. Erste Berichte aus Deutschland besagen, diese Aktion sei notwendig gewesen, um die Stadt Gleiwitz vor einem Angriff polnischer Einheiten zu schützen. Wir können das aber nicht bestätigen.«

»Hilde, was ist …«, mehr hatte ich nicht gehört. Ich stand abrupt auf, und Renate fiel auf den Boden. Ich schaffte es gerade noch ins Badezimmer. Egon war mir nachgegangen und sah mich auf dem Fußboden im Badezimmer liegen. Er nahm einen Waschlappen aus der Kommode, ließ den Wasserhahn laufen und legte mir den nassen, kalten Waschlappen auf die Stirn. Dann nahm er ein Handtuch vom Ständer und wischte mir vorsichtig übers Gesicht. Danach fühlte er meinen Puls und half mir aufzustehen.

Maria machte Platz auf dem Sofa und Egon holte mir ein Kopfkissen aus dem Schlafzimmer.

»Gibt es hier irgendwo einen Schluck Alkohol?«, fragte Egon.

»Ich habe eine halbe Flasche Asbach Uralt in meiner Wohnung. Ich hole sie.«

Ich hörte Renate leise weinen, aber Maria gab ihr von dem Kuchen, und ihre Tränen ließen sofort nach. Sie krabbelte zu Klaus und Hugo, die natürlich auch ein bisschen Kuchen brauchten.

Der Weinbrand brannte in meiner Kehle, aber ich fühlte mich gleich etwas besser und setzte mich wieder auf.

»Karl hat gesagt, er sei im Osten gewesen. Und jetzt wissen wir auch, wo. Mein Gott, sie kämpfen an der polnischen Grenze. Da war ich zu Hause. Egon, sie kämpfen in meiner Heimat, warum? Meine Familie, meine ganze Familie ist dort.« Jetzt hatte ich mein Gesicht mit den Händen bedeckt und fing an zu schluchzen.

Klaus hatte es bemerkt und kam zu mir gelaufen, schubste Maria aus dem Weg und legte seine kleinen Arme um meinen Hals. Dann kletterte er auf meinen Schoß und sagte:

»Mama, nicht weinen, Papa kommt nach Hause.«

Er war noch keine zweieinhalb Jahre und hatte anscheinend schon verstanden, worum es ging.

Kapitel 21

3. September 1939

»Es tut mir leid, die Schule ist geschlossen. Ich bin der Hausmeister. Wen möchten Sie?«

Ich legte den Hörer einfach wieder auf. Ich wollte keine Nachricht für Frank hinterlassen. Wer weiß, wann die Schule wieder aufmachte oder ob Geografie vom Stundenplan gestrichen würde. Erdkunde, so wie wir es gelernt hatten, würde es wohl kaum noch geben.

»Du hast recht, Maria, die Schulen in Berlin sind auch geschlossen. Ich versuche es morgen wieder. Wie ich Frank kenne, wird er sich nicht bereit erklären, von nun an Propaganda zu unterrichten.«

»Hilde, Frank wird schon wissen, was er tut. Ich glaube nicht, dass dein Schwager seine Familie in Gefahr bringt. Hast du Erika erreicht?«

Ich schüttelte den Kopf. »Bist du sicher, dass Karl nicht versucht hat anzurufen?«, fragte ich jetzt zum dritten Mal.

***

Wir wollten etwas zu essen besorgen. Die Kinder nahmen wir mit. In den zwei Tagen, seit Hitler Polen angegriffen hatte, ließen wir sie nicht mehr von unserer Seite. Wir gingen aber nur bis *Beuermann*. Ein kleiner Laden in der Goebenstraße. Maria wartete schon auf uns. Renate wollte sich nicht anziehen lassen und sträubte sich, als ich sie in den Kinderwagen setzte. Sie wollte auch keine Haferflocken zum Frühstück, obwohl sie diese sonst immer verschlang. Ich machte mir Sorgen um sie. Wenn Egon vom Krankenhaus kam, sollte er sie noch einmal untersuchen.

Vor dem Geschäft stand eine Gruppe von Männern und Frauen. Mein erster Gedanke war: Der Laden wurde geplündert.

»Hilde, ich bleibe bei den Kindern. Geh du mal nachsehen, was da los ist.«

Ich drängelte mich so weit wie möglich vor. Der Laden war intakt. Die Ware stand wie üblich in den Regalen, aber niemand wurde bedient. Herr Beuermann stand auf einer Leiter. Oben hatte er einen kleinen Volksempfänger, an dessen Knopf er drehte. Ich wollte gehen, aber dann sah ich Maria. Sie war in der Zwischenzeit mit unseren Kindern nähergekommen. Sie nickte mir zu, ich sollte fragen.

»Entschuldigen Sie bitte, gibt es was Neues?«, fragte ich die Person, die direkt neben mir stand. Ein Mann, so ungefähr in meinem Alter. Ich sah nach oben in sein Gesicht, und dann erkannte ich ihn – es war Hans, unser Postbote. Nur sah er gar nicht mehr wie unser Postbote aus. Irgendetwas war anders an ihm. Dann bemerkte ich, dass er nicht seine blaue Postuniform trug, sondern eine dunkelbraune Hose und ein hellbraunes, langärmliges Hemd mit einem rot-weiß-schwarzen Hakenkreuz auf dem Oberarm.

Ich wollte mich kleinmachen und verschwinden, aber er hatte mich schon erkannt.

»Frau Päkel«, sagte er so laut wie möglich. Alle drehten sich zu uns um. »Wie geht es Ihrem Gatten und was machen die Kinder?«

»Ich weiß es nicht«, stotterte ich und trat einen Schritt zurück. Aber dann fasste ich mich langsam und fragte: »Arbeiten Sie nicht mehr bei der Post?«

»Nein, Frau Päkel, ich gehe mit der Zukunft, und die Zukunft liegt hier, glauben Sie es mir.« Voller Stolz zeigte er auf seine Armbinde.

»Ich muss jetzt gehen«, sagte ich, aber er folgte mir bis zu Maria und den Kindern. Dann strich er Klaus übers Haar. »Ah, der kleine Klaus, er heißt doch Klaus, oder? So ein schöner blonder, kräftiger Junge. Sie können stolz auf ihn sein, ein rein arisches Kind.«

»Hans, ich muss jetzt wirklich gehen.« Ich fuhr ihm mit dem Kinderwagen ans Bein, sodass er mein dunkelhaariges Mädchen sah. Mal sehen, was er dazu zu sagen hatte.

Aber Maria stand jetzt zwischen uns und fragte: »Was ist eigentlich bei Beuermanns los?«

»Wie, Sie wissen das noch nicht? England und Frankreich haben heute Deutschland den Krieg erklärt.«

Wir drehten uns wortlos um und gingen. Nach einer Weile sagte Maria: »Wir gehen jetzt in die Stadt und kaufen ein bisschen Fleisch, Milch und Gemüse. Kartoffeln habe ich noch. Dann machen wir den Kindern etwas zu essen, und vielleicht schlafen sie danach. Dann suchen wir uns den BBC. Wir bleiben bei mir, bis Egon aus dem Krankenhaus kommt. Kannst du für uns alle kochen, was meinst du?«

»Ich denke, das ist eine gute Idee, und vielleicht kann Egon noch einmal nach Renate sehen, es geht ihr nicht gut.«

Ich sah sie flehend an. Egon hatte Renate in den letzten Wochen schon ein paar Mal untersucht. Er konnte aber nichts feststellen.

»Ich rufe ihn nachher an. Komm, wir gehen.«

Wir bekamen genug Rindfleisch für ein Gulasch, das ich mit Gemüse und Kartoffeln strecken konnte. Für die Kinder bereitete ich Kartoffelbrei mit Soße. In den Kartoffelbrei mischte ich etwas Wirsingkohl.

Aber vorher wusch ich Klaus die Haare – ich sah immer noch die Fettfinger von Hans auf meinem kostbaren Sohn.

Renate aß wieder nichts, aber sie trank ein Glas Milch, und Maria hatte noch etwas Honig, den rührte sie hinein.

Dann suchten wir wieder BBC im Volksempfänger, aber wo der Sender normalerweise zu finden war, gab es nur Störungen. Wir glaubten, der Sender wurde absichtlich blockiert. Natürlich gab es bei unserem Propagandasender keine solchen Störungen:

England und Frankreich haben die bedauerliche Entscheidung getroffen, Deutschland den Krieg zu erklären. Dem deutschen Volk bleibt nun keine andere Wahl, als unsere Grenzen im Osten, im Norden und im Westen zu schützen. Truppen werden sofort eingesetzt, um unser Land zu verteidigen. Alle Reservisten müssen sich sofort beim nächsten Wehrmachtsbüro melden. Unsere Gedanken sind bei unserem Führer und unseren tapferen Soldaten. Heil Hitler!

Egon kam kurz nach fünf Uhr durch die Tür. Er hatte dieselben Nachrichten gehört wie wir und versuchte nochmals vergeblich, den englischen Sender zu bekommen.

»Egon, was sagst du dazu?« Ich hoffte, er würde beruhigende Worte für uns finden, aber er sagte:

»Hilde, Hitler wird nicht aufgeben, bis er entweder die ganze Welt regiert oder uns alle ins Unglück gestürzt hat.«

»Hast du etwas von Karl gehört?«, fragte er dann. Er sah die Antwort schon in meinem Gesicht.

Er kontrollierte Renates Temperatur. »Renate, sag mal ›Aah‹!«, sah in ihren Mund, fühlte ihren Hals und ihren Puls.

»Ich weiß nicht, Hilde, Renate ist schon seit längerer Zeit nicht so richtig auf dem Posten. Ich möchte sie mal für ein paar Tage mit ins Krankenhaus nehmen, damit wir sie mal gründlich untersuchen können.«

»Nein!« Ich nahm mein kleines Mädchen in den Arm und war überrascht, wie schlapp sie war.

»Kann Hilde mit?«, fragte Maria, und als Egon nickte, fuhr sie fort: »Klaus kann bei mir bleiben. Ich gehe schnell rüber zu dir und packe ein paar Sachen. Inge wird sich schon Sorgen machen, wo wir den ganzen Tag bleiben.«

Kapitel 22

Zwei Tage vergingen und Renate lag immer noch im Krankenhaus. Inge und ich waren abwechselnd bei ihr, sodass sie eine von uns sah, sobald sie aufwachte.

Die Ärzte sagten, dass der Anteil ihrer weißen Blutkörperchen zu hoch sei. Das hieß, dass sie mit einer Entzündung im Körper kämpfte. Sie lag in ihrem Bettchen am Tropf, der mit einem Verband und Pflastern an ihrem kleinen Arm befestigt war.

Dann endlich nahm Egon mich mit zu Renates Kinderärztin. Wir gingen durch lange Korridore und Treppen rauf und runter, bis wir vor einer Bürotür standen. Egon klopfte. »Herein.« Die Ärztin, eine ältere Dame mit grauem Haarknoten und klugen Augen, saß hinter einem großen Schreibtisch, der mit Papieren beladen war.

»Frau Päkel, bitte setzen Sie sich.« Sie zeigte auf zwei Stühle vor ihrem Schreibtisch. Sie durchsuchte die Unterlagen, bis sie fand, was sie wollte, und öffnete eine Mappe. Alles, ohne uns einmal anzusehen, und sagte: »Ja, Renate. Mal sehen, was hier steht. Wie alt ist Renate jetzt? Ach ja, es steht hier: neun Monate.«

In der Zwischenzeit war ich noch unruhiger geworden.

»Sagten Sie, dass sie schon krabbelt?« Sie sah Egon an, als sie sprach. Egon war noch im weißen Kittel mit seinem Stethoskop um den Hals. Er nickte der Kinderärztin zu.

»Ja, natürlich krabbelt sie schon«, antwortete ich. »Warum fragen Sie?«

»Ihre weißen Blutkörperchen sind wieder normal, also kein Grund zur Sorge mehr, aber ...«

»Aber was?«, unterbrach ich sie, »Haben Sie etwas gefunden, worüber ich besorgt sein muss?«

Sie beugte sich vor, faltete ihre Hände, legte sie auf den Schreibtisch und sagte:

»Frau Päkel, bitte beruhigen Sie sich, ich habe auch Kinder. Ich kann gut verstehen, wie es in Ihrem Innern aussieht.«

Ich starrte sie nur an.

»Wir sind dabei, Renate gründlich zu untersuchen. Wir haben aber noch kein abschließendes Ergebnis. Ihre Tochter ist sehr zart, deshalb wollte ich wissen, ob sie schnell erschöpft oder müde ist. Aber Sie haben gesagt, und Egon hat es bestätigt, Renate hätte keine Probleme und ist ein lebhaftes Kind.«

Sie lächelte mich freundlich an, und ich fasste mich wieder.

»Und was machen wir jetzt?«

»Leider müssen wir Ihrer Kleinen jetzt erstmal eine Spritze geben. Das wird piksen und ihr gar nicht gefallen. Die Krankenschwester weiß Bescheid. Es wäre schon besser, wenn Sie noch ein paar Stunden bei Renate blieben. Wenn Sie irgendwelche Fragen haben oder sich Sorgen machen, können Sie mich jederzeit ansprechen. Andernfalls sehen wir uns in zwei Monaten.«

»Wann kann ich Renate mit nach Hause nehmen?«

»Ende der Woche, bis dahin wissen wir mehr.«

Sie stand auf, und damit war die Besprechung beendet.

Als ich wieder zu Hause war, fand ich einen Zettel von Maria auf dem Küchentisch.

Ruf bei Erika an. Mehr stand nicht drauf.

Kapitel 23

Endlich konnte ich mit Erika sprechen.

»Hilde, bitte komm nach Hause und hole mich«, waren ihre ersten Worte. Was konnte ich dazu sagen?

»Erika, wir können jetzt nicht so eine weite Reise machen, das ist viel zu gefährlich.« Das war natürlich die Wahrheit und ich hoffte, sie würde sie akzeptieren und mir verzeihen, dass ich nicht sofort meine Sachen packte und zu ihr kam.

Ich musste herausfinden, wie es unserer Familie ging und ob sie etwas von den Kämpfen an der polnischen Grenze wusste.

»Erika, bitte erzähle mir jetzt, wie es euch geht. Was habt ihr gehört und gesehen? Natürlich würde ich jetzt gern bei euch sein, aber es geht nicht so einfach. Bitte versuch das zu verstehen.«

»Die Stadt wimmelt von Soldaten. Flugzeuge überfliegen alle paar Minuten unser Haus in Richtung Polen. Dann hören wir die Bomben fallen. Schwarzer Rauch weht durch ganz Tilsit, bis hierher zu uns. In Richtung Osten brennt es überall.« Wie ein Wasserfall sprudelten die Worte aus ihr heraus.

»Hilde?«

»Ja?«

»Weißt du noch, als ich klein war und unsere Kuh starb? Wir mussten sie hinterm Haus verbrennen. Hilde, so riecht es hier überall«, flüsterte sie.

Mir blieb fast das Herz stehen. Ich fühlte, wie sie litt, und suchte vergeblich nach tröstenden Worten.

»Erika, sei jetzt ganz, ganz tapfer und halte durch. Was machen unsere Eltern und Geschwister?«

»Unser Vater tut, als ob gar nichts wäre. Nein, das stimmt nicht ganz. Er sagt, es wird aber auch langsam Zeit, dass die Polacken dahin zurückgehen, wo sie hergekommen sind, und dass Danzig endlich wieder deutsch wird. Jetzt müssten wir nicht mehr durch Polen fahren, um in unsere deutsche Hauptstadt Berlin zu kommen.«

»Hilde, wenn du mich fragst – der weiß gar nicht, wo Berlin liegt.« Da war so viel Bitterkeit in ihrer Stimme. Das war eigentlich nicht unsere Erika ... Sie fühlte sich so sehr verlassen.

»Erika, es ist egal, was er sagt. Wir können das damit entschuldigen, dass er nicht vergeben kann, dass er im vorigen Krieg seinen Arm verloren hat. Kümmere dich nicht um sein Gerede. Sei nur vorsichtig, was du ihm erwiderst. Was macht unsere Mutter?«

»Wir sind froh, dass Lisbet jetzt hier ist. Sie kümmert sich um Mutter und die Kleinen. Sie kocht und sie beruhigt unsere Schwestern, wenn die Flugzeuge kommen. Sie schickt sie dann unters Bett, um sich zu verstecken, und sie denken, es ist ein Spiel. Sie genießt es richtig, jetzt wieder Mitglied unserer Familie zu sein.«

»Das ist gut.« Aber Erika merkte sofort, dass ich auf Lisbet etwas eifersüchtig war. Früher war es meine Aufgabe gewesen, mich um die jüngeren Geschwister zu kümmern.

»Sie ist nicht wie du, trotzdem bin ich froh, dass wir sie hier haben. Dann werde ich hier nicht so gebraucht und du kannst mich zu dir holen.« Erika war erst sechzehn Jahre alt, aber sie hatte schon so eine gewisse Weisheit.

Wir mussten beide kurz auflachen.

»Oh nein!«

»Was, was ist?«, fragte ich besorgt.

»Die Flugzeuge, ich kann sie hören, sie kommen schon wieder.«

»Bring dich in Sicherheit!«, rief ich ins Telefon.

»Wieso, mir passiert hier doch nichts. Du weiß doch, ich bin hier im Büro, und hier ist kein Bett, unter dem ich mich verstecken könnte.«

»Wer ist noch alles bei dir im Büro?«

»Mach dir keine Sorgen, nur meine Kollegen, und die telefonieren auch alle mit ihren Familien.«

»Was machen unsere Brüder?«

»Von Arno haben wir immer noch nichts gehört.«

»Was, wie meinst du das?«

»Letztes Jahr, als die Synagogen brannten, kam Arno erst am nächsten Morgen nach Hause, packte seine Sachen und ging. Seitdem haben wir nichts mehr von ihm gehört.«

»Was? Er ist seit einem Jahr verschwunden, und das erzählst du mir erst jetzt?«

»Hilde, du hast genug Sorgen, zwei kleine Kinder und Karl, der wer weiß wo ist. Ich wollte dich nicht noch mehr belasten. Außerdem ist Arno alt genug, um zu wissen, was er tut. Unser Vater weiß immer noch nicht, dass Arno eine feste

Freundin hatte und dass sie Jüdin ist. Ich nehme an, beide sind jetzt bei ihren Eltern in Polen.«

»Mein Gott, Erika, gibt es sonst noch Neuigkeiten?«

»Nicht viele.«

»Nicht viele?«

»Nein, Herbert und Helmut arbeiten fleißig wie immer und, oh ja, ich habe einen Freund.« Fast konnte ich sie lächeln sehen.

»Einen Freund? Du bist viel zu jung, um einen Freund zu haben.«

»Hilde, tu nur nicht so, du wirst wie unsere Mutter. Es ist nur mein Freund und – nein, Mutter weiß von nichts, und bevor du dich aufregst – nein, was immer du dir vorstellst, wir tun es nicht.« Jetzt lachte sie laut. »Übrigens, ich habe mit Frank gesprochen.«

»Erika, langsam muss ich mich erst einmal setzen, das wird ja immer schöner.«

»Er rief vorhin hier an, gerade als ich ins Büro kam. Vorher hatte er es schon bei Maria versucht, aber es war niemand da. Er wollte nur schnell sagen, dass es ihnen gut geht. Ganz Berlin ist in einem Zustand der Euphorie. Alle Schulen, die Stadtverwaltung, Vereine und Krankenhäuser müssen ihre Leute einsammeln und im Olympiastadion eintrudeln zum Fähnchenschwenken. Der Führer wird dort eine Ansprache halten. Mehr konnte er nicht sagen, er war in einer öffentlichen Telefonzelle. Hilde, ich muss auflegen, mein Chef kommt.«

»Bitte drück unsere Familie von mir. Alle, auch Tanten, Onkel und Cousins. Ich vermisse euch so.«

»Wir vermissen dich auch!«

Damit beendeten wir unser Gespräch.

Maria saß die ganze Zeit über ruhig auf dem Sofa und beschäftigte Klaus und Hugo.

Ich erzählte ihr alles, was Erika gesagt hatte, und schlug vor, das lange Gespräch zu bezahlen. Sie sah mich dermaßen entgeistert an, als käme ich vom Mond.

Kapitel 24

O du fröhliche sang ein Kinderchor im Radio. Ich hatte es im Wohnzimmer angestellt und hörte zu, während ich die Kerzen ins Küchenfenster stellte. Sie sollten heute besonders hell brennen.

Die größte Kerze stellte ich genau in die Mitte zwischen die anderen. Sie war für Karl. Ich wünschte, er könnte sie sehen. Ein Licht in der Dunkelheit für Karl und seine Kameraden am Heiligen Abend.

Er hatte geschrieben, ich solle die Kerzen nicht vergessen und sie noch vor der Bescherung und vor den Lichtern am Weihnachtsbaum anzünden. Er würde in Richtung Heimat schauen, und der größte Stern am Himmel wäre meine Kerze, die für ihn leuchtete.

Als ich den Brief von Karl bekam, sah ich sofort, dass der Umschlag schon geöffnet und wieder zugeklebt worden war. Aber das war mir ganz egal, ich hatte Post. Ich konnte gar nicht glauben, dass man von der Front Post bekommen konnte. Ich hielt den Brief eine ganze Weile in meiner Hand, zu ängstlich, um ihn zu lesen. Karl schrieb, es ginge ihm gut, ich solle mir keine Sorgen machen und stark bleiben für ihn und die Kinder. Karl meinte, dass er in ein paar Wochen nach Hause käme. Er hatte Urlaub eingereicht, und der war genehmigt worden. Er küsste mein Bild jeden Abend, und der Brief endete mit: *Ich liebe Sie, Fräulein Hilde.*

Ich war so aufgeregt, ließ alles stehen und liegen. »Inge, kannst du mal eben bei den Kindern bleiben?«, und lief zu Maria und Egon.

Egon versuchte herauszufinden, wo der Brief genau herkam, aber es war unmöglich. Wir konnten auch nichts zwischen den Zeilen lesen, um irgendeine Idee zu haben. Da ein Datum fehlte, wusste ich auch nicht, wann Karl ihn geschrieben hatte. Aber Egon versicherte mir, dass der Brief nicht lange unterwegs gewesen sein könne, weil Karl von Weihnachten schrieb.

Maria sagte: »Weißt du was, Hilde, Familien gehören am Weihnachtsfest zusammen, und wir sind jetzt auch deine Familie. Also laden wir uns selber zu dir ein. Wir kommen am Heiligabend zu dir und bleiben über Nacht.«

Als ich ihr nichts erwiderte, sah sie mich besorgt an. »Das macht dir doch nichts aus, oder? Du hast doch ein freies Schlafzimmer.«

Ich nahm sie in den Arm. »Oh Maria, das ist eine wunderbare Idee, wieso ist mir das nicht eingefallen?«

»Weil immer ich es bin, die die besten Einfälle hat.« Sie hatte so ein ansteckendes Lachen.

Dann flüsterte sie mir zu: »Aber du machst nicht immer noch dieses verrückte Ding mit Frankfurter Würstchen und Kartoffelsalat am Heiligabend?«

»Ich hoffe, dass sich das nie ändert. Warte, bis Egon meinen Kartoffelsalat probiert hat, dann will er jedes Weihnachtsfest bei uns verbringen.« Maria war nicht so ganz davon überzeugt.

***

Kurz vor Weihnachten hatte Erika eine Überraschung für mich. Sie hatte es mit Maria besprochen, und die durfte nichts verraten. Maria tat so, als ob sie mir Egons Weihnachtsgeschenk zeigen wollte. Sie brauche meinen Rat, sagte sie.

Als das Telefon läutete, ging Maria dran, und ich hörte sie sagen: »Ja, sie ist hier, ich hole sie. Hilde, es ist für dich, es ist Erika.«

»Erika? Das ist aber ein Zufall, dass ich gerade hier bin.«

»Warte«, sagte sie, und dann war es ruhig am anderen Ende. »Erika, bist du noch da?«

Dann hörte ich nur Schluchzen. »Erika, was ist, Erika?«

»Hilde, ich bins, deine Mutter.«

»Mutter!« Dann weinten wir beide.

Erika nahm unserer Mutter den Hörer ab. »So, Hilde, jetzt hör mir mal gut zu. Weißt du, wie lange es gedauert hat, Mutter davon zu überzeugen, dass ich ein Gespräch arrangiere? Unsere Mutter hat noch nie ein Telefon in der Hand gehabt. Und was macht ihr zwei? Ihr heult euch für mein gutes Geld was vor. So, jetzt reißt euch mal zusammen und sprecht.«

Ich hörte unsere Mutter im Hintergrund über Erikas Worte lachen. Sie nahm den Hörer wieder in die Hand, und zum ersten Mal hörte sie meine Stimme durch ein Telefon.

***

Ich hatte die Geschenke für die Kinder mit ein bisschen Papier eingepackt. Maria und ich hatten beschlossen, die Geschenke zusammen zu kaufen – so konnten wir den Kindern etwas Besonderes schenken. Wir gingen zum Spielzeugladen von Frau Neuberger. Jedes Mal, wenn wir dorthin gingen, schlugen unsere Herzen so laut, dass wir dachten, man könnte sie hören.

Sie war immer nett und freundlich zu uns, aber wir bekamen nie wieder ein beschädigtes Spielzeug umsonst.

Wir kauften Stofftiere. Für Klaus einen Schäferhund und für Hugo einen Tiger, beide waren von ›Steiff‹. Für Renate fanden wir eine Puppe. Sie hatte einen Kopf aus Zelluloid und einen weichen, ausgestopften Stoffkörper.

Wir hatten ausgemacht, uns gegenseitig nicht zu beschenken. Aber als ich für Inge eine silberne Kette mit einer Reihe ›Hildesheimer Rosen‹ kaufte, sah ich eine schöne zweireihige Kette aus bunten Kunstglassteinen. Die war genau das Richtige für Maria. Darum ließ ich sie mir zurücklegen und holte sie am nächsten Morgen gleich ab.

Unterm Weihnachtsbaum lag auch ein Paket von Karls Eltern.

Natürlich schmeckte es Egon, obwohl es Frankfurter und Kartoffelsalat gab.

»Was ist denn mit euch los, warum seht ihr mich so komisch an?«, fragte Egon, als er sich das dritte Würstchen nahm.

Maria konnte sich das Lachen natürlich nicht verkneifen, und dann erzählten wir ihm, welche Sorgen sie sich um mein Essen für den Abend gemacht hatte.

Die Kinder spielten auf dem Teppich. Klaus sagte: »Wau, wau.« Hugo antwortete mit »Miau«. Ich war dankbar, dass Karls Eltern an ihre Enkelkinder gedacht und ein Päckchen mit Schokoladentalern, Marzipan, einem Stollen und selbst gebackenen Keksen geschickt hatten.

Maria wollte erst mit mir schimpfen, als ich ihr die Kette gab. Aber dann nahm sie ein Päckchen, das sie hinter ihrem Rücken versteckt hatte, und gab es mir.

»Fröhliche Weihnachten, Hilde«, und umarmte mich. In dem Päckchen war eine wunderschöne goldene Armbanduhr.

Ich war sprachlos. »Aber Maria ...« Sie unterbrach mich: »Jetzt hast du keinen Grund mehr, zu spät zu kommen, wenn wir verabredet sind.«

Wir drei saßen auf dem Sofa, tranken den Wein, den Egon besorgt hatte, und hörten Weihnachtslieder. Als *Stille Nacht, heilige Nacht* aus dem Radio klang, verlor ich meine Fassung. Ich weinte und betete leise in der Hoffnung, dass Karl nicht zu einsam war, besonders an diesem Abend.

»Hilde, guck doch mal.« Egon zeigte auf Renate. Sie stand ganz alleine auf, hob ihr Püppchen hoch und kam direkt auf mich zu. Sie hielt sich mit einer Hand an meinem Knie fest und gab mir mit der anderen ihre Puppe.

In vier Tagen war ihr erster Geburtstag, und sie konnte laufen.

Kapitel 25

»Karl, bist du es wirklich?« Ich konnte es immer noch nicht fassen. Karl lag neben mir in unserem Bett. »Kneif mich mal, damit ich weiß, dass ich nicht träume.«

Aber dazu hatte Karl keine Gelegenheit mehr, die Tür ging auf, und Klaus stürzte ins Schlafzimmer. Er rannte zu Karl und versuchte, aufs Bett zu klettern. »Papa kommt nach Hause.«

»Ja, Papa ist zu Hause«, sagte Karl und hob Klaus zu sich hoch. Renate fühlte sich ausgeschlossen und protestierte laut von ihrem Bettchen aus.

»Gut, dann haben wir gleich die ganze Familie im Bett.« Ich stand auf und holte sie dazu.

***

Karl war spät am Abend angekommen. Ich erschrak, als ich einen dunklen Schatten vor unserer Tür stehen sah. Dann klopfte es und ich hörte Karls Stimme: »Lass mich rein, Fräulein Hilde!«

Das brauchte er nicht zweimal sagen – schon war die Wohnungstür auf, ich schrie vor Freude laut »Karl!« und lag in seinen Armen.

Klaus hatte uns gehört und stand auf, Renate brüllte wie am Spieß. Karl war so glücklich und lachte. »Ein schönes Willkommenskonzert.«

***

Ich ließ Karl schlafen, zog nach dem Frühstück die Kinder warm an und fragte Frau Bucker, ob sie bei Inge vorbeigehen könnte, um ihr zu bestellen, dass ich sie heute nicht brauchte. Dann nahm ich die Kinder, und wir gingen zu Maria. Ich hoffte, dass sie zu Hause war. Ich nahm Renate an die Hand, sie musste mit uns zu Fuß gehen. Ich konnte die Kinderkarre nicht durch den Schnee schieben, der noch immer auf den Wegen lag, obwohl es schon Ende Februar war.

Maria öffnete die Tür, sah uns an und sagte: »Karl ist zu Hause.«

»Woher weißt du das?«

»Hast du vergessen, dass ich Wahrsagerin bin?«

»Er kam gestern Nacht.«

»Und?«

»Und was?«, fragte ich glücklich.

»Was hat er gesagt?«

»Maria, wir haben uns noch nicht unterhalten, dazu sind wir noch gar nicht gekommen.« Jetzt musste ich lachen. »Hat Egon heute Abend frei? Kommt doch zum Essen rüber.«

»Wir kommen morgen, heute Abend sollt ihr mal für euch sein«, antwortete Maria.

Am nächsten Abend aßen wir alle meinen Linseneintopf. Karl erzählte Egon alles, was er mir schon am Tage mitgeteilt hatte.

»Ich bin seit ein paar Tagen bei der siebenten Panzerbrigade«, sagte Karl. »Ich erwarte einen neuen Befehl. In der Zwischenzeit bin ich hier in Hildesheim auf meinem alten Posten.«

»Warum, Karl, warum willst du in die siebente Panzerbrigade?« Egon konnte nicht verstehen, warum jemand freiwillig in die Panzerbrigade gehen wollte.

Karl brauchte eine ganze Weile, bis er antwortete: »Ich kann nicht nach Polen zurück. Du kannst dir nicht vorstellen, wie es dort war. Das halte ich nicht durch.«

»Wer kommandiert die siebente Panzerbrigade?«, fragte Egon ihn dann.

»General Erwin Rommel.«

»General Erwin Rommel? Kennst du ihn?« Ich hatte Karl gar nicht so direkt gefragt, wie Egon es jetzt tat.

»Ja, in den letzten Wochen habe ich unter Rommel gedient. Deshalb habe ich mich entschlossen, meine Versetzung zu beantragen und in Rommels Regiment zu dienen.«

»Und wo wird das Regiment eingesetzt?«

»Ich weiß es nicht.« Als Egon Karl ungläubig ansah, fügte Karl hinzu: »Ich weiß es wirklich nicht, und wenn ich es wüsste, dürfte ich es dir nicht sagen.«

»Du hast recht, Karl, wir sind froh, dass du erst einmal hier bist.«

»Ich weiß noch nicht einmal, wie lange ich bleiben kann.«

***

Wir hatten mit Renate einen Termin im Krankenhaus, und ich war froh, dass Karl zu Hause war und mitkommen konnte.

Im Krankenhaus gingen wir zuerst zu Egon und hatten Glück: Er hatte Zeit, uns zur Kinderärztin zu begleiten.

»Frau Doktor, ich möchte Sie mit meinem Gatten bekannt machen«, strahlte ich, als wir ihr Büro betraten.

»Herr Päkel, bitte kommen Sie herein. Ihre Frau hat Sie sicherlich über alles informiert.« Sie stand von ihrem Schreibtisch auf, beugte sich herüber und gab ihm die Hand.

Mich hatte sie total übersehen. Karl war schockiert darüber, wie sie mich überging. Er antwortete ihr nicht, sondern drehte sich zu mir um und sagte: »Hilde, zeig uns doch einmal, was Renate kann.«

Das ließ ich mir nicht zweimal sagen. Ich ging mit Renate zum anderen Ende des Raumes, stellte sie hin und ging in die Hocke, sodass ich sie ansehen konnte, und flüsterte ihr zu: »Renatchen, geh zu Papa«, und sie lief in seine ausgestreckten Arme.

»Ah, das ist sehr gut. Ich werde Renate noch mal kurz untersuchen.«

Als die Untersuchung beendet war, begleiteten wir Egon zur Kantine des Krankenhauses.

»Ich weiß, Doktor Bernhard scheint auf den ersten Blick streng, aber glaubt mir, sie ist eine erstklassige Ärztin, besonders für Kinder in Renates Alter.«

»Egon, wir sind froh, dass du alles so schnell für uns organisiert hast. Was hätten wir sonst gemacht?«

»Bitte mach dir darüber keine Gedanken.«

***

Natürlich verstand ich, dass Karl seine Eltern besuchen wollte, aber ich war überrascht, als er vorschlug, dass ich und die Kinder mitkommen sollten. Dazu war ich einfach jetzt noch nicht bereit. Sie hatten unsere Kinder noch nie gesehen oder sich erkundigt, wie ich ohne Karl zurechtkam.

Ich würde Karl nie erzählen, dass seine Mutter mich damals mit unserem Kind mehr als eintausend Kilometer weit fortschicken wollte.

»Karl, die Fahrt wird viel zu anstrengend für Renate. Warum fährst du nicht mit Klaus? Es würde dem Jungen guttun, seinen Vater einmal für sich allein zu haben. Deine Eltern werden sich bestimmt freuen, ihren Enkel kennenzulernen.« Ich wusste, der letzte Satz war unnötig, aber ich hatte seiner Mutter immer noch nicht verziehen. Ich konnte nicht verstehen, dass sie sich gar nicht um ihre Enkel kümmerte. Gerade jetzt, wo wir in solch ungewissen Zeiten lebten.

Kapitel 26

Vier herrliche Wochen zusammen. Wir genossen jede Minute. Dann kam die Nachricht von der Garnison, und am nächsten Tag musste Karl wieder fahren. Er ging allein zum Bahnhof. Ich sollte ihn nicht begleiten. Vielleicht wollte er auch nicht, dass ich sah, wo er hinfuhr. Das war verständlich. Egon und Maria würden mich natürlich fragen, wo Karl jetzt sei, aber ich konnte darauf keine Antwort geben.

Unsere gemeinsamen Tage hier in Hildesheim verlebten wir wie in einem Traum. Wir taten, als wäre alles so wie früher – wir und unsere kleine Familie. Wir aßen in Restaurants mit Karls Kameraden. Mit Maria und Egon gingen wir ins Theater. Wir sahen die *Fledermaus* von Johann Strauss und wir tanzten im ›Haus Vier Linden‹. Frau Bucker war immer bereit, auf die Kinder aufzupassen. Sie wusste, dass diese Zeit kurz war und wollte, dass wir für ein paar Wochen ein ganz normales Leben führten.

Dann war es wieder zu Ende, unser Glück. Zurück in der Wirklichkeit. Deutschland war im Krieg.

Wir machten das Radio an, sooft wir konnten. Es gab jetzt einen BBC Übersee-Sender. Dort waren die Ansagen auf Deutsch. Wir warteten aber immer noch, bis Inge gegangen und die Kinder im Bett waren. Dann machten wir alle Gardinen zu, hatten nur eine Lampe an und stellten den Ton ganz leise.

Manchmal waren wir danach total verwirrt. Am Tage hörten wir unseren offiziellen Sender. Es war klar, dass es alles Propaganda war, was hier verbreitet wurde. Aber dennoch hatte es seine Wirkung. Abends hörten wir die andere Seite, und alle Berichte sagten das genaue Gegenteil von dem, was wir am Tag gehört hatten.

Am 10. Mai 1940 hörte ich folgende Worte von Propagandaminister Goebbels auf unserem offiziellen Sender:

Deutsches Volk! Unsere tapferen Truppen verteidigen unsere Grenzen zu Frankreich. Geführt wird dieser Kampf von der siebenten Panzerbrigade unter dem Kommando von General Erwin Rommel, unterstützt durch die 38. Infanteriedivision. Die 19., 26. und 32. Division verteidigen die Grenzen zu den Niederlanden zusammen mit den tapferen Soldaten unseres Verbündeten Italien. Wie gemeldet wurde, gibt es nur wenige Opfer auf unserer Seite. Unsere Gedanken sind bei unserem Führer und unseren tapferen Truppen. Heil Hitler!

Ich war alleine zu Hause, als diese Meldung kam. Ich hatte gerade erfahren, wo Karl kämpfte – an der Grenze zu Frankreich. ... Opfer! War mein Karl eines dieser Opfer?

Es klopfte den ganzen Tag an der Tür, aber ich wollte keinen hereinlassen, ich drehte mich noch nicht einmal um. Klaus und Renate waren mir eine Stütze. Wenn ich sie nicht gehabt hätte, wäre ich fortgelaufen. Wohin, wusste ich nicht, nur weg und verstecken. Im Dunkeln sitzen und niemanden hören und sehen.

Als es schon dunkel war und Maria und Frau Bucker immer noch nichts von mir hörten, holte Egon einen Schlosser und ließ die Tür öffnen.

Alle drei stürzten in mein Wohnzimmer, wo ich noch immer auf dem Sofa neben dem Radio saß.

»Egon, was wird aus uns allen, was sollen wir bloß tun?« Endlich fand ich die Sprache wieder.

»Ich weiß nicht, was aus uns wird. Ich weiß auch nicht, was wir tun können, aber eines weiß ich ganz genau, Hilde. Wir setzen uns hier nicht einfach hin und bemitleiden uns selber. Reiß dich zusammen und kümmere dich um deine Kinder.«

Ich drehte mich um und sah die entsetzten Gesichter meiner Freunde, die Egon erschrocken anstarrten, als er so harsch mit mir sprach. Aber er hatte ja Recht. Was er sagte, war genau das, was ich jetzt brauchte.

»Wir machen etwas zu essen, und dann können wir reden, ich gehe in die Küche«, sagte Maria.

»Auf gar keinen Fall«, rief Egon vom Flur. Er war dabei, das Schloss zu reparieren.

»Maria, kümmere du dich um die Kinder. Hilde und ich gehen in die Küche. Ich habe noch etwas Mett, Kartoffeln und Zwiebeln. Ich hole alles«, schlug Frau Bucker vor und war schon auf der Treppe nach oben.

Später, als alle drei Kinder schliefen – Hugo mit Klaus in einem Bett – saßen wir vor dem Radio und suchten BBC Übersee.

Kapitel 27

Es tat so gut, Freunde zu haben, die jederzeit bereit waren, mir zur Seite zu stehen. Ich wollte jetzt einmal etwas für sie tun und schlug vor, für einen Tag nach Goslar zu fahren.

Mit dem Zug waren es knappe zwei Stunden nach Goslar; ich sehnte mich nach dieser Stadt. Seit vier Jahren war ich nicht mehr dort gewesen. Sah immer nur aus der Ferne, oben vom Bismarckturm, in Richtung Goslar.

Ich hoffte, dass Goslar sich in der Zeit nicht verändert hatte. Ich wollte meinen Freundinnen alles, was ich so liebte, zeigen. Vielleicht könnten wir im Hotel Achtermann Kaffee trinken. Oder vielleicht wäre – mit ein bisschen Glück – noch derselbe Besitzer in unserem kleinen Café, in dem ich Karl kennengelernt hatte.

Ich hatte etwas Geld gespart. Ab und zu legte ich ein paar Pfennige in meine Kassette. Mein Notgeld. Ich wollte damit alle Fahrkarten bezahlen. Aber natürlich wollten Maria und Frau Bucker wie immer nichts davon wissen. Sie teilten sich sogar die Kosten für Inges Fahrgeld mit mir. Maria schlug vor, am 22. Mai zu fahren. Das war mein achtundzwanzigster Geburtstag.

Das Wetter war wunderschön. Die Sonne schien, und nicht eine Wolke trübte den Himmel. Unsere Schmalzbrote und die Bratklopse hatten wir schon am Abend zuvor in Butterbrotpapier eingewickelt und bereitgelegt. Kalten, süßen Schwarztee und Kakao für die Kinder nahmen wir in Flaschen mit. Frau Bucker hatte einen Sandkuchen gebacken. Sie besaß auch einen Picknickkorb mit Blechtellern und Bechern. Es war genug Platz in dem Korb für unser ganzes Essen und die Servietten.

Wie kleine Kinder erzählten und kicherten wir auf dem Weg zum Bahnhof. Renate wollte laufen, so konnten wir den Korb und eine Decke auf der Kinderkarre verstauen.

Die ganze Fahrt über rutschte ich voller Vorfreude auf meinem Platz hin und her. Bis Maria schließlich sagte: »Hilde, mit deiner Zappelei machst du uns ganz nervös. Bleib doch mal ein paar Minuten ruhig sitzen.«

Dann endlich hatten wir Goslar erreicht. Wir gingen über den Marktplatz, und ich konnte ihnen die schöne alte Stadt zeigen. Das Hotel Achtermann, die herrlichen alten Gebäude am Markt und das Rathaus. Dann gingen wir in Richtung Kaiserpfalz.

Klaus und Hugo liefen die ganze Zeit voran. Sie genossen ihre Freiheit. Renate war in der Zwischenzeit in ihrer Karre eingeschlafen, und wir trugen wieder unsere Sachen und den Korb und wechselten uns ab und zu ab. Wir wollten unser Mitgebrachtes am Zwinger auspacken. Dort hatten wir genug Platz, um auf der Wiese die Decke auszubreiten und uns ein bisschen auszuruhen. Aber vorher wollte ich ihnen noch zeigen, wo ich mit Frau Lehmann gewohnt hatte. Ich hoffte, dass es ihr gut ging und sie sich wohlfühlte bei ihrer Schwester in Basel.

Am Nachmittag machten wir uns auf den Weg zu ›meinem‹ Café. Es hatte sich überhaupt nicht verändert. Die kleine Glocke über der Tür machte ihr vertrautes ›Ding‹ und kündigte dem Besitzer neue Kunden an. Ich erkannte ihn sofort. Er kam zu uns rüber und zeigte uns den Tisch am Fenster. Erst sah er mich verdutzt an, dann leuchteten seine Augen voller Freude. »Fräulein Hilde? Sie sind doch Fräulein Hilde? Oder irre ich mich?«

»Ja, natürlich bin ich es, aber in der Zwischenzeit bin ich Frau Päkel.«

»Oh wie wunderbar, Karl und Sie sind jetzt verheiratet?«

»Ja, und dies sind unsere Kinder, Klaus und Renate.« Dann stellte ich ihm meine Freundinnen vor.

Danach hatte er eine Frage nach der anderen: »Wie geht es Karl? Wohnen Sie jetzt in Goslar? Haben Sie irgendwelche Neuigkeiten von Frau Lehmann?«

Anstatt gleich zu antworten, hatte ich auch Fragen: »Spielt hier immer noch ein Quintett? Und wird hier ab und zu noch getanzt?«

»Ja, wir haben nun jeden Sonntag Tanzcafé, und unsere Gruppe spielt noch immer die vertraute Musik. Nur würden sie die Musikanten nicht mehr kennen. Manche von damals spielen jetzt in großen Orchestern, andere sind einfach fort«, fügte er traurig hinzu.

»Ich bringe Ihnen Kaffee, und wir haben auch frischen Apfelkuchen. Dann setze ich mich zu Ihnen und wir können uns unterhalten. Was möchten die Kinder denn gerne?«

»Herr Schmidt, haben Sie Eis? Ich glaube, die Kinder hätten gerne eins«, sagte Maria.

Wir machten an unserem Tisch Platz für den Besitzer des Cafés. Klaus und Hugo durften sich alleine an einen kleinen Tisch setzen. Dort löffelten sie stolz ihr Eis.

Eine Bedienung brachte den Kaffee und Herr Schmidt setzte sich zu uns. Ich fing an zu erzählen. Nach den ersten paar Sätzen redete ich ununterbrochen.

Nach ungefähr zwanzig Minuten hielt es Maria nicht länger aus und unterbrach meinen Redefluss.

»Hilde, sei froh, dass du heute Geburtstag hast. Sonst hätte ich schon vor zehn Minuten etwas gesagt.«

»Sie haben Geburtstag, Fräulein Hilde, oh, ich meine Frau Päkel. Das ist ein Grund zu feiern. Sophie, eine Flasche von unserem besten Wein.« Er winkte der Bedienung zu, die hinter der Theke stand.

»Für Sie bleibe ich immer Fräulein Hilde, und bitte keinen Wein für mich im Moment.«

»Für mich auch nicht«, sagte Maria und sah mich fragend an: »Bist du ...?«

Ich nickte. »Bist du auch ...?«

»Wie, bist du, bist du auch – was heißt das?«, fragte Inge.

Frau Bucker verdrehte die Augen. »Inge, die zwei hier mit den grinsenden Gesichtern sind schwanger.«

»Auf jeden Fall ein Grund zu feiern. Frau Bucker, wir trinken den Wein, und – egal, wie alt Fräulein Inge ist – sie bekommt auch ein Glas. Für unsere Mütter zwei Gläser kalte Milch.«

Kapitel 28

Heute, am 17. Juni 1940, hat Frankreich sich dem Deutschen Reich unterworfen. Unser Führer hatte einen triumphalen Einzug in Paris. Jubelnde Menschen auf den Straßen feierten unseren Sieg. Die heutige Kapitulation folgte einem eiligen Rückzug der Briten und ihrer Verbündeten von den Stränden von Dünkirchen. Wir haben Berichte über schwere Verluste des Feindes. Unsere Gedanken sind bei unserem Führer und unseren tapferen Truppen. Heil Hitler!

Oh Karl, wann kommst du nach Hause? Er wusste noch nicht einmal, dass wir wieder ein Kind bekamen. Ich betete leise, dass mein Karl sein Kindchen noch in seinen Armen halten würde.

Ich sah Maria durch das Küchenfenster. Hugo zog an ihrer Hand, er wollte vorauslaufen, aber sie ließ ihn nicht los. Maria sah unglücklich aus, sie hatte wohl die Nachrichten gehört und machte sich Sorgen um ihren Bruder in Brüssel. Ich wusste, er hatte sich einer belgischen Widerstandsgruppe angeschlossen.

Ich stand schon an der Tür und ließ Maria herein. Sie ging sofort in die Küche, und Renate nahm Hugo mit ins Wohnzimmer. Ich gab allen drei Kindern ein Stück trockenes Brot. Sie saßen dann friedlich auf dem Fußboden und spielten.

»Soll ich etwas länger bleiben?«, fragte Inge, die gerade nach Hause wollte. Maria sah mich flehend an und schüttelte den Kopf.

»Danke, Inge, aber es ist nicht nötig. Wir gehen mit den Kindern ein bisschen nach draußen.« Ich ging in den Flur und verabschiedete Inge. Dann ließ ich die Türen von Wohnzimmer und Küche offen, sodass wir die Kinder beobachten konnten, und setzte mich zu Maria an den Küchentisch.

»Obwohl ich schwanger bin, brauche ich jetzt etwas zu trinken. Was hast du da?«, fragte Maria endlich.

»Ich habe eine Flasche Tokajer Wein.«

»Ja, hole ihn und zwei große Gläser.«

Ich fand die Flasche und den Korkenzieher. Dann machte ich uns zwei Butterbrote und stellte alles auf den Küchentisch. Nach dem Ausdruck auf Marias Gesicht befürchtete ich, dass wir die Flasche leer machen würden. Zwei schwangere, angetrunkene Frauen, die auf drei kleine Kinder aufpassen.

Ich hatte Maria noch nichts gefragt und wartete ab, was sie sagen würde. In der Zwischenzeit hatte sie die Gläser gefüllt und einen Schluck genommen. Dann sprach sie endlich: »Egon hat heute seine Papiere bekommen. Er wurde eingezogen.«

»Was? Egon ist doch hier Arzt am Krankenhaus. Sie ziehen Ärzte ein?«

»Ja, er muss Mittwoch los.«

»Am Mittwoch? Aber das ist schon in zwei Tagen, warum?«

»Wegen der vielen Kriegsverletzten!«

»Oh Maria, das tut mir so leid. Noch andere Ärzte und Krankenschwestern, die wir kennen?«

»Noch ein Arzt, aber keine Krankenschwestern. Beim Militär haben sie ihre eigenen ausgebildeten Schwestern. Sie sind alle in Hamburg stationiert.«

»Hamburg?«

»Ja, Egon soll sich dort melden.«

»Maria, das ist Gott sei Dank nicht so weit weg. Vielleicht bleibt er dort und muss nicht an die Front.«

»Hilde, wie machst du das, die tägliche Sorge um deinen Karl, nie zu wissen, wo er ist, wann und ob er kommt? Ich glaube, ich kann das nicht.«

»Doch, Maria, du kannst es, weil du es musst. Du musst jeden Tag tapfer sein und an deine Kinder denken. Sie dürfen nicht merken, was in dir vorgeht. Vergiss nicht, wir sind nicht allein. Wir haben die besten Freunde, die man sich wünschen kann. Zusammen schaffen wir das, ich verspreche es dir.« Dann stand ich auf, ging zu ihr und nahm sie in den Arm.

»Hilde, jetzt nach der Kapitulation von Frankreich – glaubst du, dass der Krieg bald zu Ende ist?«

»Ich hoffe jeden Tag auf gute Nachrichten, aber – nein, ich glaube nicht, dass Hitler jetzt aufgibt.«

»Oh Hilde, du hast schon genug Sorgen ohne mich, und jetzt hätte ich beinah vergessen dir zu sagen, dass wir Renate ins Krankenhaus bringen sollen. Egon will uns mit seinem Kollegen bekannt machen, der sich in seiner Abwesenheit neben ihrer Kinderärztin um sie kümmert.«

»Kommst du mit?«

»Natürlich.«

»Maria, und wenn du noch einmal sagst, du bereitest mir zusätzlich Sorgen, fülle ich dein Glas nie wieder.«

Kapitel 29

Als gäbe es noch nicht genug Probleme. Immer noch kein Wort von Karl. Es war Anfang Juli 1940, Klaus wurde heute drei Jahre alt. Es klopfte an der Tür, und Klaus lief sofort hin und öffnete, noch bevor ich ihn festhalten konnte.

»Oma!« Er streckte ihr die Arme entgegen, sie sollte ihn hochheben. Er musste wohl vor ein paar Monaten einen guten Eindruck auf sie gemacht haben, denn sie hob ihn kurz hoch, dann stellte sie ihn wieder hin und streichelte ihm über den Kopf.

»Und das ist wohl Renate«, sagte Karls Schwester Gertrud mit einem verbissenen Gesichtsausdruck.

Renate versteckte sich sofort hinter meinem Rücken.

Wir standen immer noch an derselben Stelle. Endlich konnte ich mich wieder fangen und sagte: »Ist was passiert? Habt ihr was von Karl gehört?«

»Klaus hat doch heute Geburtstag, und deshalb wollten wir ihn überraschen«, sagte Karls Mutter.

»Die Überraschung ist euch gelungen. Du hast aber auch lange genug gebraucht, dich daran zu erinnern, dass du Enkelkinder hast.« Ich machte einen Schritt zurück und nahm Renate auf den Arm. Sie drehte ihren Kopf zur Seite und versteckte ihn unter meiner Strickjacke. »Renate, sag ›Guten Tag‹ zu deiner Oma und deiner Tante Gertrud.« Aber Renate rührte sich nicht.

»Oma, ich habe Geburtstag, hast du mir was mitgebracht?« Klaus wollte sich vergewissern, dass er nicht vergessen wurde. Er nahm seine Oma bei der Hand und zog sie in den Flur.

»Du bist ja schon wieder schwanger, in dem Zustand sollte man aber nicht so ein schweres Kind auf dem Arm tragen.« Getruds Blicke hätten töten können.

»Das schwere Kind hat einen Namen, es ist deine Nichte, und sie heißt Renate. Wie du siehst, ist sie ziemlich klein, und deshalb kann sie gar nicht schwer sein.« Ich dampfte vor Zorn, aber ich besann mich und fügte versöhnlich hinzu: »Bitte kommt rein.«

Erst jetzt bemerkte ich den Koffer im Treppenhaus. »Wie ich sehe, habt ihr vor zu bleiben. Natürlich kann ich in meinem Zustand nicht den Koffer tragen.« Ich ließ Gertrud stehen, wo sie war.

»Hilde, ja, ich hätte schon vorher kommen sollen. Sicher wäre es auch besser gewesen, wenn wir dich vorher gefragt hätten. Aber jetzt sind wir ja hier. Macht es dir etwas aus, wenn wir zwei Nächte bei euch bleiben? Ich möchte ein bisschen Zeit mit den Kinder verbringen. Natürlich mit dir auch«, fügte Karls Mutter schnell hinzu.

»Inge, kochst du bitte Kaffee für unseren Besuch?« Inge stand die ganze Zeit über im Türrahmen der Küche und beobachtete uns mit offen stehendem Mund.

»Ich gebe dir eine Einkaufsliste mit Sachen, die wir jetzt brauchen. Kannst du sie bitte nachher holen?« Dann flüsterte ich ihr zu: »Und geh bei Maria vorbei, sie soll gleich herkommen und nicht bis zum Nachmittag warten.«

»Guten Tag«, sagte Inge und wollte den Koffer holen, aber ich konnte sie gerade noch davon abhalten.

»Nein, Inge, das brauchst du nicht. Nur den Kaffee bitte.«

»Komm, ich zeige dir, wo du dich ein bisschen frischmachen kannst und wo du heute Nacht schläfst.« Ich ging Karls Mutter voraus, Gertrud stand noch immer in der Tür.

***

Gertrud zeigte eine so starke Antipathie gegen die immer optimistische Maria, dass es mir beinahe die Sprache verschlug. Erst als sie erfuhr, dass Marias Mann Arzt war, zeigte sie ein bisschen Interesse.

Als Maria und ich allein in der Küche waren, fragte sie mich: »Ist Gertrud verheiratet?« Ich brauchte ihr nicht zu antworten, sie sah meinen Gesichtsausdruck und wusste es.

»Es ist wohl besser, wenn Hugo und ich jetzt gehen und dir Zeit lassen, deine Schwiegermutter kennenzulernen.«

»Maria, glaube es mir, ich kenne sie schon, du wirst mich doch jetzt nicht allein lassen.«

Karls Mutter setzte sich auf den Teppich und spielte mit Klaus, Renate und Hugo, während Gertrud steif auf der Sofakante saß. Es war ein anstrengender Nachmittag. Aber alle drei Kinder genossen es, dass ein Erwachsener so viel Zeit für sie hatte.

Zum Essen gab es ein Gericht aus meiner Heimat. Gedünsteten Kabeljau mit Senfsoße und Salzkartoffeln. Karls Mutter und Gertrud aßen, ohne ein Wort zu sagen, aber ab und zu sahen sie sich beim Essen fragend an.

Wir wollten gerade die Kinder ins Bett bringen, als es an der Tür klopfte. »Fräulein Hilde, lass mich rein!«

Klaus war nicht mehr aufzuhalten, er war wieder der Erste an der Tür. »Papa kommt nach Hause!«

Karl hatte ihn im Arm. »Herzlichen Glückwunsch zum Geburtstag, mein Sohn!«

Kapitel 30

Karl-Heinz erblickte das Licht der Welt in einer kalten Novembernacht 1940. Ich schaffte es nicht mehr bis ins Krankenhaus. Beinahe hätte ich es noch nicht einmal bis in meine Wohnung geschafft.

Plötzlich tönten die Sirenen. Eine Warnung! Ich war mit den Kindern in der Wohnung und hatte nicht mehr genug Zeit, einen Bunker zu erreichen. Frau Bucker rannte die Treppe runter und klopfte an meine Tür. »Hilde, Hilde, seid ihr da?« Sie wollte gerade umdrehen und gehen, da hörte sie Renate weinen.

»Hilde, Hilde, mach auf!«

Als ich öffnete, lief sie sofort ins Schlafzimmer, griff nach den Kissen und wickelte eine Decke um Renate, während ich Klaus langsam anzog.

»Hilde, wir haben keine Zeit, kommt schnell in den Keller.«

Ich krümmte mich vor Schmerzen und biss die Zähne zusammen, meine Wehen hatten eingesetzt.

Frau Bucker sah mein schmerzverzerrtes Gesicht. »Oh nein, nicht jetzt! Klaus, nimm Renate an die Hand und geht in den Keller. Aber seid vorsichtig, fallt nicht über die Decken.«

Ich legte meinen Arm um ihre Schulter, um mich abzustützen, und wir gingen hinter den Kindern her. Alle Nachbarn waren schon unten. Als sie uns kommen sahen, rückten sie zusammen und machten für die Kinder Platz.

»Haben sie Flugzeuge gesehen?«, fragte ein Nachbar.

»Wurde ein Angriff erwartet?«, fragte ein Zweiter.

Ich hatte mich noch nicht gerührt, dann kam die nächste Wehe, und meine Fruchtblase platzte.

»Mama!«, schrie Klaus vor Schreck und sprang auf.

»Klaus, Mama ist nicht krank, du bekommst heute noch ein neues Geschwisterchen. Du bist doch schon ein großer Junge, pass bitte auf Renate auf.«

Ich wollte so zuversichtlich wie möglich wirken, aber ich hatte Angst. Ich wollte mein Kind nicht in einem dunklen, feuchten Keller bekommen.

Frau Bucker seufzte laut auf und sagte zu einer Nachbarin: »Können Sie bitte auf die Kinder aufpassen? Alarm oder nicht, wir müssen zurück in die Wohnung.«

Klaus wollte davon aber nichts wissen, kam zu mir und klammerte sich an mir fest.

Eine andere Nachbarin sagte: »Komm, Klaus, wir machen eine Kerze an, dann ist es nicht so dunkel, und ich erzähle euch eine Geschichte.«

Hannelore hatte uns die ganze Zeit über beobachtet. Sie wohnte unterm Dach mit ihren Großeltern. Sie stand auf und sagte: »Ich komme mit und helfe Ihnen.« Sie wurde von allen angestarrt. Doch sie zuckte nur mit den Schultern und fuhr fort: »Ich kann Wasser kochen und Handtücher holen. Das braucht man doch, oder?«

»Ja, Hannelore, du hast Recht. Ich bin froh, wenn du mitkommst.« Frau Bucker sah sie ermutigend an.

Das Sirenensignal war falscher Alarm, aber meine Wehen waren echt.

»Hannelore, mach doch mal das Radio an, vielleicht kann ein bisschen Musik Hilde beruhigen.«

Als Frau Bucker den Blick sah, den ich ihr zuwarf, fügte sie hinzu, »Ja, oder auch nicht, aber es wird mir helfen.«

»Frau Bucker!« Ich hielt ihre Hand so fest, dass ich Angst hatte, ihr die Finger zu brechen. »Was ist Ihr Lieblingsname?«

»Ich hatte einmal einen kleinen Jungen, der hieß Karl-Heinz.« Ihr trauriges Gesicht stach mir wie ein Pfeil ins Herz. Trotz starker Schmerzen schämte ich mich. Wir kannten uns jetzt schon so lange und ich wusste noch nicht einmal, dass sie ein Kind verloren hatte.

»Wenn es ein Junge ist, werde ich ihn Karl-Heinz nennen. Frau Bucker, können Sie einen Wohnungsschlüssel mitnehmen? Ich weiß wirklich nicht, was ich ohne Sie machen würde.« Ich klammerte mich an ihren Hals, und wir ließen unseren Tränen freien Lauf.

Später saß ich in meinem Bett mit dem Säugling im Arm. Ein Arzt vom Krankenhaus hatte uns beruhigt – es sei alles in Ordnung, und eine Krankenschwester würde am nächsten Tag vorbeikommen. Frau Bucker hatte Renate und Klaus mit in ihre Wohnung genommen.

Das Radio lief noch und ich hörte Lale Andersen zu, wie sie *Lili Marleen* sang. Ich sehnte mich nach Karl und wusste, er würde sich freuen, dass er einen kleinen gesunden Sohn hatte. Hoffentlich war er mit meiner Wahl, ihn Karl-Heinz zu nennen, einverstanden.

Kapitel 31

Ich machte mir unnötige Sorgen. Karl war glücklich, dass sein kleiner Sohn Karl-Heinz hieß. Ich hatte Post. Woher oder wie ich den Brief bekommen hatte, wusste ich nicht, aber erstaunlicherweise hatte er auch meinen Brief bekommen.

Ich führte ein Tagebuch und schrieb all die kleinen Dinge, die unsere Kinder gelernt hatten, dort hinein. Wenn Karl bei uns war, las ich ihm daraus vor. Auf diese Weise wollte ich erreichen, dass Karl an unserem täglichen Leben teilnehmen konnte. Manchmal ließ ich Klaus und Renate ein kleines Bild malen. Sie sagten dazu, ›sie schrieben etwas für Papa‹. Klaus malte jetzt schon richtig schöne Bilder. Er hatte wohl Talent zum Zeichnen. Alle seine gemalten Bilder faltete ich zusammen und legte sie mit ins Buch.

Nachdem Karl-Heinz geboren war, schrieb ich ein paar Seiten ab und schickte sie an Karl. Klaus wollte, dass ich ihm zeigte, wie ›Papa kommt nach Hause‹ geschrieben aussah. Er malte es ab, und Renate kritzelte etwas dazu.

Ich legte alles in einen großen Briefumschlag und schrieb seinen Namen und Dienstgrad darauf. Dann adressierte ich ihn an das Hauptquartier von General Erwin Rommel in München und schickte den Brief ab.

Karl bekam die Post und ich seine Antwort. Der Brief war dieses Mal nicht vorher geöffnet und kontrolliert worden, er hatte keine geschwärzten Stellen.

Ein paar Mal am Tag nahm ich seinen Brief aus meiner Kassette und las ihn. Wenn ich das Papier vor mein Gesicht hielt, nahm ich Karls Geruch wahr, und wenn ich die Augen schloss, sah ich ihn vor mir. Karl hatte Urlaub beantragt. Er wollte um die Weihnachtszeit bei uns sein.

Ich war so aufgeregt. Ich lief sofort zu Maria, ohne zu bedenken, dass Egon jetzt schon sechs Monate fort war und sie noch nichts von ihm gehört hatte.

Jedes Mal, wenn Renate und ich einen Termin im Krankenhaus hatten, kam Maria mit. Während ich mit der Kinderärztin sprach, machte Maria ihre Runde und fragte jeden, den sie kannte, ob er etwas von Egon und seinen Kollegen gehört hätte.

Ich fühlte mich immer noch schuldig, weil ich nicht dabei gewesen war, als Maria im Krankenhaus ihr Kind zur Welt brachte. Sie hatte auch einen Jungen bekommen, Manfred, nur zwei Wochen nach Karl-Heinz' Geburt.

Sie hatte eine Krankenschwester angerufen, als ihre Wehen einsetzten. Ein Krankenwagen kam und holte sie ab. Eine junge Nonne kümmerte sich um

Hugo. Ich hörte erst davon, als ich Maria nicht in ihrer Wohnung finden konnte. Frau Meier von nebenan erzählte mir von dem Krankenwagen.

Als ich sie endlich im Krankenhaus besuchen konnte, versuchte Maria mich zu trösten. »Hilde, du hast selber einen Säugling. Was hättest du tun können, wenn ich jemanden zu dir geschickt hätte?«

»Ich hätte wenigstens auf Hugo aufpassen können. Also, das machst du nicht nochmal mit mir.«

Jetzt lachte Maria laut auf. »Das mache ich bestimmt nicht wieder, dieses war das zweite und letzte Mal.«

»Dann gib mir jetzt endlich mal deinen kleinen Manfred.«

***

Karl sollte sich in der Gallwitz-Kaserne, in der Senator-Braun-Allee, melden. Das war hier gleich zwei Straßen weiter, über die Bahnschranke und dann rechts. In der Nähe des Tores war tatsächlich eine Laterne. Dort stand ich wie *Lili Marleen* und wartete nach Dienstschluss auf ihn. Als ich ihn kommen sah, fing ich an zu singen: *Vor der Kaserne, vor dem großen Tor, stand eine Laterne, und steht sie noch davor. So woll'n wir uns da wiederseh'n. Bei der Laterne woll'n wir steh'n, wie einst Lili Marleen, wie einst Lili Marleen.*

Er wartete, bis ich zu Ende gesungen hatte, dann sah er mich an und sagte: »Hilde, was ist, wenn ich nicht …?«

Ich ließ ihn nicht ausreden: »Karl, bitte sag so etwas nicht, es wird schon alles gut werden.« Ich nahm seinen Arm. »Komm, wir gehen nach Hause, wir wollen die paar Tage, die du noch hier bist, genießen. Die Kinder sind auch noch nicht im Bett.«

Karl war seit drei Wochen zu Hause. Es war Februar 1941 und Hildesheim war noch tief verschneit. Wir hatten uns vorgenommen, rodeln zu gehen, und uns mit Maria verabredet. Inge war bereit, auf Manfred und Karl-Heinz aufzupassen. Hannelore wollte auch helfen. Sie kam inzwischen täglich zu uns runter, um zu sehen, was Karl-Heinz machte. Sie war jetzt besonders stolz, weil Karl und ich gefragt hatten, ob sie die Patentante für Karl-Heinz sein mochte.

Wir hatten nur einen Schlitten, auf dem Renate gezogen wurde. Klaus und Hugo liefen voran und warfen Schneebälle auf uns. Erst, als einer Renates Pudelmütze traf und sie zu weinen anfing, mussten sie mit diesem Spaß aufhören. Sie fanden aber sofort eine andere Aufgabe – indem sie in die großen Schneewehen rein- und rausliefen. Für die lange Rodelbahn am Galgenberg waren unsere Kinder noch zu klein, also wollten wir bis zum Bismarckturm. Dort konnte man auch wunderbar den Hügel hinunter rodeln.

Es war schon viel Betrieb, als wir endlich ankamen. Mütter mit ihren Kindern, nur ab und zu war auch ein Großvater dabei. Karl rodelte abwechselnd mit den beiden Jungen, und ein paar Mal mussten sie warten, dann war Renate dran.

Auf der linken Seite des Turmes gab es einen ganz leichten Hügel. Klaus und Hugo durften es dort auch allein versuchen.

»Komm, Hilde, wenn wir schon einmal hier sind, dann lass uns doch auf den Turm hinaufsteigen«, sagte Karl.

»Maria, macht es dir etwas aus, wenn wir dich ein paar Minuten allein lassen?«

Oben angekommen, mussten wir erst einmal einen Moment nach Luft schnappen. Hier oben blies der Wind noch kälter.

Karl versuchte, mich etwas zu wärmen, und legte seinen Arm um meine Schulter. Wir blickten beide in Richtung Goslar. Dann sagte er:

»General Rommel hat seinen neuen Einsatzbefehl erhalten.«

Ich wartete auf das, was jetzt folgen würde.

»Er wurde zum Befehlshaber der deutschen Truppen in Nordafrika ernannt.«

»Afrika? Karl, was sagst du mir da?«

»Ich habe heute Morgen meinen neuen Befehl bekommen.«

»Aber Afrika? Karl, willst du mir sagen, du musst nach Afrika?«

»Ja, in zwei Tagen wird meine Einheit verlegt.«

»Aber Karl, weißt du, wie weit weg das ist? Was machen wir überhaupt in Afrika?«

»Wir unterstützen unseren Verbündeten Italien.«

»Und wir, ich und deine Kinder, was machen wir? Wer weiß, wann du aus Afrika zurückkommen kannst.«

»Hilde, mach es nicht noch schwerer, als es schon ist. Ich komme wieder. Ich verspreche es dir.«

Kapitel 32

Erika erzählte mir am Telefon, dass sie einen Brief von Oleg für mich hätte. Ich schlug vor, sie solle den Brief öffnen, in einen neuen Umschlag legen und ihn mir ohne Absender zuschicken. »Lies den Brief aber nicht«, fügte ich noch hinzu.

»Du denkst, ich würde deine Post lesen?«

»Nein, das denke ich nicht. Es wäre mir auch egal, aber wenn dich jemand fragt, was in dem Brief stand, dann weißt du es nicht.«

»Wieso sollte mich jemand fragen, was in einem Brief von Oleg an dich steht?«

»Erika, für jemanden, der so gescheit ist wie du, bist du manchmal aber ziemlich naiv. Wir befinden uns mit Polen im Krieg und du hast einen Brief von einem polnischen Freund in der Hand.«

»Ja, ja, natürlich, jetzt verstehe ich, ja, ich mache es so, wie du es sagst. Aber vergiss nicht, ich bin schon achtzehn Jahre alt, du brauchst mich nicht immer so zu bemuttern.«

»Ja, wenn das so ist, dann erzähle mir mal von deinem Freund!«

»Ha, ha, wir sind doch nur befreundet. Habe ich dir doch schon alles erklärt.«

Aber ich hörte an ihrer Stimme, dass es sich um mehr als nur Freundschaft handelte. »Dieser Freund von dir, hat der auch einen Namen?«

»Ja, Erich.«

»Ja, dann grüß deinen Erich mal von deiner großen Schwester.«

»Das mache ich. Versuche, mich nächste Woche wieder zu erreichen.«

»Ich vermisse dich, Erika.«

»Ich vermisse dich auch.«

***

Olegs Brief kam zwei Wochen später bei mir an. Vieles, was er mir sagen wollte, musste ich zwischen den Zeilen lesen. Aber ich verstand, dass er lange nichts von Harel und Karina gehört hatte. Er musste bald in ihrer Nähe Ware anliefern, dann wollte er sich die Zeit nehmen, Harel aufzusuchen. Ich wusste, dass Harel, Karina und die Kinder in Warschau wohnten, aber Oleg gab in seinem Brief keine Adresse an. Olegs größte Sorge im Moment war Ludmilla, seine Frau. Sie musste jetzt den gelben Judenstern auf ihrem Mantel tragen. Sie verließ das Haus nicht mehr. Sie hatten sich mit einer Nachbarin geeinigt, dass Ludmilla die Wäsche wusch und bügelte. Dafür brachte die Nachbarin die Kinder in die Schule und kaufte ein.

Olegs und Ludmillas Kinder waren Halbjuden und hatten daher bislang noch keine Probleme.

Ludmilla wurde immer unruhiger. Manchmal schloss sie sich im Schlafzimmer ein und versteckte sich unterm Bett, wenn Oleg klopfte oder einfach reinging. Sie war seit Wochen nicht mehr an der frischen Luft und ging auch nicht mehr mit den Kindern zum Friedhof, wo Olegs Mutter beerdigt war.

Oleg tat, was er konnte, damit seine Kinder nicht zu kurz kamen. Er ging mit ihnen raus, so oft es ging. Es brach ihm jedesmal das Herz, wenn er sich auf der Straße umdrehte und sah, wie sich die Gardinen bewegten. Ludmilla war dann am Fenster und sah ihnen zu.

Ludmillas Vater machte sich außerdem Sorgen um seine Firma. Er sah täglich, wie jüdische Geschäftsleute litten und beschloss daher, das Geschäft an Oleg zu überschreiben. Danach änderten sie den Namen über dem Laden.

Ein Bruder von Oleg und sein Cousin waren jetzt in der polnischen Armee.

Am Ende schrieb er: *Hilde, ich mache mir große Sorgen um meine Familie, bitte bete für uns.*

Ja, ich betete für ihn und auch dafür, dass Erika den Brief wirklich nicht gelesen hatte.

Kapitel 33

27. Mai 1941

Wir konnten die täglichen Nachrichten langsam nicht mehr ertragen, aber trotzdem hörten wir jeden Tag wieder zu. Wenn wir drei Frauen alleine waren, konzentrierten wir uns auf die in Deutsch gesendeten BBC Nachrichten. Wenn Inge dabei war, hörten wir nur den offiziellen Propagandasender.

Wir konnten Inge jetzt nicht noch mehr belasten. Inges Pflichtjahr bei mir war schon sehr lange beendet. Sie hatte hier in der Zuckerfabrik eine Lehrstelle als Buchhalterin bekommen.

Ich bekam eine neue Hilfe zugewiesen. Sie kam vom Bund Deutscher Mädel. Inge war gerade bei mir, um ein paar von ihren Sachen abzuholen, als es an der Tür klopfte. Vor Inge stand ein junges Mädchen. Sie konnte nicht viel älter als vierzehn sein. Weiße Kniestrümpfe, geblümtes Kleid, blonde Zöpfe. Neben ihr stand ein Junge in der Uniform der Hitlerjugend, noch jünger als sie. Mir lief es sofort eiskalt den Rücken runter, aber es war Inge, die das erste Wort fand.

»Was wollt ihr?«

»Ich bin Heidrun, das neue Pflichtjahrmädchen.«

»Da muss ein Fehler unterlaufen sein, die Stelle ist schon vergeben, ich habe gestern angefangen. Tut mir leid.« Inge machte die Tür einfach wieder zu.

»Ich komme jeden Nachmittag und am Wochenende, ich werde doch meine Freunde jetzt nicht im Stich lassen.«

Ich war so glücklich, dass Inge trotz ihrer Lehrstelle bei uns blieb. Ich lud sie prompt zum Mittagessen ins Restaurant auf dem Galgenberg ein.

Natürlich ging so etwas nie ohne Maria und die Kinder, Frau Bucker und Hannelore. Auch sie war jetzt überall dabei – ihr Patenkind brauchte sie.

»Maria, warum machen wir unsere Ausflüge eigentlich immer im Mai? Dieses Mal eine Woche nach meinem neunundzwanzigsten Geburtstag.«

»Damit du die Getränke bezahlst.« Maria lachte ihr ansteckendes, lautes Lachen. »Hilde, im Mai gibt es die ersten schönen Tage nach dem langen Winter, natürlich ist der erste Ausflug immer im Mai.«

Das Restaurant war gut besucht, wie in der Zwischenzeit üblich von jungen und älteren Frauen mit Kindern. Auch ein, zwei ältere Männer waren da. Draußen auf der Veranda war kein Tisch mehr frei.

Maria kannte den Besitzer und sprach ihn an, um einen guten Platz zu bekommen. Er zeigte nach drinnen, aber wir sahen, dass Maria mit dem Kopf schüttelte und auf einen Ecktisch auf der Veranda zeigte. Der Besitzer deutete mit seiner Hand »fünf Minuten« an, und wir warteten, bis der Tisch abgeräumt war.

Von der Ecke aus konnte man den Bismarckturm sehen, und sobald wir saßen, starrte ich immer in Richtung des Turmes.

»Inge, wechsel mal den Platz mit Hilde, sonst sitzt sie dort nur in Gedanken versunken, starrt auf den Turm, und wir hören kein Wort von ihr.« Dann sah mich Maria an, lächelte und sagte: »Hilde, Goslar liegt aber hinter dir.«

Hannelore hatte nun Karl-Heinz auf dem Schoß. Aber er versuchte schon zu stehen und wollte mit aller Macht auf den Boden.

»Kann ich mit Karl-Heinz dort auf der Wiese spielen?«

»Natürlich, Hannelore, aber geh nicht zu weit, wir wollen das Essen bestellen.«

»Ich gehe auch«, sagte Klaus.

»Ich auch«, sagte Hugo.

»Ich«, sagte Renate.

»Nein, Renate, komm zu Tante Bucker, dein Kopf ist ein bisschen heiß, du hast Schnupfen.«

»Was?« Ich fasste Renate an die Stirn, und tatsächlich, sie fieberte etwas.

»Wenn es morgen nicht besser ist, gehe ich mit ihr zum Arzt.«

Unser Essen kam, und ich wollte Hannelore gerade rufen, da sah ich sie schon kommen. Hinter ihr ging eine ausgelassene Gruppe von Jungen in der Uniform der Hitlerjugend, die sie anpöbelten.

Hannelore schickte Klaus und Hugo voran und trug Karl-Heinz auf dem Arm. Ich stand auf und wollte ihr entgegengehen, aber nach ein paar Schritten war sie am Tisch. Ich stand immer noch.

»Ist irgend etwas?«

»Nein, nein, es ist nichts«, erwiderte Hannelore.

Der größte der Jungen war ihr bis zu unserem Tisch gefolgt.

»Fräulein Hannelore, einen hübschen blonden Jungen tragen Sie da auf dem Arm. Passen Sie nur auf, dass er rein deutsch bleibt und nichts mit Juden zu tun hat. Wer weiß, was ihm sonst passieren kann.« Er fühlte sich stark und sah sich zu seinen Kameraden um, die mit Begeisterung zustimmten und auf ihre Armbinden mit dem Hakenkreuz zeigten.

Ich machte einen Schritt nach vorne. Maria hielt mich besorgt an meiner Bluse fest und versuchte mich zum Hinsetzen zu überreden. Aber dann stand sie auch auf.

Ich hatte den älteren Herrn hinter mir gar nicht bemerkt und hörte, wie er sagte: »Ihr solltet euch was schämen, aufrechte Bürger anzupöbeln. Macht, dass ihr hier wegkommt!«

Aber darauf hatte der Junge nur gewartet. Er sprang nach vorne, griff mit beiden Händen die Jacke des Herren und zog ihn zu sich heran, sodass sein Gesicht ganz nah vor dem Gesicht des älteren Mannes war. Dann spuckte er ihn an. »Was haben Sie gesagt, Jude? Nächstes Mal brennen wir Ihnen das Geschäft ab.« Dann stieß er ihn an den Kopf, und der Mann fiel zu Boden. Der Junge drehte sich um und wollte gehen.

Jetzt erst sah ich, dass an dem Tisch Frau Neuberger vom Spielzeugladen saß – der ältere Mann war ihr Vater.

Ich sah rot, fasste den Jungen am Arm, er drehte sich zu mir um, und ich schlug ihn mit meiner flachen Hand ins Gesicht, sodass alle Finger rote Abdrücke hinterließen.

»Fritz, komm, wir gehen«, sagte ein anderer beim Fortlaufen. Aber Fritz wollte noch nicht aufgeben.

»Sie, Sie melde ich dem Vorstand«, sagte er und zeigte mit seinem Zeigefinger auf mich.

»Du Bengel brauchst dir gar nicht so viel Mühe zu geben, denn ich bin noch heute bei deinem Vorsteher und melde es selber, Fritz.« Das »Fritz« zog ich in die Länge, damit er merkte, dass ich jetzt seinen Namen wusste.

Alle anderen Gäste des Restaurants hatten die Szene auch beobachtet, aber keiner kam Herrn Neuberger zu Hilfe.

Frau Neuberger kam an unseren Tisch. Sie gab mir die Hand und sagte: »Ich möchte mich bei Ihnen bedanken, ich werde nie vergessen, was Sie eben für uns getan haben.«

Kapitel 34

Keiner sagte ein Wort. Ich schämte mich, dass ich mich vor Hannelore so hatte gehen lassen. Ich war dann die Erste, die auf dem Heimweg endlich sprach.

»Es tut mir leid, Hannelore, dass du das eben miterleben musstest. Ich hätte mich zusammenreißen sollen.«

»Auf gar keinen Fall. Ich bin froh, dass Sie so gehandelt haben. Ich hatte mir schon meine eigenen Gedanken gemacht, was das wohl für Jungen in der Hitlerjugend sind. Jetzt weiß ich Bescheid.« Dann fasste sie mich an: »Aber meiner Oma dürfen wir davon nichts erzählen, sie würde es nicht verstehen.«

»Ja, Hannelore, du hast Recht. Das bleibt unter uns.«

Hannelore strahlte voller Stolz.

Wir gingen zurück, die Senator-Braun-Allee entlang, und Renate konnte auf einmal nicht mehr laufen, sie setzte sich einfach auf den Bürgersteig. Ich nahm sie hoch und trug sie ein Stück, dann nahm Maria sie mir ab. Renates Gesicht und Hals sahen geschwollen aus und ihre Haut war bläulich angelaufen. Jetzt bekam sie auch nur noch schlecht Luft.

Wir waren gerade vor der Gallwitz-Kaserne.

»Ich kann nicht bis morgen warten, ich gehe mit Renate jetzt schnell hier zur Krankenstation.«

Einer von den Wachsoldaten am Tor erkannte mich. Er sah Renate, die ich fest im Arm hielt, nahm sie mir ab und sagte: »Ich fahre Sie, kommen Sie mit. Sonst lässt Sie heute keiner hier durch.«

»Wieso heute nicht?«

Aber wir waren schon an der Hauptstelle angekommen. Er ließ den Wagen stehen und lief mit Renate vor mir her.

Drinnen hätte ich ihn beinahe aus den Augen verloren, der Raum war voller Soldaten, die hin und her liefen. Befehle wurden von einer Seite zur anderen gerufen. Offiziere und Personal in Zivil drängten sich zwischen Krankenschwestern und Ärzten. Es herrschte totale Verwirrung. Ich drängelte mich durch und war dann direkt hinter ihm. Er fasste eine Krankenschwester am Arm, sah ihren Namen an der Uniform und sagte: »Schwester Weiner, ich habe hier ein schwerkrankes Kind.«

»Es tut mir leid, wir nehmen heute keine Zivilisten auf. Die Krankenstation ist voll belegt. Gehen Sie ins Krankenhaus.« Sie drehte sich um und wollte gehen.

»Frau Päkels Gatte ist hier Offizier.«

»Dann kommen Sie mit, erzählen Sie mir in der Zwischenzeit, was dem Kind fehlt.«

»Sie hat Fieber, Halsschmerzen, ihre Haut sieht bläulich aus und sie bekommt schlecht Luft.«

»Legen Sie das Kind hier auf das Bett. Sie können jetzt gehen.« Damit wurde der Soldat entlassen.

Ich hatte gerade noch Zeit, »Danke« zu sagen, dann war er zwischen allen anderen Soldaten verschwunden.

»Schwester Weiner, wissen Sie, was meiner Tochter fehlt?«

»Ich befürchte, sie hat Diphterie. Es ist sehr ansteckend, wir haben schon mehrere Fälle. Sie gehen jetzt dort rüber und melden sie an.«

Ich stand stocksteif da, hielt Renates Hand und rührte mich nicht.

»Frau Päkel, wir haben keine Zeit zu verlieren. Ihre Tochter muss auf die Isolierstation. Bitte melden Sie sich dort an. In der Zwischenzeit werden wir Ihre Tochter untersuchen. Wir werden ein Zimmer finden. Dann kommen Sie bitte zur Isolierstation und lassen sich auch untersuchen.«

Alles, was sie sagte, ging über mich hinweg, als ob sie mit jemand anderem sprach. Die ganze Zeit hielt ich Renates Hand und hörte sie weinen und »Mama« flüstern.

»Frau Päkel, wir brauchen Namen, Adresse, Geburtstag und alle medizinischen Informationen über Ihre Tochter.«

Sie fasste mich am Arm. »Glauben Sie mir, Renate ist hier gut aufgehoben. Sie können sie jeden Tag sehen.«

»Jeden Tag sehen? Kann ich sie nicht mit nach Hause nehmen?«

»Wenn Renate wirklich Diphterie hat, muss sie mindestens sechs Wochen auf der Isolierstation bleiben, wenn keine weiteren Komplikationen auftreten.«

»Weitere Komplikationen, was meinen Sie?« Ich wurde fast hysterisch.

»Wenn sie Krankheitsüberträger ist, kann es sein, dass Sie sich auch angesteckt haben.«

»Und meine Kinder?«

»Sie haben noch mehr Kinder, wo sind die?« Sie drehte sich um und suchte den Rest meiner Familie.

»Sie sind zu Hause.«

»Wie viele sind es?«

»Zwei Jungen.«

»Gut.«

»Und Maria, Hugo, Manfred, Hannelore, Inge und Frau Bucker.«

Sie seufzte. »Und wo sind die alle?«

»Bei mir zu Hause, sie warten auf mich.«

»Und wo ist das?«

»In der Einumerstraße.«

Auf dem Weg zum Labor hörte ich, wie ein Soldat seinem Vorgesetzten zurief: »Es sollen über 2000 Tote und einige Kriegsgefangene sein.«

Ich lief zu ihm. »Tote, wo sind Tote? Wovon reden Sie?«

»Britische Flugzeuge haben heute im Nordatlantik die *Bismarck* angegriffen und versenkt. Die meisten unserer Kameraden sind umgekommen, aber es gab auch Überlebende. Sie sind jetzt in Kriegsgefangenschaft. Wir wissen aber nicht, wie viele oder wo sie sind.«

Am späten Abend durfte ich nach Hause. Eine Krankenschwester begleitete mich. Sie wollte Blutproben nehmen und bei den Kindern auch einen Abstrich der Nasenschleimhaut machen. Wir bekamen noch Instruktionen, das Haus nicht zu verlassen. Vielleicht wusste man morgen schon mehr.

Sie versprach uns, dass sie am nächsten Tag jemanden zu Inges Mutter schicken und in der Zuckerfabrik Bescheid geben würde.

Den Rest der Nacht tranken wir *Blümchenkaffee* und redeten über die Ereignisse des Tages. Dann machten wir das Radio an. Inge und Hannelore waren erstaunt, dass es einen deutschsprachigen Sender aus England gab.

Kapitel 35

Ich war machtlos. Sechs Wochen lang sah ich Renate nur durch ein Fenster auf der Isolierstation des Krankenhauses. In den ersten zwei Wochen merkte Renate noch nicht einmal, wo sie war und wer bei ihr war. Aber dann ging es ihr täglich besser. Sie wartete auf mich. Eine Krankenschwester hatte ihr einen Stuhl ans Fenster gestellt, und sie konnte hochklettern und hinaussehen. Wir legten unsere Hände an den Scheiben aufeinander, jede auf ihrer Seite. Wenn ich laut genug sprach, konnte sie mich hören.

Aber bald war ihr das nicht mehr genug, sie wollte zu ihrer Mama. Mama kam immer, wenn man hinfiel oder krank war, und tröstete. Wo war ihre Mama jetzt? Sie fühlte sich allein gelassen. Mit zweieinhalb Jahren löste sie das Problem, indem sie mich ignorierte. Sobald sie mich sah, leuchteten ihre Augen auf, aber dann besann sie sich und drehte mir den Rücken zu. Um mich nicht zu hören, hielt sie sich mit den kleinen Händchen die Ohren zu.

Das war zu viel für mich. Ich riss die Tür auf und stürmte ins Krankenzimmer, nahm mein Kind in den Arm und flüsterte ihr zu: »Mama ist bei dir.« Erst sträubte sie sich, aber dann vergab sie mir und klammerte sich an mich.

Die Schwester rannte wie eine Wilde los und holte einen Arzt. Der kam im weißen Kittel mit Mundschutz vorm Gesicht und brüllte: »Raus!« und wies auf die Tür.

Wenn meine Mutter mich in diesem Moment hätte hören können! Sie hätte bestimmt gedacht, sie befände sich auf dem Fischmarkt in Tilsit. So schrie ich jetzt.

»Sechs Wochen sind vorbei, ich nehme mein Kind jetzt mit nach Hause!«

Danach plante ich eine kleine Feier bei mir für meine Freunde. Maria wollte wie immer helfen, aber dieses Mal bestand ich darauf, dass sie mein Gast war ohne etwas dazu beizutragen. Wir gingen aber zusammen einkaufen und wollten ein Spiel für die Kinder besorgen. Sie waren jetzt alt genug, um *Mensch ärgere dich nicht* zu spielen, und wir hatten es in Neubergers Spielzeugladen gesehen.

Wir sahen schon von Weitem, dass der Laden dunkel war.

»Haben die donnerstags zu?«

»Vielleicht ist heute ein jüdischer Feiertag?«

»Ah, da ist ein Zettel an der Tür. Komm, wir sehen mal nach«, antwortete Maria.

Geschlossen, mehr stand nicht drauf. Im Geschäft war es dunkel, kein buntes Spielzeug stand mehr in den Regalen, nur ein paar Kartons in einer Ecke des Raumes.

***

Am Abend war Maria ungewöhnlich still. Ich nahm an, es war noch der Schock, weil es von den Neubergers keine Spur gab. Als alle anderen nach Hause gegangen waren, fragte sie: »Können wir heute Nacht bei dir schlafen?«

Als ich nicht gleich antwortete, sagte sie: »Die Kinder sind schon im Bett, es wäre schade, sie jetzt noch mal zu wecken.«

»Ich wundere mich nur, dass du denkst, du müsstest mich fragen. Du weißt doch, jederzeit.«

»Ich hatte heute Post.«

»Du hattest Post?«

»Ja.«

»Was für Post?«

»Weiß ich nicht.«

»Wie, weiß ich nicht, was soll das heißen?«

»Ich habe sie nicht aufgemacht.«

»Du hast sie nicht geöffnet? Von wo ist die Post?«

»Vom Kriegsministerium, hier.« Mit zitternden Händen gab sie mir den Brief. Einen großen braunen Umschlag.

Ich gab ihr den Brief zurück. »Komm, mach ihn auf.«

»Hilde, mach du ihn auf, sonst nehme ich ihn ungeöffnet wieder mit.«

Sie gab ihn mir zurück. Um Kraft zu sammeln, schloss ich für ein paar Sekunden die Augen, dann riss ich den Brief auf. Drinnen befand sich noch ein Umschlag, und ich erkannte sofort Egons Handschrift.

»Maria«, flüsterte ich, »es ist ein Brief von Egon.«

»Von Egon? Ist sonst noch was darin?«

»Nein, nur der Brief von Egon. Wir haben noch etwas Wein in der Küche, ich gieße uns ein Glas ein, und du liest in der Zwischenzeit seinen Brief.« Ich ließ sie allein.

Sie saß auf dem Sofa und schluchzte, als ich mit den Gläsern zurückkam. Sofort war ich neben ihr und legte ihr meinen Arm um die Schultern. »Oh Maria.«

»Nein, das ist es nicht. Egon ist in Kriegsgefangenschaft.«

»Was?«

»Ja, irgendwo in Südengland. Hier, lies selbst.«

Tatsächlich! Er war in Gefangenschaft geraten. Teile des Briefes waren mit schwarzer Tinte unlesbar gemacht worden. Aber wir konnten verstehen, dass es ihm gutging. Seine Aufgabe war es, sich um Kranke und Verletzte zu kümmern. Maria solle sich keine Sorgen machen, er würde sich bald wieder melden. Er hätte gern gewusst, ob sein jüngstes Kind ein Sohn oder eine Tochter war und welchen Namen Maria ausgesucht hatte. Sie solle die Kinder von ihm küssen.

Wir waren so glücklich, dass es ihm gutging. Wir weinten und lachten so laut, dass die Nachbarn an die Tür klopften, um zu fragen, ob alles in Ordnung sei.

Am selben Abend wollte sie gleich anfangen, ein Tagebuch zu schreiben, so wie ich.

Als wir uns endlich beruhigten, fragte sie: »Wusstest du, dass England deutsche Kriegsgefangene gemacht hat?«

Dann fiel es mir ein. »Die *Bismarck*, es gab Überlebende, als die *Bismarck* gesunken ist. Egon musste sich doch in Hamburg melden, vielleicht lag das Schiff damals dort im Hafen.«

Kapitel 36

Ich wartete auf Post von Erika. Sie hatte wieder einen Brief von Oleg bekommen und ihn an mich weitergeschickt, ›ohne ihn gelesen zu haben‹.

Am Telefon erzählte sie mir, dass ich Tilsit nicht wiedererkennen würde. Seitdem Hitler seinen Nichtangriffspakt mit Stalin Ende Juni 1941 gebrochen hatte und in Russland einmarschiert war, konnte man sich in Tilsit kaum noch frei bewegen. Überall gab es Kontrollen durch das Militär. Tilsit wurde zum Hauptstandort der Infanterie an der polnischen Grenze ernannt.

Lebensmittel wurden knapp, und auf unserem Hof war schon zweimal eingebrochen worden. Jedes Mal fehlten ein paar Hühner, Gemüse und Kartoffeln.

Seitdem Erika sich auf ihrem Gemeindeamt beschwert hatte, kamen Soldaten, um bei uns zu kontrollieren und uns vor weiteren Einbrüchen zu schützen.

Jetzt tat es ihr leid, dass sie das gemeldet hatte, denn unser Vater spielte verrückt: Es wäre ihre Schuld, dass wir jetzt unter Kontrolle ständen.

Erikas Freund Erich war auch eingezogen worden. Sie wusste nicht genau, wo er war, nahm aber an, in Russland. Nun wollte sie auf gar keinen Fall Tilsit verlassen. Wie sollte ihr Erich sie sonst finden, wenn er nach Hause käme?

***

Bei Olegs erstem Versuch, etwas über Harel und seine Familie herauszufinden, wollte ihm niemand Auskunft geben. Wie versprochen war er zu Harels letzter Adresse gefahren, fand die Wohnung und klingelte. Keiner machte auf. Er wollte gerade wieder gehen, als er sah, wie sich in der Wohnung im Erdgeschoss die Gardinen bewegten. Er ging zurück und versuchte es beim Nachbarn.

Nach mehrmaligem Klingeln machte endlich ein älterer Mann das Küchenfenster einen Spalt weit auf und sagte: »Verschwinden Sie, Harel und seine Familie sind weg. Ich weiß von nichts.« Dann knallte er das Fenster wieder zu.

Zwei Wochen später versuchte Oleg es noch einmal. Dieses Mal sah der Nachbar nur aus dem Fenster und machte nicht auf.

Von der gegenüberliegenden Straßenseite aus hatten das zwei ältere Frauen beobachtet. Sie sahen Oleg an und kamen zu ihm herüber.

»Sind Sie Pole?« Erst als sie sich sicher waren, dass er wirklich einer von ihnen war, erzählten sie, was passiert war. »Deutsche Waffen-SS kam mitten in der Nacht. Auf ihren Lastwägen saßen Männer, Frauen und Kinder. Keiner sprach ein Wort, aber sie sahen uns alle mit angstvollen Blicken an. Bewaffnete

SS stürmte in das Wohnhaus und weckte alle Bewohner auf. Dann trieben sie Harel und seine Familie nach draußen auf die Straße. Harel und Karina hatten jeder einen kleinen Koffer dabei. Die Kinder weinten und klammerten sich an ihre Eltern. Die SS schubste sie weiter und warf ihre Koffer zu den Menschen nach oben auf den Lastwagen. Dann half Harel Karina beim Aufsteigen, und ihre Kinder kletterten hinterher. Seitdem haben wir sie nicht wiedergesehen.«

Wie immer beendete Oleg seinen Brief mit den Worten *Hilde, bete für uns.*

Kapitel 37

»Hast du das eben gehört?« Wir waren in meiner Küche beim Kuchenbacken. Das heißt, ich backte den Kuchen und Maria gab mir gute Ratschläge dazu. Sie hatte den Kindern schon etwas zu essen gegeben.

Klaus und Hugo wurden jeden Tag selbstständiger. Immer wieder sagten sie: »Wir können das allein.« Sie nahmen zwei Stühle und stellten sie an den Tisch, dann holten sie sich die Milch und gossen zwei Gläser voll, nur eins schwappte über. Dann gab Maria ihnen zwei Teller mit Kartoffelbrei, aber die Soße durften sie selbst über die Kartoffeln gießen. Ein wenig Soße landete dabei auf dem Tisch. Nach dem Essen brachten sie ihre Teller zum Abwaschbecken, stellten die Stühle wieder an die Wand und erklärten: »Wir müssen jetzt in der Stube spielen.«

Renate wollte ihnen natürlich alles nachmachen: »Ich auch.« Sie zog an einem Stuhl, der daraufhin beinahe umfiel, aber Maria war mit einem Sprung bei ihr und versprach, dass Renate ihr beim Kuchenbacken helfen dürfe, wenn sie sich brav hinsetze.

Der Kuchen war für das Schulfest von Inges Bruder bestimmt. Normalerweise feierten die Schüler der Bahnhofschule in jedem Herbst ihr Schulfest auf dem »Brockenblick«, oben auf dem Galgenberg. Dieses Jahr hatte die Schule aber das Fest an den Bismarckturm verlegt. Die Lehrer wollten mit den Kindern nicht zu weit aus der Stadt heraus.

Alle Kinder versammelten sich auf der Steingrube, einem Platz am Rande der Stadt. Hier stellten sich die Kinder klassenweise in einer Reihe auf, immer zwei nebeneinander. Die Mädchen hatten ihre schönsten Kleider an und einen selbst geflochtenen Blumenkranz auf dem Kopf. Alle Jungen waren in Lederhosen. Die Lehrer begleiteten ihre Klassen, und eine Musikkapelle der Hitlerjugend marschierte voran. Am Bismarckturm angekommen, führte jede Klasse etwas vor: Einige Gruppen tanzten, andere hatten ein kleines Schauspiel eingeübt. Es wurde gesungen, und die Kleinen durften Sackhüpfen oder Eierlaufen spielen. Das Programm wurde vorher angesagt.

Den Höhepunkt bildete das Abschiedslied *Ade nun zur guten Nacht,* das abends alle zusammen sangen. Dann, beim Nachhausegehen, wurden die selbst gebastelten Laternen angezündet, die den Heimweg beleuchteten.

»Du weißt aber, dass der Bismarckturm zum Schulfest abgeschlossen wird, du kannst uns dann nicht einfach auf der Wiese sitzen lassen und raufgehen wie sonst immer«, erinnerte mich Maria beim Kuchenbacken.

»Habe ich was gehört?« Renates Finger waren im Kuchenteig. Maria hatte Ja gesagt – sie durfte helfen.

»Eben kam bei Radio Belgrad etwas von Feldmarschall Rommel.«

»Was?« Ich drehte mich zum Radio um. »Wir machen es etwas lauter, vielleicht wiederholen sie die Meldung nochmal. Sie spielen gerade *Lili Marleen.*«

Das Lied war zu Ende, wir blieben ganz ruhig und hörten, was der Ansager sagte:

Hier ist eine Durchsage für unsere tapferen Truppen, die für unsere Freiheit kämpfen und für ihre Familien, die auf ihre Rückkehr warten. Jeden Abend singt Lale Andersen für Sie zum Abschluss unseres Programms um 21:57 Uhr Lili Marleen. Wir folgen diesem ausdrücklichen Wunsch von Feldmarschall Rommel sehr gerne.

***

Auf der Steingrube versammelten sich aufgeregte Kinder, Mütter und Großeltern. Die Mütter versuchten ihre Kinder vernünftig in die angegebenen Reihen einzugliedern. Lehrer gingen auf und ab, um Ordnung zu schaffen. Die kleinen Kinder liefen durch die versammelten Schulklassen und brachten noch mehr Unruhe in die Gruppen. Unsere natürlich dazwischen. Die Musikkappelle probte noch ein letztes Mal, und die Hitlerjugend belud Bollerwägen mit Bällen, Toren, Spielen und Kisten mit Milch- und Kakaoflaschen. Alles, was für den Nachmittag gebraucht wurde. Dann pfiff der Rektor mit seiner Trillerpfeife, und der ganze Trupp setzte sich in Bewegung.

Wir gingen hinter den Schulklassen her. Fünf Kinder und fünf Erwachsene – Hannelore zählte jetzt zu den Erwachsenen. Dann kam Inges Familie, eine Gruppe für sich.

Kurz vor dem Galgenberg ging es nicht weiter. Alle standen und wunderten sich, warum wir anhielten. Nach einer Weile sagte Hannelore:

»Ich laufe mal vor und sehe nach, warum es nicht vorwärtsgeht.« Zwanzig Minuten später kam sie wieder zurück.

»Wir können heute nicht zum Bismarckturm, dort sind überall Soldaten.«

»Soldaten?«

»Ja, mit Fahrzeugen und Gewehren, sie bauen oben auf dem Turm etwas auf. Da ist ein völliges Durcheinander. Der Rektor beschimpfte einen Soldaten, der nur mit den Schultern zuckte, als ob er nichts dazu könne. Ich hörte, wie der Rektor sagte, dass er sofort mit einem Vorgesetzen sprechen wolle.«

»Welche Soldaten sind denn das?«

»Hier, aus der Gallwitz-Kaserne. Ich habe welche erkannt.«

»Du kennst Soldaten von der Gallwitz-Kaserne?«

»Hannelore, kannst du einmal nachfragen, ob es das Schulfest heute noch gibt?« Wir drehten uns zu Frau Bucker um. »Den ganzen Nachmittag laufe ich jetzt hinter Hildes Käsekuchen her, wenn hier jetzt nichts passiert, gehen wir nach Hause und essen ihn selber auf.«

Die Kinder wollten natürlich mit, aber Hannelore wollte schnell laufen, und wir fassten die Kinder an der Hand, damit sie uns in dem Trubel nicht verlorengingen.

Dann einigten sich die Soldaten und der Rektor. Das Schulfest durfte stattfinden, obwohl nun der Bismarckturm als Wachturm besetzt wurde. Wir mussten aber vor Einbruch der Dunkelheit zurück, weil wir keine Laternen mehr anzünden durften. Die Soldaten luden Ausrüstungsgegenstände in den Turm, gingen rein und schlossen die Tür von innen ab. Zwei Wachen wurden vor dem Eingang aufgestellt.

Frau Bucker blieb immer in Sichtweite von Hannelore, damit sie den Soldaten, die sie ja ›kannte‹, nicht zu nahekam. Zwischendurch konzentrierte sie sich auf den frisch gebackenen Käsekuchen.

Als die Kinder an diesem Tag kurz vor 22 Uhr endlich in den Betten lagen, setzte ich mich vor meinen Volksempfänger und suchte Radio Belgrad. Wie versprochen, sang um 21:57 Uhr Lale Andersen *Lilli Marleen,* und ich wusste, mein Karl würde jetzt auch zuhören.

Kapitel 38

Januar 1942, und Karl war wieder bei uns. Es war ungefähr ein Jahr her, dass wir uns zum letzten Mal gesehen hatten. Karl war verwundet. Er hatte einen Unfall gehabt. Das Fahrzeug, in dem er gesessen hatte, war bei einem Zusammenstoß auf die Seite gekippt. Karl hatte eine gebrochene Schulter. Der Fahrer hatte sich beide Beine gebrochen. Die beiden wurden in ein Krankenhaus nach Italien geflogen. Nach der Behandlung hatte Karl Genesungsurlaub bekommen.

Ich war so glücklich, dass Karl zwei Monate bei uns bleiben konnte. Keiner meiner Briefe hatte ihn erreicht, wir hatten auch nicht damit gerechnet. Ich war froh, dass wir das Tagebuch hatten.

Klaus war der Einzige, der seinen Vater erkannte. Jedes Mal, wenn Karl nach Renate rief, versteckte sie sich hinter meinem Rücken. Auch Karl-Heinz verkroch sich, sobald Karl in seine Nähe kam.

Karl wollte seine Eltern besuchen und fragte, ob ich mit den Kindern mitkommen würde. Zu seiner Überraschung sagte ich zu. In den letzten zwei Jahren hatten wir niemanden aus Holzminden gesehen, aber sie schickten zu jedem Geburtstag der Kinder und auch zu Weihnachten ein Paket.

Karl kümmerte sich um eine Fahrgelegenheit. Wir bekamen einen kleinen Lastwagen zur Verfügung gestellt. Der Wagen war nur mit einer Plane überdacht, und für die Kinder hatten sie Decken hineingelegt. Ich war froh, dass wir einen milden Februar hatten. Der Fahrer lud unsere zwei kleinen Koffer auf und half den Kindern. Karl half mir, auf die Ladefläche zu klettern. Einen Moment lang war ich unfähig, mich zu bewegen. In Gedanken sah ich Harel und seine Familie, wie sie auf solch einen Lastwagen kletterten. Ich wollte zurück in meine Wohnung.

»Hilde, wo willst du hin? Die Kinder warten.«

»Mama, komm!« Klaus streckte seine Hand aus und wollte mich hochziehen. Ich wusste, ich hatte keine andere Wahl, ich musste mit.

Ich hatte vergessen, wie groß das Haus in Holzminden war. Auch, wie viel Land dazugehörte.

Klaus und Karl-Heinz liefen sofort zu den Pferden, aber Renate klammerte sich an mir fest.

Zu meiner Überraschung kniete sich Karls Vater zu ihr hinunter und zeigte ihr ein kleines Püppchen, das er hinter seinem Rücken versteckt hatte.

»Diese Puppe hat sich verlaufen und hat Angst. Glaubst du, du könntest sie trösten?« Und wie Renate das konnte.

Karls Mutter hatte Zuckerkuchen gebacken, und es gab heißen Kakao für die Kinder. Unsere drei aßen, als ob sie seit Tagen nichts bekommen hätten. Deshalb wollten sie dann auch abends nichts mehr essen. Das war verständlich, denn der Geruch der Kohlsuppe war überwältigend.

»Hilde, du musst den Kindern aber beibringen, nicht nur Kuchen zu essen. Sie müssen lernen zu essen, was auf den Tisch kommt.«

Bevor ich antworten konnte, sagte Karl:

»Mutter, du hättest auch einmal fragen können, was die Kinder gerne essen. Klaus verträgt keinen Kohl, und Renate und Karl-Heinz essen nicht, wenn Klaus nichts isst,« log er und zwinkerte mir zu.

»Hast du Haferflocken und Milch für morgen früh?«

Nach dem Essen brachte ich die Kinder ins Bett und hoffte, dass keiner von ihnen heute Nacht in der fremden Umgebung das Bett nass machen würde. Dann half ich Karls Mutter beim Abwaschen. Sie erzählte mir von Gertruds wunderschöner Hochzeit im vergangenen Jahr. Gertruds Mann war Lehrer. Sofort dachte ich an Helene und Frank. Ich hatte mich lange nicht bei ihnen gemeldet. Ich würde es bei der nächsten Gelegenheit tun.

Wir hörten in der Küche, wie sich Karl im Wohnzimmer mit seinem Vater stritt. Es wurde sofort ruhig, als wir uns zu ihnen setzten.

Im Bett fragte ich dann:

»Worüber hast du mit deinem Vater geredet?«

»Mein Vater und ich waren uns noch nie einig. Macht es dir etwas aus, wenn wir schon morgen zurückfahren?«

Kapitel 39

Ursula wurde Anfang Oktober 1942 geboren. Meine Freundinnen machten sich schon über mich lustig und sagten:

»Ah, Karl war wohl wieder im Frühjahr auf Heimaturlaub.«

Aber wir hielten wie immer zusammen.

Diese Schwangerschaft hatte mich sehr geschwächt. Ich war immer müde, und seit es Nahrungsmittel nur noch auf Marken gab, wurde die Versorgungslage immer schlechter.

Über die Radiosender kamen Durchhalteparolen:

Deutsches Volk! Wir sind dem Sieg nahe, und deshalb ist es wichtig, dass wir unsere tapferen Soldaten mit zusätzlichen Verpflegungsrationen versorgen. Daher werden ab sofort die Grundnahrungsmittel für die Zivilbevölkerung rationiert. Die Abgabe findet nur noch in Verbindung mit Lebensmittelmarken statt. Listen darüber, welche Nahrungsmittel davon betroffen sind, finden Sie am Aushang der Rathäuser. Die Bezirksverwaltungen sind für die Verteilung der Marken zuständig. Schwangere Frauen und Kleinkinder bekommen Extrarationen. Bescheinigungen dafür bekommen Sie bei Ihrem Arzt. Heil Hitler!

Das Gedränge auf dem Marktplatz nach dieser Bekanntmachung war katastrophal. Aber sobald die ersten Männer in SS-Uniform aufmarschierten, herrschte wieder Ruhe und alle stellten sich geduldig in die Warteschlange. Beim Arzt war es noch schlimmer. Wir kamen erst an die Reihe, nachdem alle anderen Patienten abgefertigt waren.

Ursula lag im Kinderwagen, und ich hatte Karl-Heinz an der Hand. Er war noch keine zwei Jahre alt, aber er musste laufen. Ihm war kalt und er weinte die ganze Zeit. Klaus und Renate hatte ich bei Frau Bucker gelassen. Maria, Hugo und Manfred warteten schon in der Praxis auf uns. Es gab nirgends Sitzgelegenheiten, mir wurde schwindelig und ich kippte um.

Maria schrie so laut, dass der Arzt sofort die Tür aufriss. Er kannte uns nun schon seit fünf Jahren und holte uns alle in sein Sprechzimmer. Von diesem Tag an brauchten wir bei ihm nicht mehr ins Wartezimmer, sondern durften am Hintereingang klingeln und kamen gleich an die Reihe.

Ich schrieb wöchentlich an Karl, aber von ihm hörten wir nichts. Aus dem Radio erfuhren wir außer Propaganda sehr wenig. Von unserem deutschen Sender hörten wir von Luftangriffen der Amerikaner auf Köln, und vom BBC hörten wir von Angriffen unserer Luftwaffe auf England.

In Tilsit tat Erika, was sie konnte, aber es fiel ihr schwer, die Familie zusammenzuhalten. Von Arno war seit vier Jahren kein Lebenszeichen mehr gekommen, Herbert und Helmut waren eingezogen worden. Wohin, wusste sie nicht genau, aber unser Vater meinte, einer sei auf jeden Fall in Stalingrad. Unser Vater verbrachte die meiste Zeit auf seinem Küchenstuhl, manchmal saß er da den ganzen Tag ohne sich zu rühren. Er war so abwesend, dass er gar nicht hörte, wenn unsere Mutter ihn ansprach. Einmal hatte er sie beschuldigt, dass sie ihn vergiften wolle, und seinen Essteller an die Wand geworfen.

»Schade um das schöne Essen«, hatte sie gesagt.

Keiner wusste, wie lange unsere Mutter noch Haus und Hof versorgen konnte, sie war sehr schwach geworden. Günter und Traute durften nicht mehr zur Schule gehen, weil sie zu Hause helfen mussten. Lisbet zeigte sich jetzt, wie sie wirklich war: Arbeiten auf dem Feld war unter ihrer Würde, und sie wollte auch nicht das ›Dienstmädchen‹ bei unseren Eltern sein.

»Warte ab, eines Morgens stehen wir auf, und sie ist weg. Hoffe ich jedenfalls«, fügte Erika noch schnell hinzu.

Erika schlug vor, dass sie auch zu Hause blieb und half, aber davon wollte unsere Mutter nichts hören. Erika sollte sich nicht auch noch aufopfern. Im Stillen dankte ich Mutter dafür. »Wenn wir nur jemanden finden würden, der uns auf dem Hof helfen könnte, du kennst nicht zufällig jemanden?«, fragte sie mich.

»Hast du etwas von Erich gehört?«, wollte ich wissen, ohne ihre letzte Frage zu beantworten.

Ja, Erich war aus Russland zurückgekehrt und kämpfte nun in Frankreich. Die beiden hatten sich heimlich verlobt.

»Und das erzählst du mir so nebenbei?«

Diesmal ließ Erika die Frage unbeantwortet und fragte ihrerseits:

»Hast du von Frank gehört?«

Ich hatte ein paar Mal in der Schule angerufen. Dort sagten sie mir nur, dass er nicht da sei, und legten den Hörer auf.

»Weiß Mutter etwas von Helene?«

»Nein, nichts, aber sie macht sich Sorgen.«

»Sag ihr, ich versuche nach Berlin zu fahren, um zu sehen, wie es ihnen geht.«

»Wirklich?«

»Ja wirklich, ich besorge mir eine Fahrkarte, und von Hannover sind es dann etwa drei bis vier Stunden. Ich mache das.«

Kapitel 40

November 1942, Berlin – Lehrter Bahnhof

Dieser Bahnhof hatte mich schon immer fasziniert. Die Sonne schien auf das Glasdach und beleuchtete es wie ein goldenes Vlies am Ende des Regenbogens.

Ich musste erst einmal stehenbleiben, um alles ringsherum in mich aufzunehmen. Ich war so aufgeregt. Seit ungefähr zehn Jahren war ich zum ersten Mal wieder in Berlin.

Auf der Zugfahrt von Hannover hatte ich einen Fensterplatz bekommen. Ein junger Soldat, der neben mir saß, half mir mit meinem Koffer und dem Kinderwagen. Gegenüber saßen zwei Frauen mit einem Jungen, der etwa so alt sein musste wie Klaus. Ursula schlief die meiste Zeit, aber einmal musste ich sie doch stillen. Der junge Soldat ging solange auf den Gang raus und rauchte eine Zigarette. Ich zog die Gardine an der Abteiltür zu. Ich sprach mit niemandem, sah lieber in Ruhe aus dem Fenster, in der Hoffnung, einige Orte wiederzuerkennen. Die Fahrt ging durch Braunschweig, Magdeburg und Potsdam. Dann kam Berlin-Charlottenburg. Hier stand ich auf, damit ich besser sehen konnte, und suchte die Straße, in der ich einmal gewohnt hatte.

Dann stand ich am Lehrter Bahnhof, mit dem Rücken zur Spree – dem Fluss, in dem ich mich einmal ertränken wollte. Langsam drehte ich mich dem Fluss zu, er sah so friedlich aus. Ein paar Eisschollen trieben auf dem Wasser – genau wie damals. Jetzt war ich froh, dass ich mein Vorhaben nicht zu Ende gebracht hatte. Ich nahm meinen kleinen Koffer und balancierte ihn auf dem Kinderwagen. Eigentlich hätte ich Ursula frisch wickeln müssen, aber sie schlief so friedlich, dass ich sie lieber nicht wecken wollte.

Der Alexanderplatz war nicht weit von hier, nur ein paar Stationen mit der S-Bahn. Ich wusste, dass dort eine öffentliche Toilette war. Frau Bucker hatte mir reichlich Windeln mitgegeben. Sie hatte alte Bettlaken zerrissen und gesagt, ich solle die schmutzigen Windeln gleich wegwerfen.

Maria hatte mir die Adresse einer Krankenschwester gegeben. Falls ich bei Helene niemanden antraf, konnte ich dort unterkommen.

Ich sah Harels Café schon von Weitem. Von außen sah alles unverändert aus. In Gedanken sah ich Harel hinter seinem Tresen stehen und Karina in der Küche Kuchen backen. Tränen liefen mir die Wangen herunter. Zwei ältere Frauen in langen, grauen Mänteln, schwarze Schals um die Köpfe gewickelt, blieben stehen. Dann kamen sie auf mich zu, jede mit einem Korb in der Hand. Sie fragten, ob mir etwas fehle und ob sie helfen könnten. Da sah ich den großen gelben Judenstern auf ihren Mänteln.

»Das Café dort, ist das noch geöffnet?«, fragte ich.

Sie sahen mich nur verwundert an.

»Ich habe einmal in Berlin gewohnt, und wir gingen immer in dieses Café. Es gehörte Freunden von mir, Harel und Karina. Kennen Sie die?«

»Harel und Karina sind schon seit Jahren fort. Ein neuer Besitzer ist jetzt dort drin, es ist geöffnet.«

Ich schob den Kinderwagen über den Platz bis an das Fenster – dorthin, wo ich damals die rote Farbe mit meiner Strickjacke abgewischt hatte. Drinnen hatte sich nicht viel verändert. Die Theke war noch dieselbe, und auch die Tische und Stühle erkannte ich wieder. Die Wände waren jetzt hellblau gestrichen, und wo einmal die Bilder von unserer alten Heimat hingen, waren jetzt Fotos vom Führer. Der Führer allein, bei Paraden, und ein großes Bild von Hitler im Olympiastadion. Das hatte ich schon einmal in der Zeitung gesehen.

»Entschuldigen Sie bitte«, sagte ein Mann und öffnete seiner Frau die Tür. Da erst sah ich das große Schild: *KEINE JUDEN*. Durch die offene Tür hörte ich mehrere Male den Ausruf »Heil Hitler« zur Begrüßung des Paares, das gerade das Café betreten hatte.

Wie ein Messer stach es mich ins Herz. Ich krümmte mich, so weh tat es. Als hätte sie meinen Schmerz gefühlt, fing Ursula an zu weinen. Schnell ging ich zurück zur S-Bahn.

Ich fand Helenes Wohnung auf Anhieb, obwohl ich noch nie hiergewesen war. An den Briefkästen suchte ich ihren Namen, *Endler* stand ganz oben. Ich nahm an, dass sie im zweiten Stockwerk wohnte. Im Hausflur stand eine Kinderkarre. Ich stellte meinen Kinderwagen dazu und nahm Ursula auf den Arm und meinen Koffer in die Hand. Von der ersten Etage her hörte ich Kinderstimmen. Ich sah an der Seite des Treppengeländers nach oben, und ein kleines Mädchen sah ängstlich zu mir herunter. Sofort verschwand sie wieder, und eine Tür schlug zu.

Oben angekommen, fand ich die Tür mit Helenes Namen. Ich stellte meinen Koffer ab und klingelte. Von drinnen hörte ich Kinderstimmen, aber niemand machte auf. Ich rief: »Ist eure Mama zu Hause?«

Keine Antwort. Ursula quengelte auf meinem Arm. Ich setzte mich auf die Treppe und wartete. Gegenüber wurde die Tür einen Spalt weit geöffnet, und eine Frau sah mich an. »Wissen Sie, wann Frau Endler nach Hause kommt?«

Als sie nicht antwortete, fügte ich hinzu:

»Ich bin ihre Schwester und wollte sie für ein paar Tage besuchen.« Ich hatte gelernt, dass einem niemand eine Auskunft gab ohne zu wissen, wer man ist. Deshalb war ich nicht überrascht, dass sie die Tür wieder schloss, ohne ein Wort zu sagen.

»Mama ist einkaufen«, rief das Mädchen von der anderen Seite durch die Tür. Im Hintergrund hörte ich noch andere Kinder.

Unten ging die Haustür auf, dann hörte ich Schritte und einen Schlüssel, der den Briefkasten aufschloss. Schwere Schritte kamen die Treppe hoch. Zuerst sah ich ihren Kopf mit dem geblümten Kopftuch. Den Fellkragen am Mantel hatte sie als Schutz gegen den Wind hochgeklappt. In jeder Hand trug sie ein Einkaufsnetz. Trotzdem sie den Kopf gesenkt hatte, wusste ich sofort, dass es Helene war, aber ich hätte sie fast nicht erkannt. Ihr Gesicht war eingefallen und farblos. Sie versank beinahe in ihrem Mantel. Derselbe Mantel, den sie damals, als sie mir ihren Frank vorstellte, mit so viel Stolz getragen hatte.

Sie sah mich ein paar Sekunden lang an. Dann ließ sie ihre Netze fallen und schlug beide Hände vor den Mund.

»Oh mein Gott, Hilde! Was machst du denn hier?«

Die Wohnungstür ging auf. Drei Kinder sahen zu mir herüber. Ein schlankes Mädchen von ungefähr acht Jahren und zwei Jungen, etwa fünf und drei Jahre alt.

»Mama, wer ist das?«

»Dorothe, das ist deine Tante Hilde, nimm ihren Koffer.«

***

Frank war schon vor ein paar Monaten eingezogen worden. Helene vermutete, dass er in Russland war, sie wusste es aber nicht genau. Er hatte sich in der Schule geweigert, nach dem neuen Lehrplan zu unterrichten. Anstatt Erdkunde, wie wir es kannten, sollte er jetzt mit Propaganda versehene Heimatkunde lehren. Um Deutschland würden die Grenzen neu gezogen, und wir müssten uns angeblich vor feindlichen Übergriffen schützen. So hatte er es Helene erklärt. Am nächsten Tag wurde er in das Büro des Rektors bestellt und bekam seinen Einberufungsbefehl.

Seitdem hatte Helene ihren Mann nicht mehr gesehen, und bis jetzt nicht ein einziges Mal Sold von ihm bekommen. Wenn sie zur Einsatzzentrale ging und nachfragte, wann sie endlich etwas Geld bekäme, wurde ihr gesagt, die Papiere wären noch in der Schule. In der Schule wurde ihr gesagt, es dauere alles seine

Zeit. Um sich und die Kinder durchzubringen, putzte Helene abends und morgens Büros. Die kleine Dorothe musste sich um ihre Brüder kümmern. Dorothe wusste genau, dass sie nie die Wohnungstür öffnen und niemanden hereinlassen durfte.

Am nächsten Tag begleiteten wir Dorothe zur Schule und sagten ihr, sie solle nach Schulschluss sofort nach Hause laufen und bei der Nachbarin auf uns warten. Wir wollten zu Franks früherer Schule gehen, die Papiere holen und sie dann gleich zur Zahlstelle in der Standortverwaltung bringen.

Der Rektor hatte angeblich keine Zeit, und wir sollten wieder auf morgen vertröstet werden.

»Helene, warte hier mit deinen Jungs, ich nehme Ursula mit und suche sein Büro.«

Ich hatte das Gefühl, dass Helene noch nicht gelernt hatte, jetzt selbst für sich und die Kinder zu kämpfen.

Ich fand das Büro und stürzte gleich hinein, ohne anzuklopfen. Die Sekretärin im Vorzimmer sprang hinter ihrem Schreibtisch auf, dabei stieß sie ihre Kaffeetasse um, und lauwarmer Kaffee ergoss sich über ihre Akten. Sie nahm sie sofort hoch und versuchte noch zu retten, was zu retten war, aber es war schon zu spät.

Sie blickte mich erbost an:

»Es wurde Ihnen doch gesagt, dass der Rektor heute keine Zeit für Sie hat.«

»Ich kann warten.« Dabei setzte ich mich auf den freien Stuhl direkt vor ihrem Schreibtisch, zog meinen Mantel aus, dann die Strickjacke, und knöpfte meine Bluse auf.

»Was machen Sie denn da?«

»Sie sehen doch, ich habe einen Säugling im Arm, ich muss mein Kind jetzt stillen.«

»Warten Sie, ich sehe noch einmal nach, ob der Herr Rektor jetzt frei ist.«

Sie klopfte an die Tür und kam nach ein paar Minuten zurück. »Sie können jetzt rein.«

Er hielt mir einen zwanzig Minuten dauernden Vortrag, was für ein schlechter Lehrer Frank sei. Ich erwiderte ihm, dass ich das nicht verstehen könne, da er noch vor einem halben Jahr zum Konrektor ernannt wurde. Das war wohl ein Fehler, erzählte er mir dann. Gut, dass Frank jetzt bei der Armee sei. Ich fragte ihn, was daran gut sei, mein Mann sei auch im Krieg, als Offizier unter Feldmarschall Rommel. Er gab mir ganz schnell Franks Papiere.

Helene war sprachlos, als ich mit den Formularen unter ihrer Nase wedelte. Um die Papiere weiterzuleiten, war es für heute jedoch schon zu spät.

»Wir gehen jetzt ins Café Kranzler, so wie früher«, schlug ich vor. Helene war so glücklich. Wenn ich vorgeschlagen hätte, wir gehen jetzt ins Schwimmbad und springen vom Dreimeterturm, wäre sie mir auch gefolgt.

Das Café war genauso voll wie schon früher immer. Ich merkte, wie Helene Luft holte. Sie hatte den Anschlag mit den Preisen am Fenster gelesen. Ich sah, dass hinten ein Tisch frei wurde, und ging einfach hinein. Sie hatte keine andere Wahl, als mir zu folgen.

Wir bestellten Kaffee und Kuchen für uns und Kakao für ihre Jungen. Ein Stück Kuchen für Dorothe ließen wir uns einpacken. Es tat so gut, etwas für meine Schwester tun zu können.

Kapitel 41

Ich bekam einen Brief von meiner Mutter. Erika hatte es mir schon am Telefon erzählt, aber unsere Mutter wollte es mir selbst mitteilen: Vater war Anfang 1943 gestorben. Er hatte einen Arbeitsunfall bei der Bahn gehabt. Er und seine Kollegen reparierten Schienen. Mein Vater geriet ins Stolpern und fiel hin. Er fiel auf die Seite, an der der Arm amputiert war, und zog sich eine offene Wunde zu. Die Wunde selbst war nicht lebensgefährlich, aber nach ein paar Tagen entzündete sie sich. Der Arzt sagte, er könne nichts für meinen Vater tun – er habe keine Medikamente mehr und könne die Wunde nicht einmal steril verbinden. Mein Vater starb eine Woche später an einer Blutvergiftung.

Sie beerdigten ihn auf dem kleinen Friedhof nicht weit von unserem Hof. Er lag neben Norbert, der als Kind im Eis eingebrochen und dann gestorben war.

Meine Mutter hatte mit mir noch nie über ihre Gefühle gesprochen, und ich las den Brief ein paar Mal. Sie nahm an, dass Lisbet nicht mehr lange bei ihr im Haus bleiben würde, sie würde wohl zu ihrem Mann zurückkehren. Meine Mutter schrieb darüber:

Ich habe Lisbet gebeten, sie möge uns doch auf den Feldern und im Haushalt helfen, weil ich dafür einfach nicht mehr die Kraft habe. Traute und Günter tun, was sie können, aber sie sind noch so jung und müssten eigentlich noch zur Schule gehen. Grete arbeitet jetzt in der Stadt in einem Warenhaus. Sie legt mir jede Woche ihr ganzes Geld auf den Tisch, aber ich gebe ihr davon ein bisschen Taschengeld. Ich weiß, sie legt sich das heimlich weg und spart. Aber Lisbet tut den ganzen Tag über gar nichts – ich muss sie morgens drei Mal rufen, bis sie überhaupt aufsteht. Einmal warf sie mir morgens meine beste Kaffeetasse an die Wand und beschimpfte mich. Erst hätte ich sie zu fremden Leuten gegeben und mich nicht um sie gekümmert, und jetzt würden wir sie wie ein Hausmädchen behandeln. Ich sollte nicht vergessen, dass sie uns gesucht hätte, und nicht wir sie. Sie wünschte, sie hätte uns nie gefunden. Da hat Erika ihr eine Ohrfeige gegeben. Oh Hilde, wenn wir nur jemanden hätten, der uns auf dem Hof helfen könnte. Wenn es so weitergeht, müssen wir unser Land verkaufen und in die Stadt ziehen. Aber wer will sich jetzt schon einen kleinen Hof anschaffen, in dieser ungewissen Zeit?

Ich weinte den ganzen Nachmittag. Sie schrieb kein Wort über meine Brüder Arno, Helmut und Herbert. Aber ich wusste von Erika, dass sie nichts von ihnen gehört hatten.

Erika hatte auch einen kurzen Brief von Oleg beigelegt. Er schrieb:

Ludmillas Vater ist nicht mehr hier.

Nicht mehr hier – ich durfte gar nicht daran denken, was das bedeutete. Alle ihre Freunde und Bekannten mussten nun den gelben Judenstern auf der Kleidung tragen. Täglich verschwanden Freunde ohne ein Wort. Oleg versuchte herauszufinden, wo sie waren, aber keiner traute sich etwas zu sagen. Sie hatten ein Alarmsystem entwickelt: Sobald ein Lastwagen gehört wurde, ging ein geheimes Signal um, und alle krochen in ihre Verstecke. Bis sie wussten, dass es wieder einigermaßen sicher war. Abends blieben alle Wohnungen dunkel und die Gardinen wurden zugezogen. Auf den Dächern der Häuser hatten die Männer Wachen postiert, die aufpassten. Oleg versuchte, seine Kinder so gut wie möglich zu beschützen, aber die Lage wurde immer schlimmer. Er konnte sie nicht mehr allein vor die Tür lassen und hatte auch vor, sie nicht mehr zur Schule zu schicken. Im Mietshaus gab es eine Lehrerin – sie unterrichtete schon mehrere Kinder in ihrer Wohnung.

Wie immer beendete Oleg seinen Brief mit *Hilde, bete für uns.*

Karl, Hilde und ein Cousin

Kapitel 42

21. März 1943, Frühlingsanfang

Für uns war der Krieg in Nordafrika vorbei. Feldmarschall Rommel war aus Afrika zurückkommandiert worden. Die Jahre dort und die schweren Kämpfe im Wüstenklima hatten ihn und seine Truppen ans Ende ihrer Kräfte gebracht.

So hatte Karl es mir erklärt. Er war seit zehn Tagen wieder zu Hause. Ich hatte ihn nicht gleich erkannt, als er vor der Tür stand. Ein müder, vom Krieg gezeichneter Mann. Sein langer, dunkler Mantel stand offen. Darunter trug er eine kurze, khakifarbene Hose mit passendem Hemd und Jacke. Die Uniform des Afrikakorps. Der Rucksack stand neben ihm auf dem Boden. Er nahm seine Feldmütze ab und ließ sie einfach fallen.

Ich wollte ihn umarmen, aber er rief: »Nein, komm mir nicht zu nahe.«

Jetzt erst sah ich, dass er voller Läuse war. Sie krabbelten auf Kopf und Schultern. Ich machte einen Schritt zurück, der Gestank warf mich beinahe um. Hier stand mein Karl, der mich so dringend brauchte, und ich konnte ihn nicht einmal anfassen.

Klaus und Renate hatten Stimmen gehört und kamen auf den Flur. Als sie ihren Vater erkannten, wollten sie auf ihn losstürmen. Ich konnte sie gerade noch festhalten.

»Aber Mama, es ist Papa«, protestierte Klaus. Jetzt kam ich wieder zur Besinnung.

»Ja, aber dein Papa ist krank, fass ihn jetzt erstmal nicht an. Geh bitte nach oben und hole Frau Bucker.«

»Ist Papa so krank wie Renate, als sie ins Krankenhaus musste und wir sie nicht besuchen durften?«

»Nein, aber Papa braucht jetzt Medizin und viel Ruhe. Geh jetzt, hole Frau Bucker.«

Die ganze Zeit stand Karl da und rührte sich nicht. Dann drehte er sich um, sah auf die Treppe und sagte: »Da sitzt ein kleiner Junge, gehört der zu uns?«

Ich wusste, dass Weinen jetzt gar nichts half, aber ich konnte meine Tränen nicht mehr aufhalten.

»Ja, Karl, es ist Karl-Heinz. Er ist jetzt dreieinhalb Jahre alt.«

Karl-Heinz hörte seinen Namen und sah mich an. Dann stand er auf, ging zu seinem Vater und streckte seine Hand aus, um ihn anzufassen.

»NEIN!«, riefen Karl und ich gleichzeitig. Sofort sah ich Karl-Heinz' nasse Hose. Er lief weinend an uns vorbei in die Wohnung, Renate lief ihm nach.

Frau Bucker hatte alles von den oberen Stufen aus beobachtet. Sie hielt vor Schreck ihre Hände vor den Mund. Klaus stand hinter ihr.

Sie war wohl früher einmal Lehrerin. Sie fasste sich sofort und gab Anweisungen:

»Klaus, geh nach oben zu Hannelore. Wenn sie nicht da ist, hole ihre Großmutter. Wir müssen nach unten in die Waschküche. Dann heizen wir den Kessel an, wir brauchen viel heißes Wasser. Frag sie auch, ob sie Alkohol hat, den soll sie mitbringen.«

Klaus wollte gerade gehen, aber sie sagte noch:

»Klaus, weißt du, wo ich meine Flasche mit dem Branntwein habe?« Er nickte. »Bring mir die Flasche, aber lass sie nicht fallen.« Klaus rannte los.

»Hilde, hast du noch Öl? Egal, welches.«

Ja, ich hatte Öl.

»Karl, hast du genug Kraft, um allein bis zur Waschküche zu gehen?« Er drehte sich wortlos um und ging.

»Karl, zieh deine Sachen aus und wirf sie auf den Boden.«

»Alles?«, fragte ich.

»Ja, alles. Hol ein Bettlaken, darin kann er sich einwickeln.«

Hannelore und ihre Großmutter waren jetzt auch bei uns unten.

»Gott sei Dank, sie sind hier«, sagte Frau Bucker, nahm die Flasche Schnaps von Hannelores Oma und gab sie mir.

»Nimm sie mit nach unten.«

»Hannelore, geh zu allen Nachbarn. Sie können heute nicht in die Waschküche. Sag ihnen einfach die Wahrheit. Karl ist nach Hause gekommen und muss sich erstmal vernünftig waschen.«

In der Waschküche sagte Karl: »Verbrenne alles.«

»Auch die Uniform?«

»Ja, besonders die Uniform.«

Karl rasierte sich alle Haare vom Körper, dann nahmen wir ein Tuch und rieben ihn mit dem Öl ein. Die meisten Läuse fielen jetzt leblos auf den Boden. Dann saß er lange in der warmen Wanne. Hannelores Oma brachte ständig frisches warmes Wasser und Kernseife. Zum Schluss tupften wir dann den Schnaps auf seine Wunden. Wir wollten verhindern, dass sie sich entzünden.

In der Zwischenzeit hatte Hannelore die Kinder genommen und war zu Maria gegangen.

Endlich war Karl in seinem sauberen Bett. Er hatte immer noch nicht mit mir gesprochen. Ich spürte aber, dass er sich schämte.

Maria kam gerade durch die Tür, als ich zu Frau Bucker sagte:

»Hier, ich habe ihren Branntwein nicht gebraucht.«

»Gut«, sagte Maria, »ich hole die Gläser.«

Kapitel 43

»Das dunkelblaue mit dem Spitzenkragen. Glaubst du, es ist gut genug für so eine große Veranstaltung?«, fragte ich Maria. Ich hatte den Kleiderschrank geöffnet, nahm jedes Kleid heraus und hängte es an die Tür.

»Du hast das von Frau Lehmann noch?«

»Ja, aber ich hatte noch nie Gelegenheit, es anzuziehen.«

Dieses Kleid lag im oberen Fach des Kleiderschranks. Es war in ein Stück Stoff eingewickelt und ich hatte Mottenkugeln dazugelegt, damit der kostbare Stoff keine Löcher bekam.

»Was denkst du?«

Ich legte das Kleid vorsichtig auf das Bett und strich über das Material. Dunkelblauer Organza, kurze Ärmel und ein cremefarbener Spitzenkragen aus feiner Seide. Darunter ein Unterrock aus Satin. Das Ganze sah schon ein bisschen altmodisch aus, aber in diesen Kriegszeiten war das egal. Außerdem gab es nichts Anderes und ich war noch nie auf einem Ball.

»Ob mir das noch passt?«

»Zieh es doch einmal an.«

Wir waren allein in der Wohnung. Karl war mit den Kindern auf einem Spaziergang. Manfred hatten sie auch mitgenommen. Klaus und Hugo gingen seit Ostern in die Schule, und Karl wollte sie abholen.

Karl-Heinz hatte sich immer noch nicht an seinen Vater gewöhnt. Für ihn war er noch ein fremder Mann, der jetzt den Platz neben seiner Mutter hatte. Der Krieg hatte Karl sehr verändert, er war ruhig und nachdenklich geworden. Im Stillen machte ich mir große Sorgen. Es war schon Mitte Mai und ich hatte gehofft, er würde sich schneller erholen.

Dann kam die Einladung zum Ball in Goslar. Zu Ehren von Feldmarschall Rommel. Jetzt war Karl wie aufgedreht, und ich konnte endlich wieder aufatmen. Sofort plante er, wie wir dorthin kommen, wie lange wir bleiben und in welchem Hotel wir absteigen würden. Dann bestellte er sich eine Paradeuniform.

Maria erklärte sich sofort bereit, sich um die Kinder zu kümmern.

»Bist du dir sicher? Es sind aber zwei Nächte«, sagte ich.

»Hilde, wie oft soll ich es dir noch sagen. Wir bleiben hier bei dir, Inge und Hannelore helfen mit. Hör jetzt endlich auf und probiere das Kleid an. Außerdem sind Hugo und Klaus in der Schule. Vielleicht hast du einen guten Platz und kannst den Feldmarschall sehen.«

Das brauchte sie nicht zweimal sagen. Ich nahm das Kleid vom Bett.

Der Unterrock passte und ging mir bis übers Knie. Maria machte den Reißverschluss an der Seite zu. Dann half sie mir mit dem Oberteil. Der blaue Organza glitt über den Satin und war etwas länger als das Unterkleid, es reichte bis zum Knöchel. Maria machte das Kleid hinten vorsichtig zu. Es hatte mehr als zwanzig kleine Knöpfe, alle mit dem gleichen Stoff bezogen.

Dann trat Maria einen Schritt zurück und sah mich an, sagte aber kein Wort.

»Was? Wie sieht es aus?«

»Oh Hilde, du siehst wunderschön aus! Schau mal.« Sie drehte mich zum Spiegel an der Schranktür.

Im Spiegel sah ich mich im schönsten Kleid, das ich je anhatte und das mir wie angegossen passte. Aber ich sah auch, dass ich keine passenden Schuhe hatte, ungepflegtes Haar und keine passende Handtasche.

»Maria, so kann ich nicht auf den Ball gehen. Karl wird sich mit mir blamieren. Sieh mal, wie ich aussehe. Außerdem ist das Kleid verknüllt und stinkt nach Mottenkugeln.«

Ich setzte mich aufs Bett und bedauerte mich selbst.

»Salzige Tränen sind nicht gut für so einen feinen Stoff. Reiß dich zusammen. Wir gehen morgen auf den Schwarzmarkt und suchen ein paar Schuhe. Dann gehen wir zum Friseur. Da müsstest du sowieso schon lange mal wieder hin. Ein bisschen kürzer und gewellt, wie es jetzt Mode ist. Eine kleine Handtasche, die gut dazu passt, kann ich dir ausleihen. Was sagst du dazu?«

»Ich sage, dass das Kleid trotzdem riecht, und ich darf gar nicht daran denken, was du für eine Handtasche haben könntest, die zu diesem Kleid passt. Knallrot, wie ich dich kenne.«

Wir sahen uns an und fingen an zu lachen. So fand Karl uns, als er mit den Kindern nach Hause kam.

Kapitel 44

Der Wagen holte uns kurz vor 19 Uhr vom Hotel Achtermann ab. Wir waren seit dem frühen Nachmittag in Goslar und hatten reichlich Zeit, uns auf das große Ereignis vorzubereiten. Wir konnten sogar noch schnell eine Tasse Kaffee in unserem kleinen Café trinken. Der Besitzer wollte uns gar nicht wieder gehen lassen und wir mussten ihm versprechen, am nächsten Tag mit ihm zu frühstücken.

Von unserem Hotel bis zur Kaiserpfalz waren es nur ein paar Minuten. Der Ball sollte um 20 Uhr beginnen und alle Gäste wurden gebeten, dann auf ihren Plätzen zu sein. Auf dem Programmzettel stand die Reihenfolge des Ablaufs, das Menü sowie die Redner und deren Rang.

Vor uns befand sich schon eine lange Autoschlange mit ankommenden Gästen. Ich sah jede Frau kritisch an und war froh, dass mir Hannelores Großmutter noch eine Seidenstola geliehen hatte. Die passte genau zu meinem Kleid, das in der Zwischenzeit gebügelt und ausgelüftet war.

Die Tür auf meiner Fahrzeugseite wurde geöffnet und ein junger Soldat reichte mir die Hand, um mir beim Aussteigen zu helfen.

In der Kaiserpfalz wurden wir von einem Zeremonienmeister empfangen. Ein Soldat in Ausgehuniform nahm unsere Einladung entgegen und reichte sie an ihn weiter.

»Offizier Päkel und seine Gemahlin.«

Die Beine zitterten mir vor Aufregung, als wir die große Treppe hinuntergingen. Ich hatte mich bei Karl eingehakt, und er legte seine Hand beruhigend auf meine. Unten im Saal nahm ein anderer Soldat mir meine Stola ab und winkte einen Ober heran, der uns Sekt anbot. Während ich noch überlegte, ob ich mir ein Glas nehmen sollte, hatte Karl schon zwei Gläser in der Hand. Er lächelte mich an, gab mir ein Glas und sagte:

»Auf einen wunderschönen Abend, Fräulein Hilde.«

Wir waren wohl mit bei den Letzten, die ankamen – der Saal war schon sehr voll. Ich blickte schnell noch einmal auf die Kleider der anderen Frauen und dann auf meines. Ja, es passte gut zu dieser Veranstaltung. Es war nicht zu auffällig, auch nicht zu schlicht, und die Länge war genau richtig.

Ich hörte die Musikkappelle im Hintergrund spielen. Gut gelaunte Offiziere mit ihren Begleiterinnen begrüßten sich, lachten und prosteten sich zu. Es herrschte eine angenehme Stimmung.

»Dort ist die Sitzordnung, lass uns einmal sehen, an welchem Tisch und mit wem wir zusammensitzen.«

Karl nahm meinen Arm und leitete mich in Richtung der Tafel, die von seinen Kameraden umringt war.

Ich war überrascht, wie viele der anderen Offiziere Karl kannte. Er stellte mich vor, und sie nahmen meine Hand und hauchten einen Kuss darüber. Ich tat so, als wäre das völlig normal für mich.

Einen Offizier kannte ich noch von unserer Zeit in Goslar, er stellte mir seine Frau vor.

Wir saßen an einem großen runden Tisch mit acht Plätzen. Unser Tisch war ganz vorne, genau vor einem großen langen Tisch, der etwas höher auf einem Podest stand. Dahinter saß die Kapelle, die noch immer leise spielte. Uns gegenüber saßen der Offizier aus Goslar und seine Gattin.

Vor Aufregung hatte ich mich noch gar nicht richtig im Saal umgesehen, dabei hatte ich Maria doch versprochen, ihr jedes Detail zu beschreiben.

Karl unterhielt sich mit seinen Kameraden, und er sah richtig glücklich aus. Ich nutzte die Zeit, um mir alles genau anzusehen.

Auf den Tischen lagen weiße Damastdecken mit passenden Servietten. In der Mitte jeweils ein Blumengesteck aus kleinen weißen Lilien mit Maiglöckchen und kleinen weißen Seidenschleifen. Daneben ein Kerzenständer mit langen weißen Kerzen, die ein Ober jetzt anzündete. Für jeden Gast waren drei verschiedene Kristallgläser und silbernes Besteck eingedeckt. Außen lag ein Fischbesteck für den ersten Gang. Dann kam ein großes Besteck für das Hauptgericht und ein kleines für den Nachtisch. Das lag quer über einem weißen Platzteller mit grünem Rand.

Ich dachte an Marie von Bülow und die vielen Feste, bei denen ich geholfen hatte. Solch einen Tisch hatte ich oft eingedeckt und das Essen dazu bereitet.

Dann sah ich mich im Saal um. Der ganze Raum war in dem gleichen Grünweiß dekoriert wie die Tische. Nur die Blumengestecke waren hier viel größer.

»Hilde, Hilde?« Es war Karl, ich hatte nicht gehört, dass mich jemand ansprach.

»Entschuldige bitte, ich dachte gerade an die Kinder.«

»Ich auch«, sagte die Dame neben mir, und zu meiner Erleichterung waren wir sofort in ein Gespräch über unsere Kinder verwickelt.

Eine Fanfare kündigte die Ehrengäste an. Wir standen jetzt alle hinter unseren Stühlen. Mein Herz schlug so laut, dass ich fürchtete, alle um mich herum könnten es hören. Um nicht noch mehr aufzufallen, verkniff ich es mir, mich auf die Zehenspitzen zu stellen, um besser sehen zu können.

Karl nahm meine Hand und sah mich verständnisvoll an. Sofort wurde ich ruhiger.

Herein kamen ein Dutzend verschiedene hochrangige Offiziere. Das sah ich an den Streifen ihrer Uniformen. Sie stellten sich hinter ihre Stühle, nur der Platz in der Mitte blieb frei.

»Meine Damen, meine Herren Offiziere, ein herzliches Willkommen für unseren heutigen Ehrengast, Generalfeldmarschall Erwin Rommel.« Die Fanfaren ertönten erneut, dann folgte ein Trommelwirbel.

Er betrat den Saal und mein Herz schlug wie wild. Der Feldmarschall, stolz und mit sicherem Schritt, ging zum Platz in der Mitte des Tisches. Er saß mir genau gegenüber. Maria würde mir das nie glauben.

Der Applaus wollte kein Ende nehmen. Feldmarschall Rommel wollte seine Rede halten, aber die Festgäste feierten ihn stürmisch. Dann machte er eine Handbewegung, und im Saal wurde es ruhig.

»Meine Damen und meine Herren Offiziere, es ist mir eine Ehre, Ihre Einladung für den heutigen Abend anzunehmen. Ich bin sehr glücklich, so viele von meinen Kameraden mit ihren Gemahlinnen hier zu sehen. Ich bin Ihnen für Ihre Treue und Unterstützung sehr dankbar. Aber bitte setzen Sie sich und lassen Sie es sich schmecken. Ich wünsche Ihnen allen einen wunderschönen Abend.«

Karl zog mir meinen Stuhl zurück, und ich setzte mich hin. Die Kapelle spielte wieder leise Musik, während serviert wurde. Ein Ober füllte Weißwein in unsere Gläser, ein anderer nahm die Platzteller vom Tisch. Dann wurde die Vorspeise aufgetragen – geräuchertes Heringsfilet mit einer Petersiliensoße.

»Ich glaube, er hat gerade zu uns herübergeschaut«, sagte meine Tischnachbarin zwei Stühle weiter.

»Wer?«

»Der Feldmarschall, aber sehen Sie jetzt nicht hin, sonst merkt er, dass wir ihn anstarren.«

»Ich habe noch nicht richtig hingesehen, aber ich kann es mir bald nicht mehr verkneifen«, flüsterte ich zurück.

Als Hauptgericht wurde Fasan mit Rotkohl und Kartoffeln gereicht. An unserem Tisch hatte eine fröhliche Unterhaltung angefangen, und ab und zu blickte ich zu den Ehrenplätzen hinauf. Feldmarschall Rommel unterhielt sich mit den Offizieren an seinem Tisch, und wir hörten ihn lachen.

Die Zeit bis zum Dessert verging wie im Fluge. Es gab eine Auswahl kleiner Stücke delikaten Kuchens mit Tokajer Wein.

Das ganze Essen war ein reiner Genuss. Natürlich waren wir vorher noch nie so bewirtet worden oder hatten je so gut gegessen. Bei Frau von Bülow hatte ich nur die Reste von dem gegessen, was ich selber zubereitet hatte.

Als alle Teller abgeräumt waren, stand der Offizier neben Feldmarschall Rommel auf. Die Musik hörte sofort auf zu spielen, und er hielt eine Ansprache. Zu meiner Überraschung war sie kurz und ohne Propaganda.

Er bedankte sich bei Feldmarschall Rommel, dass er sich die Zeit genommen hatte, um an diesem Ball teilzunehmen. Danach bedankte er sich bei den Offizieren, die trotz aller Gefahren nie den Mut verlören. Schließlich bedankte er sich noch besonders bei ihren Frauen, die so tapfer zu Hause auf ihre Männer warteten und die Familien zusammenhielten.

Dann sagte er: »Nun möchte ich Herrn Feldmarschall Rommel bitten, den Ball mit dem ersten Tanz zu eröffnen.«

Karl stand auf, schob meinen Stuhl zurück und reichte mir seinen Arm. In der neuen Uniform sah er blendend aus, und ich hatte schon gemerkt, wie manche Frauen ihn ansahen.

Jedes Paar ging zum anderen Ende der Tanzfläche. Wir stellten uns mit unseren Tischnachbarn in die erste Reihe. Nun sahen wir alle erwartungsvoll in Richtung des langen Tisches auf der Bühne.

Feldmarschall Rommel stand von seinem Stuhl auf, ging ein paar Stufen herunter und kam auf uns zu.

»Er ist aber sehr schlank«, flüsterte ich in Karls Ohr. Karl drückte meinen Arm, sah mich an, und ich bewunderte seine leuchtenden blauen Augen. Feldmarschall Rommel ging die vordere Reihe ab, schüttelte Hände und sprach mit jedem ein paar Worte. Er war so nah, dass ich schon hören konnte, was er sagte. Gerade wollte ich mich umdrehen, um zu sehen, wo er wohl hinging und wen er wohl zum Tanz aufforderte, da stand er vor uns.

»Karl, schön Sie zu sehen, haben Sie sich gut erholt?« Er reichte Karl die Hand.

»Ja, Herr Generalfeldmarschall, es geht mir gut. Darf ich Ihnen meine Gattin vorstellen?«

»Es ist mir eine Ehre.« Er nahm meine Hand und verbeugte sich leicht vor mir.

»Herr Feldmarschall, es ist mir eine Ehre, Ihnen vorgestellt zu werden«, stotterte ich.

Er sah fragend zu Karl, und der nickte ihm zu. Feldmarschall Rommel verbeugte sich noch einmal vor mir und fragte: »Darf ich bitten?« Er reichte mir seinen Arm.

Ich fühlte Hitze im Gesicht und hoffte, dass ich jetzt nicht puterrot wurde. Alle Augen waren auf uns gerichtet, als wir zur Mitte der Tanzfläche gingen.

Dann nahm Feldmarschall Rommel meine Hand und umfasste ganz leicht meine Taille, nickte der Kapelle zu, und wir tanzten einen langsamen Walzer. Er war so ein guter Tänzer, dass ich nach den ersten paar Schritten meine Unsicherheit verlor.

»Ich habe schon viel von Ihnen gehört.«

»Herr Feldmarschall, Sie haben von mir gehört?« Ich stotterte schon wieder.

»Ja, Karl spricht andauernd von Ihnen.«

»Karl spricht von mir?«

»Ja. Die ganze Zeit erzählt er von seiner Hilde und seinen drei Kindern.« Er lächelte mich an.

Endlich konnte ich mich wieder fassen: »Wir haben jetzt vier Kinder, Ursula wurde im Oktober geboren.«

Nun lachte Feldmarschall Rommel.

»Das muss ja eine Überraschung gewesen sein, als Karl nach Hause kam.«

»Ja, das war es.« Ich vergaß alle anderen Gäste, die immer noch am Rande der Tanzfläche standen und uns zusahen.

»Falls ich jemals etwas für Sie tun kann, dann sagen Sie es mir bitte.«

Er sah in mein verwundertes Gesicht.

»Wirklich, jederzeit.«

Ein paar Sekunden lang rang ich nach Luft, dann sah ich ihn direkt an und antwortete.

»Ja, es gibt etwas, Herr Feldmarschall.«

»Was kann ich für Sie tun?«

»Ein Freund von mir wohnt mit seiner Familie in Polen. Ungefähr 30 Kilometer westlich von Warschau.«

Ich sah an seinem Gesichtsausdruck, dass er stutzte, und sprach nicht weiter. Er wollte gerade antworten, aber dann besann er sich und nickte mir zu – ich solle weiterreden.

»Er hat dort eine Firma, aber er braucht für sich und seine Familie Papiere zur Umsiedelung nach Tilsit. Er braucht auch eine Arbeitserlaubnis.«

Feldmarschall Rommel hatte noch immer nichts gesagt, also fuhr ich fort:

»Sein Name ist Oleg Lorenz und die Stadt heißt Sierakow. Der Firmenname ist Oleg Lorenz und Sohn, Großhandel.« Ich konnte jetzt gar nicht aufhören zu reden. Es hatte sich zu lange in mir aufgestaut. Wie ein Wasserfall floss es aus mir heraus. Wenn der Tanz vorbei war, hatte ich die Chance verpasst.

Dann sagte ich:

»Verzeihen Sie mir bitte, Herr Feldmarschall, ich hätte nichts sagen sollen.«

Aber er nickte mir zu, ich solle weitersprechen.

»Sein Name und die Stadt, würde das reichen?«

Die Musik hörte auf zu spielen. Meine Gedanken wurden vom Applaus unterbrochen. Feldmarschall Rommel reichte mir seinen Arm und brachte mich zurück zu meinem Platz.

»Vielen Dank, dass Sie mir gestattet haben, mit Ihnen zu tanzen. Vielen Dank, Karl.« Er verbeugte sich, dann drehte er sich um und ging zurück auf seinen Platz.

Ich zitterte am ganzen Körper, als Karl mich zum Tanz führte. Ich sah zum Feldmarschall hinüber und konnte sehen, wie einer der Ober ihm einen Stift gab. Dann schrieb Feldmarschall Rommel etwas auf seine Serviette, faltete sie zusammen und steckte sie in seine Uniform. Er sah zu mir herüber und nickte noch einmal.

Hilde

Kapitel 45

»Nach Norwegen, du sollst nach Norwegen?« Karl bekam seinen neuen Befehl drei Wochen nach dem Ball.

»Norwegen ist nicht so weit weg, und mir wurde gesagt, dass es nur für ein paar Monate wäre. Ich kann gut Ski laufen und brauche nur die Grenzen zu kontrollieren. Mir wurde ausdrücklich erklärt, dass ich Norwegen nur deshalb bekommen hätte, weil ich noch nicht richtig auskuriert bin.«

»Von einem Extrem ins andere. Erst die Hitze in Afrika und jetzt das kalte Norwegen.«

»Ich glaube, sie wissen im Moment einfach nicht, was sie mit mir machen sollen.«

»Und Feldmarschall Rommel?«

»Er hat seine alte Kraft noch nicht zurück und muss sich weiter schonen.«

»Ach, und du hast deine Kraft? Karl, dieser Wahnsinn soll aufhören. Ich will, dass du zu Hause bleibst. Warum kämpfen wir in diesen Ländern?«

Karl sah mich besorgt an. »Hilde, um Himmels Willen, sag so etwas nicht laut. Ich weiß, viele denken so wie du und ich. Aber wenn uns jemand hört. Ich habe mit eigenen Augen gesehen, was die Gestapo macht. Versprich mir, dass du so etwas nie wieder sagst.«

»Die Gedanken sind frei, Karl.«

»Ja, aber nur die Gedanken.«

»Hast du seit dem Ball etwas vom Feldmarschall gehört?«

»Nein, nicht direkt. Ich weiß nur, dass er in seinem Hauptsitz in München ist.«

***

Karl-Heinz hatte sich immer noch nicht an seinen Vater gewöhnt, und wir machten uns große Sorgen. Wie würde es sich auf ihr Verhältnis auswirken, wenn Karl wieder so lange fort war?

Karl hatte alles versucht, um seinem Sohn näherzukommen. Er meinte, es wäre wohl das Beste, wenn er etwas Zeit allein mit Karl-Heinz verbringen würde. Wenn Klaus in der Schule war, gingen Renate und ich oft mit Ursula im Kinderwagen spazieren oder zu Maria.

Aber sobald wir die Wohnung verließen, ging Karl-Heinz ins Kinderzimmer. Er setzte sich in eine Ecke und spielte. Er verließ das Zimmer erst wieder, wenn wir wieder da waren. Obwohl Karl versucht hatte, sich mit ihm zu beschäftigen – Karl-Heinz hörte nicht hin.

Karl und ich besprachen dieses Verhalten mit der Kinderärztin bei einem Termin mit Renate. Sie sagte, dass es das Beste wäre, wenn wir nichts erzwingen und ihn ganz in Ruhe lassen würden. Im Moment würde Karl-Heinz wohl denken, er würde bestraft, wenn er allein mit seinem Vater blieb. Wir hatten genau das Gegenteil von dem erreicht, was wir wollten.

Karl war ganz erschüttert.

Kapitel 46

»Bitte, erzählen Sie uns alles noch einmal«, bettelte Hannelore. »Von dem Moment an, wo Sie das Hotel Achtermann verließen, bis zum Ende des Abends. Alles, und nichts auslassen!«

Inge und Hannelore saßen mir an meinem Küchentisch gegenüber. Maria kochte Ersatzkaffee, Bohnenkaffee gab es schon lange nicht mehr. Karl-Heinz und Renate spielten im Flur mit Wäscheklammern. Sie bauten Straßen und durften mit den kleinen Autos von Klaus spielen.

Inge und Hannelore konnten immer noch nicht fassen, dass ich mit Feldmarschall Rommel getanzt hatte. Wir hatten sogar den Ball mit unserem Tanz eröffnet.

Ich hatte eine besondere Überraschung für Hannelore und Inge. Sie war mit der Post vom Veranstalter des Balles gekommen. Ein Bild von mir und Feldmarschall Rommel beim Tanzen. Das Foto zeigte uns beide von der Seite, und man konnte ganz genau sehen, mit wem ich tanzte. Ich hatte es Maria auch noch nicht gezeigt.

Ein Brief von Egon lag auf dem Tisch. Maria hatte ihn uns vorgelesen. Egon war seit zwei Jahren in Kriegsgefangenschaft in England. Sein Brief war voller Optimismus. Sie durften jeden Abend den in deutscher Sprache sendenden BBC hören. Aber sonst schrieb er nichts über das Lagerleben. Er hatte wohl Angst, dass der Brief sonst nicht durch die Zensur kommen würde. Egon wusste, dass wir so oft wie möglich den gleichen Sender hörten.

»Ja, Hilde, erzähle es uns noch einmal, falls wir etwas verpasst haben.« Sie sah zu mir herüber. Maria und Frau Bucker hatte ich natürlich schon alles erzählt. Die ganze Unterhaltung zwischen Feldmarschall Rommel und mir. Aber sie waren die Einzigen, die es wussten – nicht einmal Karl hatte ich es erzählt. Ich war ihm dankbar, dass er mich nicht fragte. Ich wollte ihn auf gar keinen Fall belügen. Es fiel mir schon schwer genug, ihm etwas zu verheimlichen.

»Wartet noch einen Moment, Frau Bucker kommt gleich. Oh Hannelore, dein Patenkind sucht dich.« Karl-Heinz kam in die Küche, sah Hannelore und kletterte auf ihren Schoß. Ein kleiner Stich ging mir durchs Herz. Ich wünschte, so würde er sich bei Karl verhalten.

Jetzt waren alle in der Küche versammelt und stürzten sich auf den Apfelkuchen, den Frau Bucker mitgebracht hatte. Ich sagte: »Das kam heute mit der Post.« Dann legte ich das Bild mitten auf den Tisch.

Wie immer war Maria am schnellsten und nahm es in die Hand. »Was ist das? Oh nein, Hilde, das ist ja wunderbar!«

»Was? Was ist es? Zeigen Sie es uns auch!«, sagten Hannelore und Inge gleichzeitig.

Kapitel 47

Erika hatte bei Maria angerufen, um mir zu sagen, dass ich sie am nächsten Tag um 13 Uhr zurückrufen solle. Ursula hatte Geburtstag. Sie wurde ein Jahr alt und lief schon, wenn ich sie an der Hand hielt. Es war der 2. Oktober 1943. Klaus war in der Schule und Renate im Kindergarten. Frau Bucker backte für Ursula einen Topfkuchen, und wir wollten alle am späten Nachmittag zusammenkommen.

Diese Woche war Klaus' und Hugos Klasse dran, statt heißer Milch heißen Kakao zu bekommen. Diese Kakaoration hätten Klaus und Hugo beinahe verpasst, denn sie hatten schon wieder etwas ausgeheckt. Deshalb wurden Maria und ich zum Rektor bestellt. Er sagte, dies sei die letzte Verwarnung. Wenn sie noch einmal den Unterricht mit ihren Dummheiten unterbrechen würden, käme einer von ihnen in eine andere Klasse. Diese Drohung allein hätte schon geholfen. Als ich dann vorschlug, dass sie den zugeteilten Kakao nicht bekommen sollten, flossen Tränen. Maria und ich waren gespannt, wie lange die versprochene Besserung anhalten würde.

Auf dem Wege zu Maria brachte ich Ursula bei, ›Tante Erika‹ zu sagen. Und als wir an Marias Haustür ankamen, konnte sie es laut und deutlich. Karl-Heinz wollte natürlich auch mit Tante Erika sprechen. Ich hatte ihm versprochen, dass er ihr von seiner Holzeisenbahn erzählen dürfte. Ich ließ ihn auch bei Maria klingeln.

Ich hob ihn hoch, und er drückte dreimal auf den Klingelknopf. Das war unser Zeichen. Maria wusste dann, dass wir es waren.

Erika hatte schon auf unseren Anruf gewartet und war sofort am Telefon. Statt »Hallo« sagte sie:

»Unsere Mutter ist hier.«

Ursula saß auf Marias Schoß, und Karl-Heinz zog an meinem Rock.

»Warte mal, Mutter, Karl-Heinz möchte etwas sagen.«

»Es ist Oma«, flüsterte ich ihm zu und gab ihm den Hörer.

Er erzählte ihr von seiner Eisenbahn – sagte ihr, wo sie aufgebaut wurde und dass Renate ihm dabei helfen würde.

Die ganze Zeit klopfte mein Herz wie wild – vielleicht war einem meiner Brüder etwas passiert.

Dann sprach ich endlich mit meiner Mutter. Sie hörte sich sehr gelassen an und fragte nach den Kindern. Sie erzählte von meiner alten Heimat, von Gisela, Grete und Lisbet, und dann sagte sie:

»Ach ja, bevor ich es vergesse, wir haben jetzt jemanden, der uns auf dem Hof hilft. Wir brauchen jetzt nicht mehr zu verkaufen.«

»Ihr habt jemand?«

»Ja, eine junge Familie, sie klopften einfach an die Tür und fragten, ob wir Arbeit für sie hätten. Ein netter junger Mann mit seiner Frau und zwei Kindern. Alle sprechen ziemlich gut Deutsch. Ich habe Oleg und Ludmilla heute Morgen zur Schule geschickt, um die Kinder dort anzumelden. Ich gab ihnen einen Brief mit für den Rektor.«

Mir wurde schwindelig und meine Beine begannen zu zittern. Maria sah mich besorgt an und gab mir einen Stuhl.

Meine Mutter spielte ihre Rolle perfekt, wie im Theater.

»Das sind ja gute Nachrichten. Vielleicht kannst du dich jetzt ein wenig ausruhen«, antwortete ich lahm.

Meine Mutter war jetzt nicht mehr zu bremsen und fuhr fort: »Ich habe ihnen dein altes Zimmer gegeben. Das macht dir doch nichts aus, oder? Lisbet schläft jetzt bei Gisela, Grete und Traute. Ihr ist es egal. Endlich braucht sie nicht mehr unser Dienstmädchen zu sein – das ist alles, was sie dazu gesagt hat. Hilde, wir müssen gleich den Hörer auflegen. Erikas Chef sieht schon durch sein Fenster zu uns rüber. Er hat eben auf seine Armbanduhr geschaut.«

Sie gab Erika das Telefon zurück.

»Mein Gott, Erika, ich kann das gar nicht fassen.«

»Das ist noch nicht alles. Mir wurde eine Position in Dänemark angeboten, in Kopenhagen. Ich werde versetzt. Zuerst habe ich Nein gesagt, ich wollte unsere Mutter nicht allein lassen. Aber jetzt haben wir ja die Hilfe, die wir brauchen.«

Sie zog ›Hilfe‹ in die Länge, damit ich verstand, was sie meinte.

»Unsere Mutter sagt, ich solle jetzt einmal an mich denken und die Stelle annehmen. Was meinst du?«

»Ja natürlich, sofort, Dänemark ist nicht so weit entfernt, vielleicht können wir uns dann endlich einmal wiedersehen. Aber was ist mit deinem Erich?«

»Wir heiraten!«

»Ihr heiratet? Doch nicht etwa ohne mich?«

»Sei nicht albern, Hilde. Du kannst auf gar keinen Fall so eine weite Reise machen, und außerdem heiraten wir nächste Woche.«

»So plötzlich, ist etwas?«, fragte ich misstrauisch.

»Nicht, was du denkst. Aber wir sind mitten im Krieg und Erich wird nach Frankreich versetzt. Du glaubst doch nicht, dass ich meinen Erich zu den Französinnen lasse ohne einen Ring am Finger?«

Jetzt lachten wir beide.

»Erika, ich freue mich so für euch. Und dann bist du nur so etwa 300 Kilometer von mir entfernt, das ist ein sehr beruhigendes Gefühl.«

»Hilde, ich muss jetzt auflegen.«

»Noch einmal herzlichen Glückwunsch. Ich werde an euch denken. Melde dich so bald wie möglich bei mir.«

Erika und Erich nach der Verlobung

Kapitel 48

Lebensmittel wurden immer knapper. Wir mussten oft stundenlang Schlange stehen. Und wenn man endlich an die Reihe kam, waren die Regale meistens schon leer. Obwohl wir unsere Lebensmittelmarken hatten, bekamen wir nichts mehr dafür. Was wir kürzlich noch frei kaufen konnten, war jetzt rationiert. Es gab nun eine Kartoffel-Einkellerungs-Karte, jeweils für einen Zentner Kartoffeln. Karl hatte eine Cousine auf dem Lande in Söhlde, Anna, und ich hoffte, dass sie noch Kartoffeln für uns hätte. Inge und Hannelore machten sich mit einem Bollerwagen zu Fuß auf den weiten Weg.

Die Abgabemengen für Brot, Butter, Mehl, Fett, Fleisch und Käse wurden auch gekürzt. Klaus protestierte, weil ihm der Kakao in der Schule gestrichen wurde. Für den Kakao hätte ich die Karte dort abgeben müssen und dann nichts mehr für meine anderen Kinder gehabt.

Dann wurde bekannt gegeben, dass frisches Obst und Gemüse weiterhin ohne Marken zu bekommen seien. Wir fragten uns, welches frische Obst und Gemüse – es war mitten im Winter!

Steckrüben! Steckrüben waren jetzt unser Ersatz für alles. Mit Steckrüben backten wir. Wenn man sie kochte und kleinstampfte, konnte man sie gut unters Mehl rühren. Steckrüben als Eintopf mit wenig Fett und nur ein paar Zwiebelstücken und Kartoffeln. Oft aßen die Kinder ohne uns, weil es einfach nicht für alle reichte.

Wir waren froh, dass keiner von uns rauchte. Mit der Tabakkarte gingen wir auf den Schwarzmarkt und tauschten sie gegen Butterkarten.

Karl war ganz kurz im November 1943 zu Hause und brachte seine Essensrationen mit. Er hatte eine ER-Karte. Damit bekam er einen Monat lang zweimal täglich in der Kaserne zu essen. Es tat uns sehr weh, dass wir in dieser kurzen Zeit noch nicht einmal zusammen essen konnten. Aber er schmuggelte viel aus der Kantine heraus und brachte es uns mit. Hinten in seinem Soldbuch hatte er eine Bezugskarte für Lebensmittel, Seife, Tabak und Toilettenartikel. Dann hatte er noch eine Karte für Sonderrationen in seiner Urlaubswoche. Hierfür erhielten wir Brot, Butter, Marmelade und andere besondere Lebensmittel, die wir schon seit Jahren nicht mehr bekommen hatten.

Maria, Frau Bucker und ich legten unser Geld zusammen und holten alles, was wir konnten. Diesen Vorrat bewahrten wir im Keller auf.

Ich hatte mich kaum daran gewöhnt, dass Karl zu Hause war, da musste er schon wieder fort. Feldmarschall Rommel war im August 1943 in Italien zum Kommandanten ernannt worden. Karl war auf dem Wege dorthin.

***

Die frischen Lebensmittelrationen waren aufgebraucht. Ich musste zum Schwarzmarkt, wir brauchten unbedingt Milch, Fett und etwas Fleisch für die Kinder. Vielleicht hatte jemand auch Mehl. Ich wollte Frau Bucker bitten, einen Kuchen zu backen. Wir könnten uns dann alle einen schönen Abend machen. So wie früher.

Wir hatten nicht viele wertvolle Sachen, und das meiste hatten wir schon verkauft. Ich hoffte, mein silbernes Besteck würde reichen, um alles zu bekommen.

Maria wollte mitgehen, aber Manfred war etwas erkältet. Sie wollte erst ins Krankenhaus zu einem von Egons Kollegen. So konnte sie auch gleich die Medikamente für Renate mitbringen. Wir wollten uns dann später bei mir treffen.

Karl-Heinz schob Ursulas Kinderwagen, das Besteck lag unter Ursulas Decke. Ich hoffte, dass es nicht zu unbequem für sie wäre und keiner auf uns aufmerksam werden würde. Gestapo und SS trugen nicht immer Uniformen bei den Kontrollen. Aber es gab in der Zwischenzeit ein gutes Warnsystem bei den Händlern.

Es war kaum einer an den Plätzen, die wir schon kannten, aber dann sah ich jemanden, den ich kannte. Er konnte auch das meiste von dem, was ich brauchte, besorgen. Ich sollte einen Moment warten, aber er wollte außer dem Besteck auch die Zigarettenmarken dafür haben. Ich hatte die Marken dabei, aber die wollte ich eigentlich wie immer gegen Butter eintauschen.

Er blieb eine ganze Weile fort, und ich wurde immer nervöser. Karl-Heinz langweilte sich und ärgerte Ursula, die laut protestierte. Andere Frauen, die in kleinen Gruppen standen, sahen schon zu uns herüber. Endlich kam er wieder.

»Bitte beeilen Sie sich, ich muss meine Kinder aus der Schule holen«, sagte ich ihm. Ich wollte so schnell wie möglich wieder fort.

Dann hörten wir Flugzeuge über uns. Ich blickte zum Himmel und sah sie aus der Ferne näherkommen.

»Karl-Heinz, gib mir deine Hand, wir müssen uns beeilen.« Ich nahm den kürzeren Weg über den Marktplatz. So konnten wir es in einer halben Stunde schaffen.

Der Marktplatz war voller Menschen. Sie standen im Kreis, bestimmt zehn Reihen. Ich hatte keine andere Wahl, ich musste da durch. Die Flugzeuge waren jetzt so nah, dass man sie hätte zählen können. In meiner Panik schob ich den Kinderwagen ruckartig nach vorne, stieß an Beine von Menschen, die böse zu mir herübersahen.

»Es tut mir leid«, sagte ich ein paarmal.

Dann stand ich mit Ursula im Kinderwagen und Karl-Heinz an der Hand in der vordersten Reihe.

Der Marktplatz war von allen Seiten abgesperrt. In der Mitte standen Gestapo und SS, und eine Stimme brüllte aus einem Megafon:

»Dies ist eine Warnung an alle, die glauben, sie könnten ihre Mitbürger bestehlen. Dies wird mit dem Tode bestraft. Unser Führer lässt niemanden verhungern. Trotzdem will dieser Pöbel sich mit Lebensmittelmarken oder der täglichen Brotration bereichern. Gehen Sie jetzt nach Hause, wir haben Sie gewarnt. Heil Hitler!«

Drei provisorische Galgen standen in der Mitte des Marktplatzes. Dort hingen eine junge Frau und zwei ältere Männer, jeder mit einem großen Zettel vor der Brust, der im Wind flatterte.

Ich war starr vor Schreck. Karl-Heinz schrie, und ich merkte sofort, dass seine Hose nass war. Leute sahen uns an und ich hörte, wie einer sagte: »Wie kann man nur seine Kinder zu einer öffentlichen Hinrichtung mitnehmen.«

Kapitel 49

Die Flugzeuge waren auf dem Weg nach Hamburg. Flugblätter flatterten wie Schnee von ihnen herunter. Wir bekamen oft Flugblätter, immer voller Propaganda. Als ob wir noch nicht genug davon im Radio hörten oder in den wenigen Zeitungen lasen, die es noch gab. Immer mit den gleichen Parolen: *Deutschland wird als Sieger triumphieren. Alle Länder wollen sich dem Deutschen Reich anschließen. Der Sieg ist unser!* – immer dasselbe.

Ich hätte das Flugblatt, das genau vor meinen Füßen lag, beinahe liegenlassen. Doch dann merkte ich, dass es anders aussah als sonst, und hob es auf. Man sah sofort, dass es nicht von unserer Propagandamaschinerie stammte. Auch die Papierqualität war anders als sonst.

Eine Nachricht der englischen Regierung und ihrer Verbündeten an das deutsche Volk: Dieser Krieg ist für das Deutsche Reich nicht zu gewinnen. Ihr Krieg ist eine kriminelle Offensive. Und diese Verbrecher werden nach ihrer Niederlage zur Verantwortung gezogen werden. Wir werden Ihre Städte mit täglichen Luftangriffen zerstören. Am Ende gibt es nichts mehr, für das es sich zu kämpfen lohnt. Sie können jetzt diesen Wahnsinn stoppen, indem Sie Ihre Soldaten auffordern, die Waffen niederzulegen.

Auf dem Weg vom Schwarzmarkt nach Hause zitterte ich noch immer am ganzen Körper. Ich hielt den Zettel in meiner Hand und konnte ihn einfach nicht fallen lassen.

Karl-Heinz hatte nach dem Erlebnis auf dem Marktplatz keinen Ton mehr gesagt und starrte nur geradeaus. Ich wünschte, Maria wäre schon bei uns.

Frau Bucker sah uns kommen und kam auf die Straße, um mir mit dem Kinderwagen zu helfen. Sie sah sofort, dass etwas passiert sein musste. Wir baten Hannelore darum, Renate vom Kindergarten und Klaus und Hugo von der Schule abzuholen. Hannelore lief sofort los.

»Frau Bucker, wie kann ich meine Kinder jetzt noch beschützen? Ich wollte ein besseres Leben für sie, besser als meine Kindheit im Ersten Weltkrieg. Ich war damals genauso alt, wie meine Kinder jetzt sind. Die ewige Angst. Das ewige Verstecken. Der ständige Hunger. Unsere Kinder haben schon viel zu viel mitgemacht. Sehen Sie sich einmal Karl-Heinz an. Wird er jemals wieder lachen?«

»Hilde, wir sind total machtlos. Wir können nur das Beste hoffen. Mehr können wir nicht tun.«

»Wenn nur Karl hier wäre.«

»Karl-Heinz, kommst du mit mir nach oben Kuchen backen?«

Karl-Heinz reagierte gar nicht auf ihren Vorschlag.

»Karl-Heinz, das ist eine gute Idee, erzähl Frau Bucker einmal, welches dein Lieblingskuchen ist!« Jetzt versuchte ich es.

»Schokoladenkuchen«, antwortete er und nahm Frau Buckers Hand.

Ich ging zum Küchenschrank und gab ihm die Dose mit dem letzten Kakao. »Halt die Dose richtig fest. Lass sie nicht auf der Treppe fallen.« Ich nahm ihn in den Arm, aber er hatte den Schock noch nicht verwunden und stand noch immer stocksteif.

»Geh schon einmal vor, Karl-Heinz«, schlug Frau Bucker vor, um eine Reaktion von ihm zu bekommen. Brav ging er durch den Flur, machte die Wohnungstür auf und ging die Treppe hoch.

»Ich werde mein Bestes mit Karl-Heinz versuchen«, versprach sie mir und nahm die Eier und das Mehl, welches ich gerade mitgebracht hatte.

Ursula schlief friedlich in ihrem Bettchen. Sie war so ein liebes kleines Mädchen. Sie weinte kaum, nur wenn sie richtig hungrig war oder wenn ihr etwas wehtat. Sie weinte auch nicht wenn sie hinfiel, sondern stand einfach auf und ging weiter. Ursula hatte lange blonde Haare, ich musste sie schon zum Zopf flechten. Sie hatte ein bezauberndes Lächeln. Renate war Ursulas Beschützerin – nie wich Ursula von ihrer Seite. Sie schaute aus dem Fenster, bis Renate aus dem Kindergarten kam. Dann lief sie an die Wohnungstür, um sie zu begrüßen. Danach sah ich Ursula für den Rest des Tages kaum noch. ›Nate‹ war auch das erste Wort gewesen, das sie sagte. Es belastete mich, wie wenig Zeit ich manchmal für die Kinder hatte, durch den täglichen Kampf ums Überleben.

Ich hatte das Radio angestellt:

Feldmarschall Rommel macht große Fortschritte in Westfrankreich. Es wird ein Angriff von England und seinen Verbündeten erwartet. Unsere Truppen an den Küsten wurden verstärkt.

Frankreich? Hatte ich eben richtig verstanden? Ich glaubte, Feldmarschall Rommel war in Italien. Wenn Rommel in Frankreich war, wo war dann Karl?

Kapitel 50

Renate war so stolz auf ihre Zuckertüte. Sie hielt sie ganz fest im Arm auf dem Heimweg an ihrem ersten Schultag, im Frühjahr 1944. Diese Schultüte mit Süßigkeiten gab es zur Einschulung und war Tradition, so lange ich denken kann. Ich erinnerte mich an meinen ersten Schultag 1918. Wir hatten Krieg, genauso wie jetzt.

Ich war froh, dass ich mehr für meine Kinder tun konnte als damals meine Mutter. Wir mussten schon als Kinder lernen, selbstständig zu sein. An meinem ersten Schultag lag noch Schnee oben im Norden von Ostpreußen. Nur meine Brüder hatten mich auf dem fünf Kilometer langen Schulweg begleitet.

Eine ganze Woche hatten wir alle an Renates Zuckertüte gearbeitet. Ich hatte ein Stück Karton gefunden und es zu einer spitzen Tüte gerollt. Den Klebstoff rührte ich aus Mehl, Zucker, Essig und Wasser. Dann ließen wir es über Nacht trocknen, damit es richtig zusammenhielt. Um die Tüte oben zu verschließen, opferte ich einen geblümten Sommerrock. Frau Bucker nähte den Stoff mit großen Stichen oben an die Tüte fest und fertigte ein passendes Band zum Zubinden. Die Kinder beklebten sie mit kleinen Bildern und mit Renates Namen in großen Buchstaben.

»Dann geht deine Tüte nicht verloren«, erklärte ihr Klaus. Doch das bescherte Renate gleich schlaflose Nächte, weil sie jetzt Angst hatte, ihre Tüte könnte verloren gehen.

Ich hatte schon vor einiger Zeit ein paar Süßigkeiten gesammelt, und jeder brachte etwas, mit dem wir die Tüte füllen konnten. Frau Bucker hatte Kekse gebacken. Der Zeitungsladen Baxmann gab ein Malbuch mit bunten Kreidestiften. Hannelore strickte einen Pullover für Renates Puppe. Inge hatte noch etwas Schokolade. Maria hatte Knetmasse bekommen. Sogar Klaus gab nach langem Überlegen eines seiner kleinen Autos. Aber sie musste ihm versprechen, dass er damit trotzdem noch ab und zu spielen durfte. Karl-Heinz malte ein Bild von der ganzen Familie. Ich sollte ihm zeigen, wie man alle Namen schreibt. »Auch Papa«, sagte er.

Wir mussten die Zuckertüte am Tag vor der Einschulung in der Schule abgeben. Renate war sich sicher, dass sie die Tüte nie wiedersehen würde. Ich versicherte ihr, dass der Tüte in der Nacht nichts passierte und dass morgen alle Kinder mit dem Namen aufgerufen würden, nach vorne zu gehen, um ihre Tüte zu bekommen.

Auf dem Weg zur Einschulung verlor Renate vor Aufregung fast die Nerven. Ich musste sie ein paar Mal daran erinnern, dass sie ihr bestes Kleid und die guten Schuhe anhatte.

»Mama, weiß der Lehrer meinen Namen?«

»Mama, meine Schuhe sind zu groß. Wenn ich hinfalle, werden alle lachen.«

»Mama, meine Jacke kratzt.«

»Mama, da ist ein Fleck auf meinem Kleid.«

»Mama, meine Kniestrümpfe rutschen.«

Wir blieben stehen. Ich ging in die Knie, sodass ich in ihre Augen sah, und sagte: »Renatchen, du wirst heute das hübscheste, schlaueste Mädchen dort sein. Du weißt, deine Mama lügt nicht.«

Sie nickte mit dem Kopf und fasste mich wieder an, und wir gingen weiter.

Um die Mittagszeit holte ich sie mit Karl-Heinz ab. Ich traute meinen Augen nicht: Sie hüpfte die Schultreppe herunter, in einem Arm die Zuckertüte, die nicht verloren gegangen war, am anderen Arm eingehakt mit einem anderen kleinen Mädchen.

»Mama, das ist Monika, wir sitzen zusammen. Bis morgen, Monika, komm nicht zu spät in die Schule!« Monikas Mutter und ich sahen uns überrascht an.

»Mein Lehrer heißt Herr Klett. Er hat ganz große Buchstaben an die Tafel geschrieben und gefragt, ob jemand von uns lesen kann, was dort steht. Ich habe es genau so gemacht, wie du es mir gezeigt hast. Jeden Buchstaben im Kopf vorgesagt: ein *R*, ein *A*, ein *D*, ein *I* und ein *O*. Dann habe ich es langsam im Kopf noch einmal gesagt und ein Wort draus gemacht: *RADIO.* Ich habe mich gemeldet, so wie es uns Herr Klett vorher erklärt hat. Ich durfte nach vorne gehen und es ihm zuflüstern. Alle anderen Kinder haben mich gefragt, wie das Wort heißt. Ich habe es aber nicht verraten.«

Ich war so stolz auf meine Renate und wollte gerade antworten, aber sie gab mir ihre Zuckertüte und rannte los. »Papa, Papa, ich war heute in der Schule.«

Da stand Karl vor der Haustür mit seinem Rucksack auf dem Rücken und winkte uns zu.

»Karl-Heinz, Papa ist zu Hause, lauf ihn begrüßen.«

Das brauchte ich nicht zweimal sagen, er rannte los.

»Papa, ich bin es, Karl-Heinz«, rief er ihm beim Laufen zu.

Dann hatte Karl ihn im Arm. »Ja, mein Junge, dein Papa weiß es, du bist mein Karl-Heinz.«

Kapitel 51

Karl brachte mir einen kleinen, frischen Lorbeerzweig mit und versprach mir, dass wir eines Tages nach Italien fahren und dort Urlaub machen würden. Er hatte den Zweig von einem Busch am Hang des Klosters in Monte Cassino abgebrochen. Der Lorbeer roch noch immer frisch, obwohl Karl ihn eine ganze Woche in seinem Rucksack aufbewahrt hatte.

Als wir abends im Bett lagen, hatte ich endlich Zeit, ihm alle Erlebnisse der letzten Monate in Hildesheim zu berichten. Ich erzählte ihm alles – nur nicht, wie ängstlich ich geworden war. Ich hatte das Flugblatt nicht aufgehoben, aber ich wusste immer noch, was darauf gestanden hatte.

»Karl, was meinen die Engländer damit, dass die deutschen Soldaten Verbrecher sind und zur Rechenschaft gezogen werden?«

Karl sagte eine ganze Weile gar nichts und ich wartete, was für eine Erklärung er mir geben würde.

»Weißt du, Hilde, wir haben so viele gute Männer in Italien verloren. Das Kloster von Monte Cassino ist zerstört worden. Ich habe Albträume seit dem Geschehen dort. Die Mönche rannten um ihr Leben, und trotzdem sangen und beteten sie unaufhörlich. Sie liefen mitten in die Kämpfe hinein und hielten große Kreuze zum Himmel. Dann knieten sie sich auf die Erde, als ob rings um sie gar nichts passierte. Ganz furchtlos. Ich beneidete sie um die Kraft, die ihnen ihr Glaube verlieh, und um ihren Stolz. Ich hoffte, ihre Gebete würden uns alle retten. Für einen Moment war es ganz ruhig. Als ob Gott unser Flehen erhört hätte und uns Frieden gönnte. Aber dann ging es erst richtig los. Bomben fielen und Maschinengewehre schossen von allen Seiten. Als der Rauch sich endlich verzog, war kein einziger mehr von den Mönchen zu sehen. Es war, als hätte die Erde sie verschlungen.«

Karl zitterte und ich zog ihn näher zu mir, um ihn mit meinem Körper zu wärmen.

»Hilde, du weißt, ich bin auf dem Wege nach Frankreich zu meinem alten Regiment.«

»Karl, wann hört das endlich auf, wann dürfen wir alle friedlich als Familien weiterleben? Gibt es niemanden auf unserer Seite, der diesem Wahnsinn ein Ende machen kann?«

»Hilde, glaube mir, es wäre besser für uns alle, wenn du nicht daran denken würdest. Je weniger du weißt, umso sicherer ist es für dich und die Kinder.«

Kapitel 52

6. Juni 1944

Ich lief zu Maria, sie sollte so schnell wie möglich zu uns kommen. Ich hatte im BBC eine Ansprache in Englisch gehört, vom amerikanischen General Eisenhower. Ich wollte, dass Maria übersetzte. Die Ansprache hörte sich dringlich an, und ich hatte ein paar Worte wie *defeat, allies, enemy, liberation* verstanden.

Ich wusste, etwas war passiert, besonders, weil die deutsche Propaganda sofort das Gegenteil sendete:

Im Gegensatz zu den Berichten, die von der englischen Armee verbreitet wurden, war ihr Angriff nicht erfolgreich. Unsere tapferen Truppen wurden keineswegs in Frankreich von den Engländern zurückgetrieben. Unsere Soldaten waren auf die Angriffe gut vorbereitet. Die meisten der britischen Fallschirmspringer verloren bei der Landung ihr Leben oder wurden gefangen genommen. Unsere Gedanken sind bei unserem Führer und unseren Soldaten. Heil Hitler!

Als ich mit Maria zurückkam, saß Frau Bucker immer noch vor dem Radio. Sie hatte sich nicht vom Fleck gerührt. Das Radio war so laut wie noch nie. Wir kümmerten uns schon lange nicht mehr darum, wer uns hörte.

»Es ist der König.«

»Welcher König?«

Frau Bucker hatte uns nicht kommen gehört. »Frau Bucker?« Sie drehte sich zu mir um. »Der englische König. Er spricht zu seinem Volk.« Maria hatte immer noch ihre Jacke an und Manfred an der Hand.

»Was hat er gesagt?«

»Ich habe nur die Hälfte verstanden, aber so ähnlich wie: ›Die englische Armee und ihre Verbündeten werden jetzt aufs Härteste gefordert. Wir sprechen hier zu allen Nationen, um mit uns für die Freiheit Europas zu beten.‹«

Ich ging in die Küche, um Manfred und Karl-Heinz ein Glas Milch zu holen. Maria rief mich zurück.

»Hilde, hier ist noch einmal Eisenhowers Ansprache.«

Soldaten, Matrosen und Flieger der Alliierten! Wir befinden uns auf dem größten Feldzug der Weltgeschichte. Die Menschen erwarten von uns ein Ende der Kämpfe und Frieden. Zusammen mit unseren Verbündeten werden wir die deutsche Kriegsmaschinerie zerstören. Wir werden damit das Ende des Naziregimes herbeiführen, das die Welt in den letzten Jahren terrorisiert hat. Dies wird kein leichter Kampf werden. Die Deutschen sind gut ausgerüstet, organisiert und kampferprobt. Aber wir sind jetzt dem Feind überlegen. Zusammen mit unseren Verbündeten marschieren wir dem Sieg entgegen. Gott schütze unsere Truppen.

»Frau Bucker? Frau BUCKER!!!«

Kapitel 53

»Sie haben uns vielleicht Angst gemacht.« Karl-Heinz und ich waren bei Frau Bucker oben, wir brachten ihr eine dünne Suppe mit Steckrübenbrot. Wir hatten uns an das Brot gewöhnt, und ich war immer noch überrascht, dass man aus Steckrüben und wenig Mehl Brot backen konnte.

Ich wollte ihr beim Essen helfen, aber sie ließ mich nicht.

»Hilde, ich hatte zwar einen Herzanfall, aber das ist jetzt schon über einen Monat her. Hört endlich auf, mich wie ein Kind zu behandeln. Die Ärzte haben zwar gesagt, ich solle mich noch schonen, aber sonst geht es mir gut. Was sollen Karl-Heinz und Ursula von mir denken, wenn ihre ›Tante‹ immer im Bett sitzt?«

Karl-Heinz saß neben ihr.

»Karl-Heinz, holst du mir meinen Morgenmantel aus dem Schrank, ich stehe jetzt auf. Du kannst mir helfen, ihn anzuziehen.« Karl-Heinz sprang vom Bett und lief zum Kleiderschrank.

Später saßen wir alle um ihren Küchentisch und die Kinder bekamen einen Keks und jeder ein Glas Milch, als Frau Bucker fragte:

»Hilde, wann sagst du mir endlich, was im letzten Monat alles passiert ist? Ich weiß, das Krankenhaus hat euch verboten mich aufzuregen, aber jetzt bin ich wieder hier, und ich rege mich mehr auf, wenn ich nicht weiß, was los ist.«

»In Frankreich kämpfen sie immer noch. Die deutsche Armee hatte schwere Verluste und viele Verletzte. Einer davon ist Feldmarschall Rommel.«

»Rommel ist ...?«

»Nein, nein, aber er ist schwer verletzt.«

»Wir bekommen kaum noch Berichte darüber, und wenn wir welche bekommen, wissen wir nicht, was wir glauben können. Deutsche Programme sagen, er sei im Krankenhaus in seiner Heimatstadt. Vom BBC haben wir gar nichts gehört. Wir beten jeden Abend, dass er überlebt.«

»Wie ist es passiert?«

»Sein Fahrzeug wurde von der englischen Luftwaffe angegriffen.«

»Wann war das?«

»Am siebzehnten Juli.«

»Hast du von Karl gehört?«

»Nein, kein Wort. Ich bin hier zur Kaserne gegangen und hoffte, sie könnten mir eine Auskunft geben. Aber es war vergeblich. Ich glaube, die wissen noch weniger als wir.«

Jemand hämmerte an die Wohnungstür.

»Frau Bucker, ist Hilde bei Ihnen?«, rief Maria vom Treppenhaus. Wir ließen sie rein, sie war außer Atem.

»Erika hat angerufen. Wir sind so schnell wir konnten hergekommen.«

»Was ist passiert, soll ich zurückrufen?« Ich war schon auf dem Weg zur Treppe.

»Nein, nein, komm zurück. Warte eine Minute, bis ich Luft geholt habe.«

Maria litt unter dem schweren Essen, das es jetzt nur noch gab. Keine frischen Nahrungsmittel, nur das ewige Brot und die Kartoffeln – das machte ihrer fülligen Figur zu schaffen. Ich machte mir große Sorgen, gerade jetzt, nach Frau Buckers Herzanfall.

»Du kannst sie nicht anrufen, sie packen in Dänemark alles zusammen, sie sind auf dem Rückweg nach Tilsit.«

»Was? Warum? Irgendetwas ist passiert.«

»Ein Attentat auf Hitler.«

Für einen Moment waren wir sprachlos. Dann fragte Frau Bucker:

»Ist er tot?«

»Nein, es ist ein großes Durcheinander, aber er hat überlebt.«

»Nein, das gibt es doch nicht, er hat überlebt? Wo war dieser Anschlag?«

»In der Wolfsschanze in Ostpreußen.«

»In Ostpreußen. Oh mein Gott, Karl, wo ist Karl?«

Kapitel 54

»Was war das?«, fragte Maria.

Wir hatten Klaus, Hugo und Renate von der Schule abgeholt. Sonnabends war ein kurzer Schultag, und die Kinder bekamen außer Milch kein anderes Essen. Um 12:30 Uhr hatten wir vor dem Schultor gestanden, um in die Eisdiele am Zingel zu gehen. Ich hatte es Klaus als Geburtstagsgeschenk versprochen, obwohl der Geburtstag schon vor ein paar Wochen war. Klaus wollte mich beim Gehen nicht mehr an die Hand nehmen. Er meinte, dazu wäre er mit seinen sieben Jahren schon zu groß.

Zur Eisdiele mussten wir von der Bahnhofsschule aus etwa 15 Minuten gehen, und wir kamen dabei am Theater vorbei. Jedesmal wenn ich in der Nähe des Theaters war, sah ich sehnsüchtig dorthin. Ich erinnerte mich an die Zeit, wo ich nichts Anderes wollte, als Sängerin werden.

Hannelore wollte uns dort in ihrer Mittagszeit treffen. Sie hatte bei Kressmann eine Lehrstelle bekommen, ohne ein Pflichtjahr abgelegt zu haben.

»Wo sind Frau Bucker und Inge?«, fragte sie, als Karl-Heinz ihr entgegenlief.

»Der Weg ist noch ein bisschen zu weit für Frau Bucker, und Inge muss heute arbeiten.«

»Heute? Ich dachte, sie hätte jeden zweiten Sonnabend frei?«

»Ja, sie hat getauscht, ihre Mutter hat nächste Woche Geburtstag, und dann möchte sie dabeisein.«

»Was war das?«, fragte Maria noch einmal.

»Das war eine Bombe!« Hannelore lief zur Tür.

Dann hörten wir es alle. Ohrenbetäubender Lärm. Die Menschen an den Tischen sprangen auf. Stühle kippten um. Eisbecher zerschellten auf den Fliesen.

»Raus! Raus! Alle zum Theater in den Keller!«, rief der Besitzer. Chaos überall. Alles drängelte nach vorne, Mütter und Kinder. Hannelore hatte Karl-Heinz und Manfred an der Hand und war schon aus der Tür. Ursula, immer noch in ihrer Karre, protestierte: Sie wollte ein Eis. Klaus weinte.

»Komm schnell, Klaus!«

»Mama, mein Eis!«

»Klaus, nimm Renate und Hugo, schnell, schnell! Los, los!« Wir rannten zum Theater. Ich wollte die Kinder auf gar keinen Fall aus den Augen verlieren und rief beim Laufen ihre Namen. Ich hörte Maria hinter mir schnaufen. Ich drehte mich zu ihr um. Dann sah ich sie in der Menschenmenge, und sie winkte mir zu, ich solle weiterlaufen. Die ganze Zeit über hörte man ein Knallen in der Ferne, und ich sah Rauchwolken aufsteigen.

Im Keller des Theaters trafen wir uns alle wieder. Wir fanden noch Platz zwischen alten Kostümen. Karl-Heinz hatte die Augen geschlossen und seine Hände über die Ohren gelegt. Die Kinderkarre hatte ich draußen gelassen, und Ursula klammerte sich an mir fest.

»Bumm, bumm«, flüsterte sie ängstlich.

»Mama, ich muss mal«, sagte Renate.

»Ich auch.« Karl-Heinz wollte auf gar keinen Fall in einem dunklen Keller sitzen.

Hannelore stand auf. »Ich gehe mit beiden. Wir sind gleich wieder da.«

»Sei vorsichtig und beeile dich.«

»Hast du gesehen, in welcher Richtung die Bomben gefallen sind?«

»Südlich.«

Der Pförtner des Theaters kam in den Keller.

»Die Gefahr ist erstmal vorbei, die Sirenen haben Entwarnung gegeben. Bitte alle nach Hause!«, rief er. Die Leute standen auf und umringten den Pförtner.

»Ist Hildesheim wirklich angegriffen worden?«

»Wo fielen die Bomben?«

»Ist jemand verletzt?«

»Warum haben wir keine Warnung gehört?«

»Sind Sie sicher, dass es jetzt vorbei ist?«

»Leute, bitte gehen Sie jetzt. Ich weiß auch nicht mehr als Sie.«

Frau Bucker ging aufgeregt auf der Straße auf und ab, bis sie uns kommen sah. Trotz ihrer Herzprobleme lief sie uns entgegen.

»Gott sei Dank, da seid ihr ja. War es ein Fliegerangriff? Wo ist Hannelore?«

»Hannelore ist zurück zu Kressmann. Klaus, lauf vor und sag Hannelores Oma Bescheid. Sie wird sich schon Sorgen machen.«

»Ich auch!«, sagten Hugo, Renate, Karl-Heinz und Manfred. Sie hofften auf einen Keks, den Hannelores Oma immer für sie hatte.

Ursula klammerte sich jetzt an Frau Bucker, sah sie an und sagte: »Bumm, bumm!«

Vom Küchenfenster aus sah ich einen Jungen in unsere Haustür laufen. Lautes Bollern an meine Wohnungstür. »Frau Päkel, Frau Päkel!«

Maria machte die Tür auf, und da stand Inges kleiner Bruder. Barfuß, mit schmutzigem, von Tränen verschmiertem Gesicht. »Frau Päkel, Sie sollen ganz schnell kommen! Schnell, schnell!« Er zog mich am Arm.

»Friedhelm, ist deiner Mutter etwas passiert?« Ich war schon halb aus der Tür.

»Nein, Inge! Die Zuckerfabrik wurde bombardiert!«

Kapitel 55

Rauch, Feuer und viel, viel Rauch. Wir konnten kaum etwas sehen. Ich hatte Inges Mutter an der Hand. Der Lärm um uns herum war ohrenbetäubend. Sirenengeheul von Feuerwehr und Krankenwagen, Schmerzensschreie und Stimmengewirr von Menschen, die Namen riefen.

»Inge, Inge!« Wenn Inges Mutter nicht rief, war ich es oder ihr kleiner Bruder. »Inge, Inge!«, immer wieder.

Ich war mit Inges Bruder zu seiner Mutter gelaufen. Sie stand schon draußen vor der Tür.

»Hilde, ich muss zur Zuckerfabrik, ich muss meine Inge finden.«

Sie wischte nervös mit den Händen an ihrem geblümten Kittel. Den Kittel, den Inge ihr zu Weihnachten geschenkt hatte. Sie trug ihn immer, wenn sie das Essen vorbereitete. Ich hatte den Kittel damals mit Inge zusammen in dünnes Weihnachtspapier eingepackt. Die Hände von Inges Mutter waren sauber und trocken, und trotzdem ließ sie den Kittel nicht los. Sie sah mich flehend an.

Ich stellte mich einfach vors nächste ankommende Fahrzeug. Der Fahrer bremste und drehte das Fenster runter.

»Sind Sie verrückt? Ich hätte Sie überfahren können.«

Ich hatte die Beifahrertür schon aufgerissen und schubste Inges Mutter in den Wagen.

»Was fällt Ihnen ein?«

»Wir müssen zur Zuckerfabrik, da ist eben eine Bombe eingeschlagen, und ihre Tochter arbeitet dort«, rief ich vom Rücksitz aus, neben mir Inges Bruder.

Ohne ein weiteres Wort fuhr er los. Vor der Zuckerfabrik waren die Straßen gesperrt. Junge Soldaten, die noch wie Kinder aussahen, regelten den Verkehr.

»Ich muss Sie hier rauslassen, weiter kann ich nicht«, sagte der Fahrer.

Inges Mutter war schon ausgestiegen und lief mit anderen zur Fabrik oder was davon noch übrig war. Ich stolperte über ein Fahrrad, stand wieder auf und fasste mit der Hand an mein rechtes Knie. Es schmerzte und blutete.

»Inge, Inge, Inge, wo bist du?«, hörte ich Inges Mutter rufen. Ich hatte sie erreicht und sah, wie die Menschen trotz Feuer und Rauch mit bloßen Händen in den Trümmern wühlten. Sie suchten nach Verschütteten.

»Haben Sie meine Tochter gesehen?«, fragte Inges Mutter einen jungen Soldaten.

»Arbeitet sie hier?«

»Ja, heute hat sie eigentlich ihren freien Tag. Da sollte sie gar nicht arbeiten. Aber ich habe nächste Woche Geburtstag und sie hat getauscht. Inge, Inge, wo bist du?«

»Gehören Sie drei zusammen?«, fragte er mich.

Ich nickte, er hätte mich bei dem Lärm nicht hören können.

»Gehen Sie zu dem Mann da drüben. Er hat eine Liste von den Leuten, die hier heute gearbeitet haben. Er kann ihnen Auskunft geben.«

Inges Mutter war schon dort und zog den Mann am Arm.

»Wo ist meine Inge?«

»Name?«

»Inge.«

»Müller«, sagte ich.

»Inge Müller? Steht nicht auf der Liste. Sind Sie sich sicher, dass sie heute hier war?«

Ich sah einen jungen Mann, mit dem Inge im selben Büro arbeitete, und winkte ihn zu uns rüber.

»Inge ging kurz vor dem Angriff in die Kantine, um nach Kaffee zu fragen.«

»Wo ist die Kantine?«, fragte ich.

»Da, am anderen Ende. Da, wo es brennt.« Er zeigte in die Richtung. Dann merkte er, was er gerade gesagt hatte. »Oh mein Gott, Inge.« Er wurde ganz grün im Gesicht und erbrach sich auf die Füße des anderen Mannes. Der trat sofort einen Schritt zurück.

»Reißen Sie sich zusammen!«, brüllte er. »Sehen Sie lieber hier auf die Liste und sagen Sie mir, welche Namen sonst noch fehlen.«

Er drehte sich zu Inges Mutter: »Beruhigen Sie sich. Vielleicht ist Ihre Tochter schon im Krankenhaus.«

»Inge, Inge, Inge, wo bist du?«, rief sie immer wieder.

***

Die Sirenen, die uns vor einem Fliegerangriff hätten warnen sollen, waren erst eine Woche zuvor vom Bismarckturm abgebaut worden. Die Soldaten, die den Luftraum beobachtet hatten, wurden woanders gebraucht. Die neuen Sirenen in der Stadt hatten nicht funktioniert.

An jedem der folgenden Tage ging eine von uns mit Inges Mutter und Bruder zur Zuckerfabrik, um sie zu suchen. Wir wussten, es war sinnlos, aber wir wollten ihrer Mutter nicht die Hoffnung nehmen. Es dauerte zwei Wochen, bis alle Toten gefunden wurden. Die letzten waren so stark verbrannt, dass sie nicht mehr zu erkennen waren. Um Inges Mutter den Anblick zu ersparen, gingen Maria und ich zusammen mit Inges Bruder, in der Hoffnung, Inge identifizieren zu können.

Acht verkohlte Leichen lagen hinten auf einem Lastwagen. Der Gestank war kaum zu ertragen. Aber wir ließen Inge nicht im Stich. Derselbe junge Soldat, den wir nach dem Angriff gefragt hatten, schüttelte den Kopf und sagte zu Friedhelm:

»Es tut mir leid, aber wir sind uns nicht sicher, welches deine Schwester ist.«

»Ich habe meiner Mutter versprochen, dass ich Inge finde«, sagte er zu uns und kletterte schon hoch. Ich nickte dem Soldaten zu, und er half Maria und mir nach oben. Wir legten unsere Hände über die Nasen, um uns etwas vor dem Geruch zu schützen. Mit der anderen Hand hoben wir die Planen hoch.

Die größeren Leichen waren Männer, nahmen wir an. Aber ganz hinten lag ein kleiner, gekrümmter Körper. Um den Hals eine Kette mit Hildesheimer Rosen. Sie war bei dem Feuer nicht geschmolzen. Das war die Kette, die ich Inge vor Jahren zu Weihnachten geschenkt hatte.

Wir beerdigten Inge am 21. August 1944, drei Wochen nach dem Angriff auf die Zuckerfabrik. Die Nacht vor der Beerdigung verbrachten wir alle im Keller. Es wurde ein neuer Bombenangriff erwartet.

Familie, Freunde und ehemalige Kollegen versammelten sich um Inges Grab. Mit ihr waren noch 33 ihrer Kollegen ums Leben gekommen. Wir hatten für die Kinder Rosen besorgt, und jedes Kind ging nach vorne an das Grab und warf seine Rose zu Inge hinunter.

Kapitel 56

14. Oktober 1944, Hildesheim

Es ist unsere traurige Pflicht, dem deutschen Volk mitzuteilen, dass Generalfeldmarschall Erwin Rommel heute, am 14. Oktober 1944, in seiner Heimatstadt Herrlingen seinen Verletzungen, die er sich bei dem Angriff der britischen Luftwaffe in Frankreich im Juli 1944 zugezogen hat, erlegen ist. Das Staatsbegräbnis wird am 18. Oktober in Ulm stattfinden. Unser Führer hat Feldmarschall Rommels Familie sein Beileid ausgedrückt. Unser Führer ist, wie wir alle, zutiefst erschüttert. In seiner offiziellen Erklärung sagte unser Führer, dass unser Land einen der größten Feldherrn aller Zeiten verloren habe. Heil Hitler!

Tot! Feldmarschall Rommel ist tot. Er hat den Angriff in Frankreich im Juli doch nicht überlebt. Er ist heute seinen Verwundungen erlegen. Warum wurde uns dann bis vor ein paar Tagen berichtet, dass er auf dem Wege der Besserung sei?

Alle unsere Hoffnungen, dass dieser Krieg doch noch ein gutes Ende nehmen könnte, waren jetzt zerstört. Um unsere Kinder zu schützen, taten wir so, als ob alles normal wäre. Die folgenden Tage erlebten wir wie einen Albtraum.

Maria und ich gingen eine Woche nach der Beisetzung ins Kino, um die Nachrichten in der Wochenschau zu sehen. Wir hofften, sie würden von dem Staatsbegräbnis berichten. Was sie zeigten, war nur ein ganz kurzer Ausschnitt, und dann folgten sofort die üblichen Propagandareden. Wir standen auf und gingen schweigend hinaus.

Dann kam Karl nach Hause. Ich sah ihn durch das Küchenfenster die Straße entlangkommen und lief zur Tür. »Klaus, Renate, Karl-Heinz, da kommt Papa! Schnell, lauft ihm entgegen!«

»Ich!«, sagte Ursula. Ich nahm sie auf den Arm und ging ins Treppenhaus. Karl war glücklich, seine Kinder zu sehen. Aber als er endlich vor mir stand, sagte er nur: »Hilde, halte mich ganz, ganz fest.«

Später am Abend fragte ich ihn:

»Karl, ist Rommel wirklich an den Folgen seiner Verwundung gestorben?«

»Ich habe ihn erst zehn Tage vorher gesehen, und es ging ihm gut.«

»Wie meinst du das, Karl?«

»Viele von uns glauben nicht, dass dies der Grund für seinen Tod ist.«

Kapitel 57

Dezember 1944 – ein Brief von Erika

Meine liebste Schwester! Du kannst Dir nicht vorstellen, wie sich das Leben hier verändert hat. Unsere Mutter ist nur noch Haut und Knochen. Wenn ich sie anspreche, antwortet sie kaum. Entweder hört sie mich nicht oder will von gar nichts mehr wissen. Ihre Welt, so wie sie sie kannte, gibt es nicht mehr. Wir haben immer noch nichts von Arno gehört, und er ist jetzt schon sieben Jahre weg. Wir wissen nicht, ob er überhaupt noch lebt.

Herbert und Helmut kämpfen irgendwo einen sinnlosen Kampf. Gisela arbeitet so schwer und hilft zu Hause, wo sie kann. Sie versucht immer, unsere Mutter etwas aufzuheitern. Traute mit ihren kaum fünfzehn Jahren ist ein richtiges Flittchen geworden. Sie wollte noch nie viel arbeiten und ist bei einem russischen Offizier eingezogen. Sie macht sich dort auf unsere Kosten ein gutes Leben. Unsere Mutter wollte es bei der Polizei melden, aber Gott sei Dank, konnten Gisela und ich sie davon abhalten.

Lisbet ist schon lange fort, zurück zu ihrem Mann. Irgendwo in Sachsen in Limbach-Oberfrona. Er hat sie wieder mit offenen Armen empfangen. Wie kann er so verrückt sein?

Günter wurde eingezogen, ein zarter Junge von vierzehn Jahren. Unsere Mutter weint den ganzen Tag um ihren jüngsten Sohn. Wir wissen noch nicht einmal, wo er ist.

Ich danke jeden Tag dem lieben Gott, dass er uns Oleg, Ludmilla und die Kinder geschickt hat. Sie halten hier alles so gut es geht zusammen und muntern uns auf. Oleg ist pfiffig und listig. Er weiß genau, was er tut. Er kann die russischen Soldaten, die jetzt hier überall sind, um den Finger wickeln. Sein Russisch ist hervorragend und die russische Verwaltung respektiert ihn. Er kann verhandeln und bekommt nach langem Hin und Her genau das, was er will.

Königsberg wurde letzten Monat bombardiert. Die Stadt brannte mehrere Tage lang. Wir konnten es bis hierher sehen. Dann kamen die Russen. Viele unserer Bekannten sind schon geflüchtet. Alle in Richtung Berlin. Unsere Tanten und Onkel, Cousinen und Cousins sind alle schon fort. Wir haben alle Angst, dass die Russen hier bald alles besetzen. Dann kann uns nur noch Gott retten.

Ich bin froh, dass wir zurück nach Tilsit geschickt wurden. Heimlich planen auch Oleg, Ludmilla, Gisela und ich unsere Flucht. Gisela träumt davon, bald in

Thüringen, in Sondershausen zu wohnen. Dort kommt ihr Freund her, und sie hat die Adresse seiner Mutter.

Unsere Mutter weiß davon nichts. Wenn wir loswollen, laden wir sie einfach auf Olegs alten Lastwagen und fahren mitten in der Nacht los. In der Zwischenzeit verstecken wir schon alles, was wir mitnehmen wollen, in unserem alten Versteck.

Jeder von uns hat Deine Anschrift und wir hoffen, dass wir uns bei Dir wiederfinden. Ich kann Dich jetzt nicht mehr anrufen, es ist zu riskant. Ein Freund von mir will heute mit seiner Familie los, und er nimmt diesen Brief mit. Gott beschütze ihn. Ich hoffe, er wird Berlin erreichen und kann meinen Brief an Dich abschicken.

Hilde, bleib tapfer.

PS: Bis bald!

PPS: Mach Dir um uns keine Sorgen, wir schaffen das schon.

PPPS: Erich wird sich auch bei Dir melden. Ich habe ihm ausdrücklich verboten, nach Tilsit zu kommen.

Deine Erika

***

Ich legte den Brief auf den Küchentisch. Er war nicht datiert, war aber am 15.11.1944 in Berlin abgestempelt worden. Das war vor einem Monat.

»Mach dir um uns keine Sorgen, schreibt sie«, sagte ich zu Karl, der den Brief schon zum dritten Mal gelesen hatte. »Wann, meinst du, hat sie ihn geschrieben?«

»Wir hörten, dass Königsberg abgebrannt ist, das war im Oktober. Erika schreibt in ihrem Brief ›letzten Monat‹. Dann hat sie den Brief wohl Anfang November geschrieben«, antwortete Karl.

»Ob sie jetzt schon unterwegs sind? Vielleicht weiß Helene etwas. Ihre Nachbarin hat ein Telefon, ich werde versuchen, dort anzurufen.«

»Sei vorsichtig, was du sagst, damit Helene keine Schwierigkeiten bekommt.«

»Nein, ich frage nur, ob sie etwas von zu Hause gehört hat. Karl, weißt du schon, ob du bald wieder irgendwohin abkommandiert wirst?«

»Nein, ich habe noch nichts gehört. Es hat doch sowieso alles keinen Sinn mehr. Vielleicht vergessen sie mich ja einfach und ich kann hierbleiben. Glauben tue ich das natürlich nicht.«

Kapitel 58

Karls neuer Befehl kam in einer kalten, verschneiten Februarnacht 1945.

Der neue Marschbefehl wurde persönlich überbracht. Der Krach hatte vor uns schon die Nachbarn geweckt, die im Treppenhaus standen, um zu sehen, was los war. Das laute Schlagen der Autotüren und das Getrampel der schweren Stiefel der Gestapo auf den Steintreppen hatte alle aus dem Schlaf gerissen. Karl sprang auf, nahm sich seine Hose und war sofort an der Tür. Er wollte die Kinder nicht aufwecken. Sie sollten nicht mit ansehen, was ihrem Papa nun vielleicht passierte.

Aber Klaus, Renate und Karl-Heinz standen schon an unserem Bett. Renate hatte Ursula an der Hand und die Jungen hielten die Gasmasken fest. Die Kinder fragten nichts und sagten kein Wort. Wir hatten sie darauf gedrillt, sich bei Alarm im Dunkeln schnell anzuziehen, die Gasmasken mitzunehmen und runter in den Keller zu gehen.

Unsere Tür zum Hausflur war nun offen, und da standen zwei Männer von der Gestapo.

»Offizier Päkel?« Ich sah Frau Bucker die Treppe herunterkommen. Sie ging an der Gestapo vorbei und nahm die Kinder mit ins Kinderzimmer.

»Jawohl.«

»Ihr Einsatzbefehl kam gerade, und wir wollten ihn sofort überbringen.« Mit einem grinsenden Gesicht überreichte er Karl ein Stück Papier.

Jetzt sah ich, dass es unser ehemaliger Postbote war, der mir vor Jahren gesagt hatte, unsere Zukunft liege in der Waffen-SS. Ja, seine Zukunft. Er war zur Gestapo gegangen.

»Möchten Sie nicht wissen, wohin Sie abkommandiert werden?«, fragte er, als er merkte, dass Karl noch keinen Blick auf das Formular geworfen hatte.

»Hans, du wirst es nicht glauben, aber wir können selbst lesen«, erwiderte ich ihm und knallte ihm die Tür vor der Nase zu. Innerlich zitterte ich. Jetzt gelang es mir nicht mehr, die tapfere Frau zu spielen. Karl musste wieder fort und ich blieb mit vier kleinen Kindern hier.

»Heute ist kein Alarm, geht schön wieder in euer Bett«, hörte ich Frau Bucker sagen. Dann verließ sie leise die Wohnung.

Karl hatte in der Zwischenzeit die Papiere gelesen und zitterte.

»Karl, sag es endlich. Wo musst du hin?«

Der Zettel flatterte zu Boden.

»Russland.«

»Russland? Karl, was sollst du noch in Russland? Die Russen sind schon in Polen und Ostpreußen. Warum schicken sie dich nach Russland?« Ich hob das Papier auf.

Ich wollte es selbst lesen. Er musste es falsch verstanden haben.

»Du bleibst einfach zu Hause, wir haben die Anordnung falsch verstanden. Was können sie denn noch tun?«

»Unser Gestapo-Postbote würde nichts lieber tun, als mich höchstpersönlich hier abzuholen. Er würde mich vielleicht sogar, hier vor den Kindern, mit demselben Grinsen erschießen.«

»Karl, bitte geh nicht, bitte, bitte, bleib hier. Wir finden einen Weg. Wir gehen morgen früh gleich hier zur Standortverwaltung. Vielleicht können sie den Befehl noch ändern. Oder du bist krank und kannst einfach nicht«, flehte ich ihn an.

»Hilde, ich bin Offizier und muss den Befehlen folgen, ohne Fragen zu stellen. Morgen muss ich los. Nein, heute. Es ist ja schon nach Mitternacht, und mein Zug geht um 14 Uhr.«

Kapitel 59

Chaos. Am Hauptbahnhof wimmelte es von Menschen. Sie drängelten, schubsten, riefen Namen, weinten. Mütter mit Kinderkarren, an der Hand ihre Jungens in Uniform. Alte Frauen mit alten Männern. Männer, die zu schwach waren, ihren Rucksack zu tragen, sahen sich verwirrt um. Was sollten sie noch im Krieg?

Die Gestapo brüllte Anweisungen. Dampf und Krach von den Lokomotiven. Die waren so laut wie ungeduldige, eingesperrte wilde Tiere, die losrennen wollten.

Ich klammerte mich an Karl fest. Ich wollte ihn nicht loslassen. Er suchte einen Platz im Zug.

Dann stand eine junge Frau vor uns. Im Pelzmantel, den Schal um den Hals gewickelt und eine Pelzmütze auf dem Kopf. Sie hielt uns an.

»Sie!« Sie zeigte auf Karl. »Sie nehmen ihn mit und passen auf ihn auf. Sie sorgen dafür, dass er wieder nach Hause kommt!«

Hinter ihr stand ein Junge, nicht älter als vierzehn Jahre. Die Uniform war viel zu groß für ihn. Die Feldmütze ging ihm bis über die Ohren. Er war gebeugt von dem Gewicht seines Rucksackes. Seinen Stahlhelm hielt er in der Hand.

Sie wartete nicht auf Karls Antwort. Sie kniete sich zu ihrem Sohn herunter, sah ihm in die Augen und sagte:

»Paul, du gehst mit diesem Offizier. Du weichst ihm nicht von der Seite. Er sieht vertrauenswürdig aus.« Sie drückte ihn noch einmal an sich und verschwand.

Ein ängstliches Kind stand nun vor Karl und sah ihn an. Karl legte eine Hand auf seine Schulter.

»Paul, so wie ich es sehe, sind wir beide nun Kameraden. Deine erste Aufgabe als Soldat ist, uns irgendwo einen Platz zum Sitzen zu suchen.«

»Jawohl, Herr Kommandant«, sagte er schüchtern. Salutierte, wie es ihm jemand gezeigt hatte, und war schon im Zug.

Nach zwei Minuten kam er aufgeregt zurück. »Ich habe zwei Plätze gefunden. Mein Rucksack liegt schon dort. Soll ich da auf Sie warten?«

»Ja, Paul, ich komme gleich.«

Der Zug pfiff. Einer von der Gestapo kam auf Karl zu. »Sie müssen sich jetzt beeilen, der Zug fährt gleich ab. Sie wollen ihn doch nicht etwa verpassen.«

»Doch, Karl, verpasse den Zug. Was können sie tun, wenn du den Zug verpasst?«, flüsterte ich ihm zu.

Karl sah mich traurig an. Sein Gesicht war ganz grau. Er nahm mich in den Arm. Hätte er mich jetzt nicht festgehalten, wäre ich zusammengeklappt.

»Hilde, wir müssen uns jetzt verabschieden.« Er musste meine Finger einzeln von seinem Mantel lösen, so fest hielt ich ihn. Der Zug pfiff wieder, und Dampf umfing uns. Dampf, der eigentlich heiß sein sollte, er fühlte sich an wie eiskalter Nebel.

»Vergiss nie, wie sehr ich dich liebe.« Er stand schon auf der ersten Stufe, und der Zug fuhr langsam los. Er ließ mich nicht aus den Augen. Ich lief noch lange neben dem Zug her.

»Karl, Karl, du hast es mir versprochen!«

»Was?«, rief er zurück.

»Wir machen Urlaub in Monte Cassino«, rief ich ihm hinterher. Aber der Zug hatte an Geschwindigkeit zugenommen, und Karl konnte mich nicht mehr hören.

Ich stand noch im Dampf der Lokomotive, aber der Zug war nicht mehr zu sehen. »Karl, Karl!«

Karl auf dem Weg nach Russland

Kapitel 60

22. März 1945, Hildesheim

»Lauf, lauf schneller, Maria, schneller!« Ich hatte es als Erste gehört. Ein Dröhnen hinter uns. Ich sah mich um und nach oben. Der Himmel, der eben noch ganz blau gewesen war, wurde schlagartig schwarz. Wie ein Schwarm von Raubvögeln, die ihre Opfer suchten, kamen sie herangeflogen.

Es donnerte in unseren Ohren und ein starker Wind fing an zu wehen. Maria schob noch immer die Kinderkarre vor sich her und hatte Manfred an der Hand.

»Lass die Karre stehen und lauf!« Manfred stolperte und fiel hin. Maria zog ihn schnell wieder hoch und lief weiter. Sie zog Manfred hinter sich her.

Ich hielt Karl-Heinz so fest ich nur konnte. Er wollte sich mit den Händen die Ohren zuhalten.

Ursula hatte ich auf den Arm genommen. Sie war schwer, aber ich konnte mich jetzt nicht ausruhen, wir mussten weiter. Ich fühlte die Schmerzen in den Muskeln schon gar nicht mehr, und auch nicht die blutverschmierten Kratzer, die das Unterholz an meinen Beinen hinterließ. Die Sträucher zerrissen unsere Kleider, aber wir liefen weiter. Dann knackte etwas, genau vor uns. Wir blieben stehen, und keiner rührte sich. Ein Reh tauchte kurz vor uns auf und verschwand.

Ein Pfeifen, wie Feuerwerk am Silvesterabend, dann war alles still. Und dann das Knallen. Wieder und wieder und wieder. Die Erde erbebte.

»Schmeißt euch auf den Boden!«, konnte ich gerade noch rufen. Wir warfen uns auf die Erde und schützten die Kinder mit unseren Körpern. Wie Hagel regneten Steine, Holz und Gestrüpp auf uns nieder.

»Hilde, Hilde!« Maria war schon wieder auf den Beinen. »Wir müssen weiter. Wir sind gleich da.«

Ich sah den Bismarckturm vor uns.

»Lieber Gott, mach, dass er offen ist«, betete ich in Gedanken. Wir wussten, er war schon lange nicht mehr besetzt. Hoffentlich hatte ihn niemand abgeschlossen.

Ich raffte mich hoch. Ursula und Karl-Heinz sahen mich ängstlich an.

»Kommt schnell, Karl-Heinz, schnell.«

Die große Holztür war offen. Ich ließ alle vorgehen, dann knallte es schon wieder, ununterbrochen.

Vor der Eingangstür lagen ein paar große Steine. Ich nahm einen und hielt damit die Tür einen Spaltbreit auf. Maria, Manfred und Karl-Heinz saßen auf dem Steinboden neben der Treppe. Ich stellte Ursula hin.

»Mama, bumm bumm«, sagte sie.

Karl-Heinz wimmerte leise. Er hatte seine Augen geschlossen und seine Hände auf die Ohren gedrückt, um den Krach nicht zu hören. Das war seit den Angriffen Karl-Heinz' Methode, um den Bombenlärm zu ertragen.

Ein lauter Knall, ganz in unserer Nähe, der Turm wackelte. Staub und Sand regneten auf uns nieder. Der Sog drückte die Tür des Turmes auf und wieder zu. Ich sprang auf und versuchte, sie festzuhalten, damit sie nicht ganz zuschlug. Ich machte sie weiter auf und nahm schnell noch ein paar Steine zu Hilfe, die eben heruntergefallen waren. Danach setzte ich mich wieder zu den anderen und nahm Ursula auf den Schoß.

***

Wie hatte ich nur so dumm sein können, unser aller Leben zu riskieren? Es war so ein schöner Tag gewesen. Der erste warme Tag in diesem Jahr, endlich hatten wir Frühling. Ich ging mit Ursula und Karl-Heinz zu Maria. Ursula wollte laufen und hielt sich an ihrer Kinderkarre fest. Karl-Heinz lief vor. Er wartete am Ende der Straße auf uns.

»Komm, Maria, es ist so ein schöner Tag und wir waren so lange nicht mit den Kindern draußen. Auf der Wiese spielen zu können, wird ihnen guttun.«

Maria war sich nicht so sicher, aber dann gab sie nach.

»Aber nur bis zum Bismarckturm und nicht weiter.«

***

»Mama, ich habe Angst«, sagte Karl-Heinz.

»Komm, mein Junge, es ist gleich vorbei, dann gehen wir nach Hause«, antwortete ich und legte meinen Arm um seine Schulter.

Ich roch Rauch. Der Rauch zog langsam durch den offenen Spalt der Tür, als ob er uns holen wollte.

Ich stand auf. »Maria, ich gehe mal nach oben. Ich muss sehen, was passiert ist und ob wir nach Hause gehen können.« Ursula klammerte sich an mir fest.

»Ursula, geh mal zu Tante Maria, Mama kommt gleich wieder.« Sie gehorchte sofort. Unsere Kinder weinten schon lange nicht mehr.

»Sei vorsichtig, Hilde, die Sirenen haben noch keine Entwarnung gegeben. Warum ist es so dunkel, es ist doch erst kurz nach 14 Uhr?«

***

75, 76, 77. Die Steinstufen waren hoch und ein bisschen feucht. Ich musste vorsichtig sein, damit ich nicht ausrutschte. Trotzdem war ich noch nie vorher so schnell oben gewesen wie heute. Jetzt noch die 20 Stufen der eisernen Wendeltreppe. Hier hielt ich mich an dem Geländer fest. Das Geländer war rostig und hatte scharfe Metallkanten, die mir in die Hand schnitten. Aber ich lief weiter. Auf der vorletzten Stufe blieb ich stehen. Ich wischte meine Hand am Kleid ab, rote Blutstreifen.

Ich wusste, dass niemand oben war. Trotzdem bückte ich mich und sah mich erst einmal um, bevor ich ganz aufstand.

Hier war es etwas heller als unten, aber ich bekam durch den Rauch kaum Luft. Ich nahm den Rock meines Kleides und hielt ihn über die Nase. Langsam schob ich einen Fuß nach dem anderen vor. Die Steine, die eben heruntergefallen waren, kamen sicherlich von den Wänden hier oben.

Endlich hielt ich mich an einem Stück der Mauer fest. Ich war von Qualm umgeben. Aber ich sah, dass westlich von mir eine riesengroße Rauchwolke zum Himmel zog. Sie war bestimmt mehr als hundert Meter hoch. Unter mir brannte die Stadt. Wir mussten unbedingt nach Hause.

***

Ich trug Ursula auf meiner Hüfte, das war etwas leichter. Umgefallene Bäume, Sträucher und das Feuer machten uns den Rückweg schwer. Am einfachsten war es, wenn ich als Erste über die Bäume kletterte. Dann reichte Maria mir die Kinder, und anschließend half ich Maria. So arbeiteten wir uns langsam zum Ende des Galgenberges vor.

An der Orleanstraße blieben wir stehen, alles lag in Trümmern. Wo vorhin noch Wohnhäuser gestanden hatten, war jetzt ein großes Trümmerfeld. Ringsherum brannte es – Häuser, Dächer, überall Feuer auf den Straßen. Trotz allem kletterten alte Frauen über Backsteine und durchwühlten das Chaos um sich herum. Sie riefen Namen von Menschen, die nicht mehr antworten konnten. Kinder saßen auf Mauerresten. Vor ein paar Stunden hatte dort noch ihre Wohnung gestanden. Die Menschen stellten sich in Reihen auf und reichten Wassereimer von einer Hand zur anderen. Sie versuchten, die Feuer zu löschen.

Verletzte lagen auf der Straße und schrien vor Schmerzen. Verbrannte Körper, die sich krümmten.

Wir versuchten, unsere Kinder vor den Anblicken zu schützen, so gut es ging. Kinder, die jeden Willen weiterzugehen verloren hatten.

Marias Wohnblock brannte.

»Hilde, ich muss hierbleiben, wir finden uns später wieder.«

Ich rannte, so schnell ich konnte. Karl-Heiz wollte vorneweg. Aber ich ließ ihn nicht los.

Möbel standen auf dem Bügersteig vor unserem Haus, Kisten mit Geschirr und Kleidung, alles durcheinander. Die Nachbarn hatten die Arme voll, ließen alles fallen und liefen wieder in die Wohnungen, um so viel wie möglich zu retten. Oben auf dem Dach brannte es, auch die Wohnung von Hannelore und ihren Großeltern.

Frau Bucker sah uns. »Gott sei Dank, ihr seid hier. Wo sind Maria und Manfred?« Ihre Stimme überschlug sich, so schnell kamen die Fragen.

»Sie sind bei sich zu Hause, dort brennt es auch.«

»Lass die Kinder hier und laufe zur Schule.«

Mir wurde schlecht, ich hatte unsere anderen Kinder vergessen. Sie waren in der Schule.

»Hannelore, lauf zu Maria. Sag ihr, ich suche die Kinder«, rief ich ihr zu. Ich sah auf meine Füße. Blut an den Beinen, ein Absatz vom Schuh fehlte. Ich nahm den anderen Schuh und brach den Absatz auch ab. Dann rannte ich los.

Hildesheim 1945

(Quelle: Archiv *Hildesheimer Allgemeine Zeitung*, Abdruck mit freundlicher Genehmigung)

Kapitel 61

Frau Buckers Stimme klingelte mir noch in den Ohren: »Hilde, die Kinder!« Ich musste so schnell wie möglich zur Schule, aber wie? Überall brannte es und die Straßen waren durch Schuttberge versperrt. Man kam nirgends durch.

Ich rannte Richtung Bismarckplatz. An beiden Seiten brennende Häuser. Andere Mütter liefen in dieselbe Richtung. Überall Menschen mit Wassereimern und Frauen, die nach Angehörigen suchten. Laut rufend wühlten sie sich mit bloßen Händen durch das Geröll. Überall standen Koffer zwischen den Trümmern, neben Möbelstücken und Kisten.

Einige Frauen kamen uns entgegengelaufen.

»Wir können dort nicht durch, wir müssen anders herum.« Zwei Frauen blieben vor mir stehen. Ich erkannte die eine, es war die Mutter von Renates Freundin.

»Wissen Sie, ob die Schule noch steht?«, fragte ich sie.

Sie schüttelte den Kopf. Ich krümmte mich vor Schmerzen und mir war schlecht. Aber ich riss mich zusammen. Die Mutter von Renates Freundin half mir, mich wieder aufzurichten. Sie sah, dass ich schwanger war.

»Können Sie weitergehen?«

»Ja.« Ich nickte, ich musste unsere Kinder finden.

»Wir versuchen es durch die Bahrfeldstraße bis zur Moltkestraße, von dort kommt weniger Rauch.«

In der Moltkestraße war alles schon ein bisschen besser organisiert. Feuerwehr und Krankenwagen waren da. Auch ein Weg zum Durchgehen wurde freigeschaufelt.

Alle paar Minuten blieben wir stehen, um Atem zu holen, dann rannten wir weiter. Überall das Gleiche.

Ich rechnete im Kopf, wie spät es sein mochte. Es waren jetzt ungefähr zwei Stunden seit dem Angriff vergangen und die Sonne ging langsam unter. Wir konnten sie kaum sehen, alles war schwarz vom Rauch.

Endlich waren wir an der Schule und atmeten auf. Die Schule war zwar beschädigt, brannte aber nicht.

Wir sahen, wie die Lehrer die Kinder nach Klassen aufreihten und durchzählten.

»Mama, Mama, ich bin hier.« Renate winkte mir zu.

Mir fiel ein Stein vom Herzen. Dann zeigte Renate auf die Reihe, wo Klaus und Hugo standen. Ich heulte vor Freude. Unsere Kinder lebten! Alle drei liefen mir in die Arme.

»Tante Hilde, wo ist meine Mama?«

»Sie ist mit Manfred zu Hause und wartet auf uns. Kommt, wir gehen.«

»Ist jemand tot?«, fragte Klaus. Aber bevor ich antworten konnte, war seine Klassenlehrerin bei uns.

»Frau Päkel, nehmen sie Hugo mit?« Hugo fasste mich sofort bei der Hand. »Ich kann ihn dann abhaken. Wir müssen herausfinden, wo alle Kinder sind.«

»Ist irgend jemandem etwas passiert?«, fragte ich sie.

»Wir hatten Glück. Als der Angriff begann, hatten wir gerade große Pause und waren alle auf dem Schulhof. Wir konnten sie schnell in die Luftschutzkeller bringen. Wir haben Verletzte, und ein paar Lehrer fehlen noch.«

»Mama, ich habe gesehen, wie die Flugzeuge kamen, und wir mussten unsere Gasmasken aufsetzen. Hier, genau so«, erzählte Renate und setzte ihre Gasmaske auf, um es mir zu zeigen.

»Mama, können wir jetzt nach Hause gehen?«, fragte Klaus.

***

Marias Wohnung war unbewohnbar. Wir nahmen Frau Buckers alten Bollerwagen und luden alles ein, was noch etwas Wert hatte. Vor allen Dingen alles Essbare. Dann zogen Maria, Hugo und Manfred bei mir ein.

Das Dach in unserem Wohnblock war ausgebrannt. Aber sonst stand das Haus noch. Hannelore und ihre Großeltern hatten alles verloren. Sie waren jetzt bei Frau Bucker untergekommen.

Unsere Stadt Hildesheim, die hier seit eintausend Jahren stolz gestanden hatte, gab es so nicht mehr. So weit wir sehen konnten, nur Ruinen. Wir wussten, viele Menschen hatten diesen Tag nicht überlebt.

Kapitel 62

Irgendwie musste es weitergehen, und wir halfen uns gegenseitig, so gut es ging. Wir hörten, dass die Hälfte der Bevölkerung Hildesheims ausgebombt war und keine Unterkunft hatte. In den ersten Nächten nach dem Angriff schliefen viele Leute einfach auf der Straße. Sie wollten den Ort, wo ihr Zuhause gewesen war, nicht verlassen. Wo sollten sie auch hin?

Maria suchte für ihre Nachbarn neue Unterkünfte. Sie klopfte an Türen in unserer Straße und fragte, ob die Bewohner noch jemanden aufnehmen konnten. So fand sie Platz für zwanzig Personen.

Andere Menschen folgten ihrem Beispiel, und langsam wuchs unsere Gruppe zu einer Art Großfamilie. Inges Mutter nahm eine ganze Familie bei sich auf, eine Frau mit drei kleinen Kindern. Frau Bucker fand noch Platz für eine ältere Dame, eine Bekannte von Hannelores Großmutter.

Menschen, die sich vorher nicht kannten, teilten sich, was sie hatten. Ein Kampf ums Überleben.

Maria konnte organisieren. Erst gingen wir mit ein paar Jungen in Richtung Stadtmitte, um zu sehen, ob das Rathaus noch stand und ob wir noch Lebensmittelmarken bekamen. Die Innenstadt war völlig zerstört. Vom Rathaus standen nur noch Teile der Außenmauern, innen war alles ausgebrannt. Uns wurde sofort klar, dass wir uns jetzt selber helfen mussten.

Maria teilte alle in Gruppen ein. Die Jungen wurden auf den Schwarzmarkt geschickt, um ausfindig zu machen, ob dort noch getauscht wurde.

Hannelore und ihre Freundinnen mussten auf alle Kinder aufpassen. Wir waren froh, dass unser Hof unbeschädigt geblieben war. Da konnten die kleinen Kinder spielen, ohne dass wir uns um sie sorgen mussten.

Die älteren Frauen machten Küchendienst, dafür wurde Frau Buckers Küche benutzt.

Die größeren Jungen und jüngeren Frauen nahmen Bollerwägen und zogen damit aufs Land, um Wertsachen gegen Lebensmittel zu tauschen oder auch nur, um zu betteln.

Andere Frauen fingen an, die Trümmer aufzuräumen. Von morgens bis abends klopften sie den Mörtel von den Backsteinen und schichteten aufeinander, was noch zu verwenden war.

Die Waterloo-Kaserne stand noch, und wir fragten die paar Soldaten, die dort noch waren, ob wir einen Platz bekommen konnten für gesammelte Kleider, Decken und die wichtigsten Utensilien, die man anderen Menschen, die gar nichts mehr hatten, abgeben konnte. Obwohl viele diese Sachen auch als Tauschgegenstände brauchten.

Erst als die Soldaten die hungrigen Gesichter unserer Kinder sahen, stimmten sie zu. Sie teilten auch ihre letzten Essensrationen. In der Kantine machten sie uns Platz für eine Suppenküche.

Klaus und Hugo durften dort helfen. Sie waren alt genug, um auch mal allein zu gehen. Wir hatten nicht vor, sie zur Schule zu schicken.

Keiner kümmerte sich mehr darum, wo die SS oder die Gestapo geblieben war. Es war, als ob sie der Erdboden verschlungen hätte.

Eine alte Frau fragte einen jungen Soldaten, der die Suppe ausgab: »Werden wir noch einmal angegriffen?«

»Was gibt es hier noch zu bombardieren?«, war seine Antwort.

Maria und ich hatten alles von Wert, was wir einmal besessen hatten, schon in Lebensmittel umgetauscht, und dann sah sie mich, wie ich meine Armbanduhr abnahm und sie einer jungen Frau gab, die zu einem Bauern gehen wollte. Es war die Uhr, die sie mir vor Jahren zu Weihnachten geschenkt hatte. Das Weihnachtsfest, an dem ich Inge die Kette schenkte.

»Nein, die nicht«, sagte Maria.

»Aber Maria, wir brauchen Kartoffeln und Gemüse, vielleicht hat jemand ein Huhn«, protestierte ich.

»Ja, Hilde, aber wer weiß, wozu wir die Uhr noch einmal brauchen. Hier, nehmen Sie das.«

Sie gab ihr ein silbernes Armband und beschrieb genau, was sie dafür erhandeln sollte.

Wir gewöhnten uns an unser neues Leben mit noch mehr Mangel. Wenn die Kinder schliefen und wenn es Strom gab, saßen wir abends zusammen vor dem Radio und hörten deutsche und englische Sender.

Wir hörten von der Zerstörung anderer Städte. Der BBC sendete, dass die britische Armee das Konzentrationslager Bergen-Belsen befreit habe. Bergen-Belsen? Das war doch nicht viel weiter als 60 Kilometer von hier entfernt. Die Briten waren also schon so nah, und dort war ein Konzentrationslager? Genau vor unserer Haustür, und wir hatten das nicht gewusst?

»Was ist ein Konzentrationslager?«, fragte Hannelore. Frau Bucker war die Erste, die antwortete.

»Wir haben Gerüchte über Arbeitslager gehört. Menschen, hauptsächlich Juden, wurden mitten in der Nacht aus ihren Wohnungen geholt und in Lager verschleppt. Wir hatten nicht viele Juden in Hildesheim. Die meisten sind schon nach dem Brand der Synagoge geflüchtet.«

»Aber ich kenne Juden. Sind die in Gefahr?«

»Nein, Hannelore. Ich weiß, wen du meinst, aber die haben entweder eine christliche Frau oder Mann.«

Wir wussten nun, dass die britische Armee ganz in der Nähe war. Also musste einer von uns jetzt immer vor dem Radio sitzen, falls es neue Nachrichten gab. Wir wechselten uns ab.

Der BBC und der Reichssender Hamburg waren die Einzigen, die noch sendeten.

Es war der 1. Mai 1945 um 22:30 Uhr. Wir saßen wieder vor dem Radio, als die Meldung kam.

Vom Führerhauptquartier wurde soeben bekannt gegeben, dass unser Führer heute auf seinem Kommandostand in der Berliner Reichskanzlei gefallen ist. Unser Führer hat bis zum letzten Atemzug gegen die Feinde des Reichs und für das deutsche Volk gekämpft. Unser Führer starb den Heldentot. Vor seinem Tod hat der Führer noch zum Wohle des deutschen Volkes Großadmiral Karl Dönitz zu seinem Nachfolger ernannt. Es folgt nun eine Ansprache von Admiral Dönitz:

‚Deutsche Wehrmacht, meine Kameraden. Der Führer ist gefallen. Getreu seiner großen Idee, die Völker Europas vor dem Bolschewismus zu bewahren, hat er sein Leben eingesetzt und den Heldentot gefunden. Mit ihm ist einer der größten Helden deutscher Geschichte dahin gegangen. In stolzer Ehrfurcht und Trauer senken wir vor ihm die Fahnen. Der Führer hat mich zu seinem Nachfolger als Staatsoberhaupt und als Oberster Befehlshaber der Wehrmacht bestimmt. Ich übernehme den Oberbefehl über alle Teile der Deutschen Wehrmacht mit dem Willen, den Kampf gegen die Bolschewisten so lange fortzusetzen, bis die kämpfende Truppe und bis die Hunderttausenden von Familien des Deutschen Ostraumes vor der Versklavung und der Vernichtung gerettet sind. Gegen Engländer und Amerikaner muss ich den Kampf soweit und so lange fortsetzen, die sie mich in der Durchführung des Kampfes gegen die Bolschewisten hindern. Die Lage erfordert von euch, die ihr schon so große geschichtliche Taten vollbracht habt und die ihr jetzt das Ende des Krieges herbeisehnt, weiteren bedingungslosen Einsatz. Ich verlange Disziplin und Gehorsam. Nur durch vorbehaltlose Ausführung meiner Befehle können Chaos und Untergang vermieden werden. Ein Feigling und Verräter

ist, wer sich gerade jetzt seiner Pflicht entzieht und damit deutschen Frauen und Kindern Not oder Versklavung bringt.'

Im Zimmer hätte man eine Stecknadel fallen hören können.

Dann fragte Hannelore: »Was bedeutet das?«

»Das bedeutet, wir dürfen jetzt unserem lieben Gott danken, dass der Wahnsinn endlich vorüber ist«, sagte Frau Bucker. Sie schlug ihre Hände vors Gesicht und weinte vor Freude und Erleichterung, dass wir überlebt hatten.

Kapitel 63

8. Mai 1945

Die bedingungslose Kapitulation Deutschlands wurde im Alliierten Hauptquartier in Reims im Nordosten Frankreichs unterschrieben. Für Deutschland unterzeichnete Generaloberst Alfred Jodl, für Großbritannien und ihre Verbündeten General Walter Bedell Smith, für Frankreich General François Sevez und für Russland Iwan Susloparow.

Winston Churchill sprach vor dem britischen Unterhaus und erklärte den Sieg der Alliierten und das Ende des Krieges in Europa.

Wir hatten auf diese Nachricht gewartet und deshalb kaum die Wohnung verlassen.

Schon vor einer Woche war Hildesheim von englischen und amerikanischen Soldaten besetzt worden.

Als sie triumphierend einmarschierten, sahen wir an ihren entsetzten Gesichtern, wie schockiert sie von dem waren, was sie hier vorfanden. Die Stadt, die sie besetzen sollten, war ein Trümmerhaufen.

Als Erstes bauten sie ihre Zelte am Flughafen auf. Der Flughafen lag etwa zwei oder drei Kilometer nördlich von unserer Straße entfernt. Wenn der Wind von Norden kam, konnten wir riechen, was es in ihrer Kantine zu essen gab.

Mehr und mehr junge Menschen wagten es, dorthin zu gehen. Besonders junge Mädchen. Sie warteten am Zaun – in der Hoffnung, ein Stück Brot oder vielleicht ein Stück Schokolade, oder auch ein Päckchen Zigaretten zu bekommen.

Seitdem die englischen und amerikanischen Besatzer in Hildesheim waren, gab es niemanden mehr, der zugab, ein Nazi gewesen zu sein oder der SS angehört zu haben.

»Ich habe gehört, die Nazis verbrennen ihre Uniformen in ausgebombten Häusern. Wenn jemand kommt, laufen sie weg oder sagen, sie hätten ein Feuer gesehen und wollten es löschen«, erzählte uns Frau Bucker beim Kartoffelschälen. Wir wollten eine Suppe für zwanzig Leute kochen.

Wir erfuhren, dass wir in Hildesheim Kriegsgefangene hatten. Und dass viele von ihnen 1944, beim zweiten Angriff auf die Stadt, ums Leben gekommen waren.

Die Zelte auf dem Flugplatz standen nur vorübergehend, bald suchte die britische Armee festere Unterkünfte. Sie übernahmen die Kasernen, Hotels und großen Villen. Die Bevölkerung musste wieder packen und nach einer neuen Bleibe suchen. Viele schliefen einfach in den Schulen oder bauten sich Baracken in Schrebergärten zusammen. Manche verließen die Stadt ganz – in der Hoffnung, auf dem Lande eine neue Unterkunft zu finden.

Wir durften in der Waterloo-Kaserne weitermachen. Unsere Suppenküche und das Verteilen von Kleidung und Decken war inzwischen gut organisiert, und so brauchte die Besatzungsmacht für uns keine Verpflichtungen zu übernehmen.

»Hilde, du guckst schon wieder aus dem Küchenfenster, suchst du etwas?«

Ich drehte mich zu ihr um und wischte meine Hände am Geschirrtuch ab.

»Ich warte auf Karl. Ich will ihn als Erste sehen, wenn er nach Hause kommt.«

Kapitel 64

Oktober 1945, Hildesheim

»Karl, Karl!« Ich rief seinen Namen. Vielleicht konnte er mich hören. Ich sah durch das Küchenfenster wieder eine Gruppe Soldaten zurückkehren. Sie mussten immer bei mir vorbei, um sich hier in der Kaserne zu melden. Dort mussten sie ihre Ausrüstung abliefern. Dann kamen sie auf die Heimkehrerliste.

Ich schnappte mir Ursula und lief auf die Straße. Ich war in meinen Hausschuhen und Ursula hatte noch ihren rosa gepunkteten Schlafanzug an.

Es waren wohl über dreißig Soldaten.

»Karl?« Ich beugte mich runter zu einem verwundeten Soldaten. Sein Kopf war verbunden. Ein Bein war kürzer als das andere. Er ging mit zwei Holzkrücken. Würde mein Karl mich erkennen?

»Karl?« Er sah mich traurig an und schüttelte den Kopf.

»Kennen Sie meinen Karl?«, fragte ich den Soldaten neben ihm.

»Woher kommen Sie?«, fragte ich den nächsten.

»Karl, Karl, Karl!« Ich lief durch die Männer, rempelte manche von ihnen an – sie hielten sich schnell an ihren Kameraden fest, um nicht umzufallen. Jedem sah ich ins Gesicht. War mein Karl dabei?

»Wissen Sie, ob heute noch mehr Soldaten zurückkommen?« Immer wieder Gesichter, die ich nicht kannte, die nur, ohne ein Wort zu sagen, den Kopf schüttelten.

»Karl, Karl, Karl!« Vielleicht war er ganz hinten.

Frau Bucker stand jetzt neben mir und nahm Ursula auf den Arm. Jetzt sah ich erst, dass Ursula barfuß war und klebrige Hände und ein schmutziges Gesicht hatte.

Maria lief mir von der anderen Straßenecke entgegen. Sie wohnte wieder in ihrer eigenen Wohnung und hatte die Soldaten auch gesehen. Sie fasste mich am Arm und sah Frau Bucker fragend an.

Ich wollte nicht aufgeben, Karl zu suchen, riss mich von ihr los und ging zu den letzten in der Gruppe.

»Karl!«, rief ich wieder.

»Hilde, wir müssen jetzt reingehen«, sagte Maria ganz sanft. Nahm meine Hand und brachte mich langsam zurück.

»Aber ich muss doch Karl finden. Vielleicht ist er verwirrt und weiß nicht, wo er ist«, protestierte ich.

»Ich frage meinen Mann und seine Kameraden, ob sie wissen, wer noch unterwegs ist. Geben Sie mir bitte den Namen ihres Mannes, den Rang und in welcher Brigade er gedient hat.«

Eine nette junge Frau sah mich an. Erst jetzt bemerkte ich, dass alle Heimkehrer von ihren Familien begleitet wurden. Frauen und Kinder, die vor Freude lachten und weinten.

»Hilde, geh du in die Wohnung. Ich werde alles mit der jungen Frau besprechen«, schlug Maria vor.

In meiner Wohnung sah ich zum ersten Mal seit Wochen, wie meine Küche aussah. Ursula stand auf einem dreckigen Fußboden. Sie hatte ein Stück Marmeladenbrot in der Hand und ein verschmiertes Gesicht. Schmutziges Geschirr stand im Waschbecken. Heruntergefallene Kartoffelschalen lagen unter dem Tisch und ein Eimer mit schmutzigen Windeln stand in einer Ecke. Auf dem Küchentisch zwischen Malbüchern standen Marmelade, Brot, Mehltüte und Milch. Verschüttete Milch hatte ein Malbuch aufgeweicht.

Ich drehte mich zu Maria und Frau Bucker um. »Wie lange sieht es bei mir schon so aus?«

»Drei Wochen, seit der Geburt deines Kindes.«

»Mein Säugling ist schon drei Wochen alt?«

»Ja, und sie hat noch immer keinen Namen. Der Arzt hat gesagt, er kann nicht mehr lange warten. Du musst sie diese Woche anmelden.«

»Ohne Karl?«

»Hilde, was würde Karl von dir denken, wenn er nach Hause käme und es so vorfände?«

Wie Schuppen fiel es mir von den Augen. Wie hatte ich die letzten Wochen verbracht?

»Wo sind Klaus, Renate und Karl-Heinz?«

»In der Schule und im Kindergarten. Ich schlafe meistens auch noch hier. Frau Bucker und ich haben unser Bestes getan. Wir können aber nicht den ganzen Tag hier sein. Das tägliche Überleben ist jetzt noch schwerer geworden. Wir sind die meiste Zeit unterwegs, um etwas zu essen zu besorgen.« Maria schimpfte jetzt mit mir.

Ich nahm sie in den Arm.

»Wie sieht meine Wohnung sonst noch aus?«

Aber bevor sie antworten konnte, hörte ich mein Kindchen weinen. Ich drehte mich um und ging ins Schlafzimmer.

Dort lag sie in ihrem Körbchen. Ein verklebter Schnuller lag neben ihr. Ihre kleinen Händchen waren zu Fäusten geballt. Wie zum Protest, dass ihre Mutter sie ignorierte.

Ich nahm sie hoch und setzte mich auf mein ungemachtes Bett. Ich wiegte sie leicht in meinem Arm. Sie sah mich mit ihren großen Augen an. Als ob sie mich zum ersten Mal sah.

Ich knöpfte meine Bluse auf, um sie zu stillen.

»Weine nicht, Erika, deine Mama ist ja hier.«

Maria machte leise die Tür zu.

Kapitel 65

Ein kalter Dezemberabend 1945

Es war schon dunkel. Da war ein Klopfen an der Tür. Ich sprang vom Küchenstuhl auf. Klaus, Renate, Karl-Heinz und Ursula sahen mich an. Sie saßen am Tisch und malten. Sie hatten neue Kreide in den Händen. Karl-Heinz hatte sie zu seinem fünften Geburtstag bekommen.

Karl-Heinz teilte immer alles. Er würde lieber selber gar nichts haben, solange alle anderen nicht zu kurz kamen. Das war mit Spielzeug genauso wie mit Essen. Er war immer der Letzte, der sich etwas nahm. Er war genau wie sein Vater.

Es klopfte wieder. Ich hatte nicht aus dem Fenster geguckt. Es war zu dunkel draußen und die Straßenlampen hatten kein Gas.

Ich ging in den Flur. Das Licht im Hausflur brannte und ich sah eine Person durch die Glastür.

Ich hatte ein Gefühl, als bliebe mir das Herz stehen.

»Karl?« Ich öffnete die Tür.

Ein junger Soldat stand dort und bewegte sich nicht.

Hinter mir standen jetzt die Kinder.

»Mama, ist das Papa?«

»Frau Päkel, ich bin es, Paul.«

»Paul?«

»Frau Päkel, erkennen Sie mich nicht? Ich war doch am Bahnhof mit Ihrem Gatten.«

Jetzt erkannte ich ihn. Der Junge, Paul, er sah jetzt so erwachsen aus. Nicht mehr wie ein Kind, das er gerade noch war. Er war aus Russland zurückgekommen.

»Ist Karl bei dir?«

Er schüttelte den Kopf. Er trug noch seine Uniform und hielt mit beiden Händen seine Feldmütze fest.

Ich ging einen Schritt zurück und bat ihn, hereinzukommen.

Er sah, wie meine Kinder ihn anstarrten, und ich drehte mich zu ihnen um. »Klaus, nimm die anderen und geht zurück in die Küche.« Klaus wollte gerade protestieren, doch dann sah er meinen Blick und gehorchte.

Ich ging mit Paul in die Stube und machte die Tür hinter uns zu.

»Paul, wo ist Karl? Wann kommt er nach Hause?«

Es dauerte eine ganze Weile, bis Paul mich ansah und antwortete.

»Wir wurden kurz vor Wielkopolska von russischen Truppen und Panzern umzingelt. Wir konnten sie vor und neben uns hören. Sie kamen immer näher. Wir hatten uns lange Schützengräben geschaufelt und warteten. Offizier Päkel hatte das Kommando. Aber wir hatten keine Munition mehr. Was sollten wir machen ohne Munition? Ihr Mann rief mich zu sich herüber. Er nahm meinen Rucksack und füllte ihn mit dem Rest vom Proviant. Dann sagte er, er hätte hinter uns einen offenen Weg zum Rückzug gesehen. Ich solle den Rucksack nehmen und fortlaufen. Als ich mich weigerte, zog er mich an meiner Uniform ganz nah zu sich und sagte:

›Du bist Soldat, und das hier ist ein Befehl. Wenn der verweigert wird, kommst du vors Kriegsgericht. Ist das klar? Jetzt hör mir zu, Junge. Du läufst so schnell du kannst hinter den anderen her und drehst dich nicht um. Lauf jetzt, mein Junge.‹«

»Frau Päkel. Frau Päkel?«

Ich war mit meinen Gedanken weit weg.

»Frau Päkel, Ihr Mann hat mir einen Brief für Sie mitgegeben. Ich habe ihm versprechen müssen, den Brief sofort zu Ihnen zu bringen.«

Er fasste in seine Uniformjacke und gab mir einen Brief. Ich erkannte sofort Karls Handschrift.

***

Meine geliebte Hilde! Mein Herz tut mir weh, wenn ich an Euch denke. Ich hoffe, Du bekommst meinen Brief. Aber das heißt auch, dass ich nicht mehr nach Hause komme. Ich vermisse Dich und unsere Kinder sehr. Wenn ich hier sterben soll, sterbe ich mit Deinem Foto in meiner Brusttasche, ganz nah am Herzen. Bitte verzeih mir, wenn ich Dir einmal wehgetan habe. Bleibe stark für unsere Kinder. Erzähle ihnen viel von ihrem Vater, der sie sehr lieb hat. Wir hatten so viel Hoffnung für unser gemeinsames Leben.

Bitte lebe Du Dein Leben, denn durch Dich und die Kinder lebe ich weiter.

Für immer Dein Karl

Epilog

Monate später bekam Hilde den offiziellen Bescheid, dass Karl in Posen gefallen war.

Maria hatte jetzt direkten Kontakt zu Egon in der Kriegsgefangenschaft. Er war im Süden von England in der Nähe von Portsmouth. Egon war dann auch bei den Ersten, die freigelassen wurden, und kam im Sommer 1946 zurück nach Hildesheim.

Frau Bucker, Hannelore, Maria und Hilde blieben gute Freunde.

Erika und Erich klingelten im März 1946 an Hildes Wohnungstür. Sie hatten noch kurz vor der Niederlage Deutschlands aus Tilsit fliehen können. Tilsit wurde Russland eingegliedert.

Erika brauchte ein Jahr, um aus Berlin nach Hildesheim zu kommen. Nach dem Zerfall des Dritten Reiches waren Umsiedelungen sehr schwer möglich. Nur wer beweisen konnte, dass seine Familie in einer anderen Besatzungszone lebte, bekam einen Passierschein für die Ausreise.

Oleg hatte alle sicher nach Berlin gebracht. Er wollte sich dort mit seiner Familie ein neues Leben aufbauen.

Hildes Mutter, die Brüder Helmut und Günter und auch Grete gingen zu Lisbet nach Limbach-Oberfrona in Sachsen.

Gisela war jetzt bei ihrem Freund in Sondershausen in Thüringen. Herbert lernte im Lager eine junge Frau kennen und zog mit ihr nach Rostock.

Von Arno hatten sie noch immer nichts gehört.

Traute war noch in Tilsit bei ihrem russischen Offizier.

Erika erzählte Hilde: »Wenn Oleg uns nicht geholfen hätte, wären wir alle umgekommen. Ich kann bis heute nicht verstehen, wie er damals von Polen nach Tilsit kommen konnte.«

Hilde holte ihre schwarze Kassette, die ihre Mutter ihr zum sechzehnten Geburtstag geschenkt hatte. Hier bewahrte sie noch immer alle ihre Papiere auf. Sie nahm das Bild, das sie und Feldmarschall Rommel beim Tanz zeigte, und gab es Erika.

Dann erzählte sie ihr die Geschichte von ihrem Tanz mit Feldmarschall Rommel.

Erwin Rommel und Familie, Dresden 1932

Abdruck mit freundlicher Genehmigung von Liselotte Rommel

UND SO GEHT ES WEITER:

Elisabeth Marrion

Liverpool Connection

Erscheinungstermin: April 2015
Schon jetzt vorbestellen in jeder Buchhandlung unter
ISBN 978-3-8382-0658-5 oder unter www.edition-noema.de

Garston, Liverpool England, Dezember 1946

Hinter der Mauer versteckt, konnte er die andere Seite der Straße beobachten, ohne dass ihn jemand sehen konnte. Aus dem Einfamilienhaus in seinem Rücken drangen Stimmen zu ihm herüber. In seinem Versteck aber fühlte er sich sicher. Die großen Büsche und das Gestrüpp um ihn herum bildeten eine Art Höhle. Der aufgeweichte Erdboden vermischte sich mit Laub und mit den Trümmern des ausgebombten Hauses von nebenan. Er musste aufpassen, um nicht auszurutschen. Ja, hier konnte man sich gut verstecken. Inzwischen war er mit seinem Versteck gut bekannt, hatte er sich doch schon die ganze Woche nach der Schule hier verkrochen. Nach Hause ging er nicht. Denn dort hätte ihn ohnehin niemand erwartet.

Er zitterte vor Kälte. Sein dünner Mantel war durchgeweiht, um die Mittagzeit hatte es zu schneien angefangen. Die Ärmel des Mantels waren ihm schon lange zu kurz und konnten seine spröden Hände nicht länger schützen. Heute aber war ihm besonders kalt. Auf dem Schulhof hatte ihn einer der großen Jungen angehalten. Gerade hatte er noch sehnsüchtig durch die Fensterscheibe in ein Klassenzimmer geblickt und sich gewundert, warum die Lehrer im warmen Klassenraum bleiben und ihren heißen Tee trinken durften, während die Kinder auf dem Schulhof froren, da hatte ihm der große Junge schon die Mütze vom Kopf gerissen. Das einzige warme Kleidungsstück, das er noch besaß.

»Oh, gib mir meine Mütze!«

»Jetzt hör mir mal gut zu. Wenn du noch einmal mit meiner Schwester sprichst, kannst du was erleben. Ich habe ihr schon oft genug gesagt, dass sie nicht mit dem Pöbel aus Speke Road Gardens spielen soll.«

Mit dieser Drohung war der große Junge zu seinen Schulkameraden zurückgegangen, die an der Treppe Wache gestanden hatten, um Alarm zu schlagen, sollte ein Lehrer kommen.

»Meine Mütze!«, hatte er ihm noch hinterher gerufen.

»Die kannst du dir nach der Schule draußen vor dem Schultor wieder holen, wenn du dich traust.«

Er wusste gar, nicht welches Mädchen der große Junge gemeint hatte. »Muss in meiner Klasse sein«, dachte er.

Seine Füße waren jetzt klatschnass und er stampfte von einem Fuß auf den anderen. Die Pappe im Schuh, die sein Vater über das Loch gelegt hatte, war längst durchgeweicht. Aber er schwor sich, durchzuhalten. Denn wenn er jetzt nicht handelte, dann würde seine Familie auch in diesem Jahr ohne auskommen müssen.

Er stellte sich auf die Zehenspitzen, um noch einmal nachzusehen, ob der Mann noch welche hatte. Gestern standen dort noch zehn, aber heute waren es nur noch drei.

In der Zeit, als die Bomben fielen, hatte niemand einen. Jedenfalls nicht, soweit er sich erinnerte. Diese Zeit konnte er nicht vergessen. Die schrillen Sirenen, die vor einem Angriff warnten, hörte er nachts noch immer. Auch wie sich seine Familie und die Nachbarn ihre Gasmasken hatten schnappen müssen und in die Bunker eilten, sah er im Albtraum.

Sein Vater und seine Mutter sprachen oft von dieser Zeit. Aber immer nur dann, wenn sie dachten, dass die Kinder in dem großen Bett schliefen, zugedeckt mit alten Mänteln. Seine Mutter beschuldigte dann seinen Vater, für Dereks Tod verantwortlich zu sein. Der kleine Derek, kaum zwei Jahre alt, hatte bei den ersten Angriffen im Bunker einen Anfall bekommen. Seine große Schwester Grace war durch die brennenden Straßen gelaufen, um den Arzt zu holen. Aber es war schon zu spät gewesen. Nun hatte er einen neuen kleinen Bruder, Alfie. Alfie war der Grund, aus dem er nun in der Kälte stand. Denn er hatte seinem kleinen Bruder ein Versprechen gegeben. Und versprochen ist versprochen.

Der Schrei eines Mädchens rief ihn aus seinen Gedanken: »Mama, da ist einer im Garten! Er hat sich versteckt.«

Hinter ihm wurde eine Tür aufgerissen. Sein Kopf flog in die Richtung des Lichts. Im Türrahmen stand der große Junge aus der Schule. Das Messer fiel auf den Boden. Den ganzen Tag hatte er es bei sich gehabt, ohne dass es einer gemerkt hatte. »Meine Mutter wird mich versohlen, wenn sie weiß, dass ich das Brotmesser mit in die Schule genommen habe«, dachte er. Er bückte sich, und versuchte es im Dunkeln mit der Hand zu ertasten. Er fühlte, wie das Messer in seine Hand einschnitt, nahm es hoch und rannte durch das offene Gartentor auf die Straße. Er schubste die Schwester des großen Jungen aus dem Weg und hoffte, dass sie ihn nicht erkennen würde.

Schnell lief er zum Trümmerhaufen. Hier würde ihn niemand suchen. Jetzt war er aber weiter von seiner Beute als geplant. Und wenn er sich nicht beeilte, dann würde er auch heute wieder zu spät sein.

Vorsichtig, den Rücken an die zerstörten Häuserwände gepresst, schlich er zurück. Wie sein Held Roy Rogers im Kino. Zu seinem letzten Geburtstag hatte Tante Flo ihm eine Karte geschenkt. Den blutenden Finger im Mund, das Messer in der linken Hand, ging es langsam weiter, Schritt für Schritt. Schnell versteckte er sich in einem Türvorsprung, als er jemanden kommen sah. Er lugte hinaus und beobachtete, wie die Menschen ihrer Wege gingen. Nun standen nur noch zwei Männer zwischen ihm und seinem Preis. Zwei Stück standen da noch. Jetzt oder nie. Gleich würde der Besitzer seinen Laden schließen und dann hätte er seine Chance verpasst.

Ja, jetzt oder nie. Er atmete tief durch und nahm das Messer in die blutende Hand. Er streckte sich, so hoch, wie er konnte, beinahe bis ganz nach oben. Er fasste mit der Hand fest zu, beugte die Spitze herunter und benutzte das Messer wie eine Säge. Eins, zwei, es war schwerer, als er es sich vorgestellt hatte. Auch das noch, der Besitzer hatte ihn gesehen und kam hinter der Kasse vor. Jetzt, er hatte es geschafft. Er hatte ihn. Bestimmt einen ganzen Meter!

»Halt, halten Sie den Jungen! Halt, ein Dieb!«

Aber er rannte los, ohne sich noch einmal umzusehen. Trotz der großen Zweige, die ihm die Arme zerkratzten und ihm die Sicht nahmen, war er schneller als der Mann.

Er lief in die entgegengesetzte Richtung der Wohnung. Zurück zum Trümmerhaufen. Dann kroch er durch das Loch im Drahtzaun. Sein Mantel blieb am Stacheldraht hängen, und er hörte ihn zerreißen, als er kräftig daran zog. Der Mantel war jetzt wertlos, obwohl er für Alfie gedacht war, wenn der etwas größer wäre. Er hatte keine Zeit, jetzt darüber nachzudenken. Auf allen Vieren rutschte er den Hügel herunter, seine Beute hinter sich herziehend. Der Baum war voller weißem Schnee. So weiß, dass er den Weg leuchtete. Wie in der Geschichte aus dem Buch, das er in der Leihbücherei gesehen hatte. Das Buch, das jetzt unter seinem Bett lag. »Wenn der Baum so bleibt, müssen wir ihn nicht einmal schmücken!«

Edition Noëma
Melchiorstr. 15
D-70439 Stuttgart

info@edition-noema.de

www.edition-noema.de
www.autorenbetreuung.de